让我们共同
在书山上，　　王中
种荷鲜花吧！
　　　　　　2022.1

谨以此书献给

在书山

一路上

与我相伴的亲朋好友、师长同道!

扉页题字：赵炳旭
插页题字：佘明军、萧毅、杨德银、谢绍佳、林书杰
插页绘图：崔君旺
插页双勾作品：李红东

书山有路

王一牛 著

中国书籍出版社

图书在版编目（CIP）数据

书山有路 / 王一牛著. —北京：中国书籍出版社，2022.4

ISBN 978-7-5068-8949-0

Ⅰ.①书… Ⅱ.①王… Ⅲ.①随笔—作品集—中国—当代 Ⅳ.①I267.1

中国版本图书馆 CIP 数据核字（2022）第 042802 号

书山有路

王一牛 著

责任编辑	盛　洁　朱　琳
责任印制	孙马飞　马　芝
封面设计	艺术支点
出版发行	中国书籍出版社
地　　址	北京市丰台区三路居路 97 号（邮编：100073）
电　　话	（010）52257143（总编室）　（010）52257140（发行部）
电子邮箱	eo@chinabp.com.cn
经　　销	全国新华书店
印　　厂	三河市富华印刷包装有限公司
开　　本	787 毫米×1092 毫米　1/16
印　　张	15.5
字　　数	234 千字
版　　次	2022 年 4 月第 1 版　2024 年 9 月第 2 次印刷
书　　号	ISBN 978-7-5068-8949-0
定　　价	63.00 元

版权所有　翻印必究

前　言

阅读是获取知识、增长智慧、健康成长的重要方式，是传承文明、提高国民素质的重要途径，知识自信、成为一个读过书的人，是现代社会当中作为人的更基础、更透彻、更深刻的自信。以阅读增进力量，以书香展现文化，是你的需要，是我的需要，也是我们赖以生存的这个社会的需要。

与文字相伴是我的最大爱好。从小就爱接触文字，无论是蒙学识字读本，还是各种楹联纸笺，或者做博士课题时专注于汉语字词感情色彩的认知科学研究，以及长期所做的教学、编校、办公室文字或志愿宣讲工作，都是与文字、书籍结下的不解之缘。所以，我愿分享读书学习的感悟，愿意参与到书香社会、书香中国的建设中。

读书可以让人保持思想活力，让人得到智慧启发，让人滋养浩然之气。起、承、转、合，是一篇文章的结构，而对于一个人的生涯而言，亦是这样的大致篇章。我上过学，也教过书；我趴过课桌，也站过讲台；我写过作业，也批改过作业；我上过考场答过试题，也当过考官阅过试卷；我读过书，也写过书；我撰写过论文，也审阅过科研成果；我走过杏林，也走近杏坛；我为人子，也为人父。五十余年的生涯中，工农兵、陆海空算是都涉猎过。爬过山、看过更大的世界后，就不会甘心看着登山者直接躺平在山脚下。纸片看过更大的天空之后，即使留在原地，也要转成风轮。

在我们这个国度，自古就不缺读书之人，也不缺读书的氛围。不甘心就是爬山的一种动力。书籍、书斋、书楼、书香，一直在伴随着我们。不著一字，尽得风流。国家提倡的全民阅读已经为经济发展和整个社会文明进步产生了巨大的推动作用。倡导全民阅读，本意不能只在读书日读书。读书日为我们又创造了捧起纸书来阅读的契机，读书日只有一天，它只是一个对当下忙碌的国人的友好提醒，应化为每个人的自觉行为和无声的响应。读书应从青少年时代起就成为一种习惯，一种无须提醒的自觉。倡导全民阅读，建设书香社会，这是现实的使然。筑垒更宽厚、更高大的书山，这是时代的要求、发展的必然。在依靠人才和创新求取进步的今天，学习和阅读已经成为影响一个国家竞争力的重要因素。读书的功利性、读书的庸俗化和读书的无效性，令我多次产生将自己的经历、思考和感悟写下来、说出来的冲动。越读书越觉得自己无知，越无知越需要去读更多的书，正如树长得越高大，越需要将根须扎得更深，这样才能站稳立牢、根深叶茂。

在撰写过程中，得到了许多前辈、老师、亲友的鼓励和帮助。有朋友建议，将全书的内容按照起、承、转、合进行谋篇布局，这样的思路很好。起、承、转、合，不仅是登山的节奏，也是学问求进的过程。攀登书山，恐怕一路上就是如此，脚下如此，心境如此，并且多数是如此这样的若干次的循环往复、不断进退高升。创作时，也参阅了大量的书籍和电子图书及网络信息，在此表示诚挚的谢意。这本身也佐证了广泛阅读的必要和价值，邀人一起登山才有滋味。人在书山路上，从来不是孤单和独行的。书画本是双生子，你来我往结伴行。在本书的文字创作过程中，众多的书画家朋友热情助兴、泼墨挥毫，既相得益彰，又锦上添花，这正是书山上本来应有的景象。

由于我的水平和经验有限，书中难免有欠妥和错误之处，恳请书友批评指正。

王一牛

2022年2月

目 录

序·在书山的路上种满鲜花 001

起

书籍是我们与世界的可靠联结 005
阅读,从家庭起步 010
饭菜越少越富余 017
头顶有一盏灯 022
每扇门上都有一本书 028
云淡风轻读书声 033
读书是天底下第一等好事 037
书中自有乾坤 041
书中亦有防骗术 045
书厚?皮厚?有心不虚荣 049
开卷有益益一生 053
动静之间,皆可读书 059
举手投足间,做出读书人的样子来 063
耳畔常有歌声响起 067
你在窗外看我 071

承

遥望家乡二里半 076
报纸副刊：我的课外语文阅读 080
落笔何必太匆匆 085
书学少时承先法 091
巷口的那个书摊：书外也有颜如玉 096
书香总飘顿悟处 100
书到用时也恨多 104
儒林之外观儒林 111
国光楼下忆师情 118
有用的碎片阅读 122
浅尝辄止何以过滩渡险 126

转

每天都能看书，每天都能看成书 131
因书有"三避" 135
珠归珠来椟归椟 139
购买与阅读，隔有多远的距离？ 144
让书漂流，它总会遇见英俊少年 149
从烂笔头到好记性 153

咬定青山不放松 157
闻书有香，出其包浆 160
书，无处不有 164
寒士欢颜在天下 170

合

有了电子阅读，纸书还香么？ 176
剥开幸福的洋葱皮 180
人生自有诗意 186
汲取与输出：在中国现代文学馆做讲解 193
绕不开的周树人 197
阅读推广，传播书香 201
读书也是养颜剂 206
口罩不挡书香 210
你我之间不过一屏距离 214
红色阅读助成长 219
家中有老就成书 223
不种鲜花，人心就会长杂草 226

后记·山，没有尽头 232

书山有路

佘明军 题

序·在书山的路上种满鲜花

我的办公桌上，贴有一张字条，上写"我们的内心，如果不种鲜花，它就会长杂草"。我一直倾向于用行动来引领内心，用行为来塑造品行，用奋斗来激励志气。在我的老家，老人们有一句话是"叫人不如自走"。身体力行，是实现我们目的、达成我们意志的快捷通道。与其坐井观天、袖手旁观，不如起而行之。躺着空想，都是问题；起来去做，才有结果。与其在大花园里指手画脚，不如在山上栽花种草。人生短暂，有机会就要好好抓住。古人谈及知与行时也说：临渊羡鱼，不如退而结网。

一个人可以跑得快，一群人可以行得远。因此，我把读书历程的感悟写出来，如果更多的人能有同感或有启悟，那书山上便增多了同行者，添加了知音，结伴而行，携手向上，互通信息，交流心得，这样的登山旅友是多么干净的友情啊！与书相伴大半辈子，与书有缘一见钟情。书山途中，望那云水深处，谁用真心织素锦？烟水之湄，谁用柔情写诗篇？那些伸手便能握住的纯美，于流年的枝头，在字里行间，镌刻无悔的印记。千回百转，蜿蜒曲折，辗转回旋，曲径通幽，均增加了攀缘的乐趣，延长了生命的意义，增加了收获的分量，领略了奉献的真谛，也称出了汗水的价值。

阅读是最美的攀登姿态。学如逆水行舟，不进则退；心似平原放马，易放难收。每当我们摒弃一切杂念，所向披靡地向上向善相遇在书山上的时候，无论用美文清晨问候，还是用甜音道声晚安，每个人都安然自若，愉悦相伴，一起学习、成长、进步！业精于勤荒于嬉，行成于思毁于随。

书能够传播知识、传递思想，还能重构社会思潮，与人类社会渊源厚重，源远流长。阅读，有时候只是一个温柔的眼神、一次简单的邂逅，你捧起书，就足以让余生拿灵魂去取暖。要懂一位先贤，虽相隔千山万水，有了书，也就读出睿智；悟出一句话语，虽覆盖历史尘埃，但犹如涓涓细流沁入肺腑，滋润心灵。语言让人成为万物之灵，文字使世界不仅有记忆，而且可以更好地前行。

人生的山路上，有书，就如见有春花，为生命添香；有书，就如仰望秋月，为生命书写诗意。阅读，是心灵的支撑，在光阴里含笑。书籍，就在那里，迎候我们的光临，等待我们的相识，盼望我们一路相随。有了书香的浸润，心都跟着沾染了清明的气息。播撒种子，开辟道路，留下干净清洁的道路，牵手援助，相识结伴，成就他人，便是我们路上行人共同的使命。成群结队地尽情地徜徉在书山的山路上，手执一卷，慢看碧水又流红，静听垂柳戏荷风，抬脚登高，以书澄志，这可以让人心中生出多般美好啊！

成功的路上虽不拥挤，但成功的路上必须有他人。因此，将读书的过往写成文字，成为书香中的纸墨，可以反哺先师、回馈亲友、以飨来者。生于忧患，死于安乐，忧劳可以兴国，逸豫可以亡身，无论是古代的经书还是史书，对此都有所强调。所以，从这一点来说，本书虽成不了登山攻略，也可以算作一本上山的友情提示吧。

时光流逝，岁月不言。生命在书香一天天的濡染中，会变得愈加醇厚耐品，与阅读相伴，一种灵魂的香味自然就会生发出来，飘逸四散，浑然自成。阅读让每一个日子都溢满真情，让每一次回眸都有花香飘落在衣襟上。阅读让心灵温润，轻盈了时光的脚步，织少许风花雪月的浪漫，携一份布衣的恬淡，将那些纵横交错的生命脉络盈盈在握，让心灵相牵的暖，在灵魂里深种。

书的雅致、字的睿智，穿透岁月的尘烟，浸润到读书人的心底里，由内及外，附着于举手投足和做人处世之中，形成一种翩然风度、一种迷离气质，超凡脱俗，卓尔不群。沿着书山而上，足以陶冶人的情操，历练人的性情，夯实人的底蕴，纯化人的精神，完美人的灵魂。足踏书山之路，心怀一份坚定，阴郁愁闷的日子里，安放一缕阳光，心便敞亮明朗；在平淡的日子里，藏一份开阔和退却，行于悠长和迂回，生活的意味便可柳暗花明。这是何等的美妙，何等的姣好！

阅读，让我们登高望远，点亮自己的火，不灭别人的灯，迈出自己的脚，引领别人的路。多一份拥有和睿智，安静地迈步在阳光下，珍惜所有，微笑着

迎接每一个日出,聆听每一声泉响。心田的恬静和美好,都会敏锐我们的知觉,增添我们的感受,我们便会觉得,山上真美,登高真好,每一刻,都好!

书山有路

萧毅 题

起

书山有路

书籍是我们与世界的可靠联结

> 我当时连家乡的小镇都没出过,更没去过县城,就别说省城了。但看了潘德明的环球壮举后,方知世界还可用脚去丈量。从此,外面的大世界装进了我的心中。

与书为邻,阅读才可能发生。

大约是20世纪70年代中期,我在读小学高年级,还没毕业,镇上的一位小哥哥住我家对门,身材比较高,他很早就辍学,是见过世面的人,做人成熟、做事老成,在我放暑假的那段时间,他干起了替镇上邮局送报刊邮件的差事。上午跑街东头,中午回家吃饭,稍事休息,下午再送街西头。他把自行车停在我家与人合住的四合院的过道内,这里是公共通道,堆有煤球、柴火等杂物,还算宽敞。中午的空当,我帮他看管自行车,他则允许我翻看邮袋中的杂志报纸,只要看完后原样放回不妨碍他下午递送即可。中午的时光只宜快速浏览,于是我选取邮袋中的画报阅读起来,既看图又读文,信息获取快。像爱国华侨陈嘉庚在家乡建设多所学校终成集美学村,造福桑梓佑泽学子的事迹,我就是由此获知的。我也因此在后来几十年间每次造访厦门时,都会专程赶到集美去瞻仰、去参观。

直到现在,过去四十余年了,我依然记得画报上刊载的潘德明骑车漫游世界的事迹,他是世界上第一个以自身的体力完成环游地球一周的人。他祖籍上海南汇,出生在离上海不远的邻省浙江的湖州城内,父亲是一个"红帮裁缝",年轻时从上海来到湖州,专门给外国人做衣服。这样,潘德明自小就有了与外国人说话、打交道的机会。

"红帮裁缝"发轫于清末民初，宁波作为当时最早与国外通商的口岸城市之一，不少裁缝曾为外国人（又称"红毛"）裁制过服装，"红帮"之名由此而来。红毛，最初是对荷兰人的称谓，后来泛指欧洲人。在老上海，"红帮"指的是西式的服务业或修造业。红帮裁缝是近现代中国服装史的主体，它有一条长长的历史轨迹。在老上海提起宁波人，很多人立即就会想起当年那些在上海滩扬名立万的"红帮裁缝"。在中国服装史上，"红帮裁缝"创下五个第一：第一套西装，第一套中山装，第一家西服店，第一部西服理论专著，第一家西服工艺学校。

潘德明看到湖州城内的外国人都过着十分阔绰的生活，心里常想：为什么中国人这么穷，外国人这么富？要是有一天能亲自到外国去看看人家有没有穷人，该有多好。他从小爱动，喜欢在湖州城里到处奔跑。七八岁时，他第一次爬上城外的道场山，登上山巅，纵目四望，眼下是一望无垠的大地，平时繁华热闹的湖州城，竟只是一个小方块。潘德明不禁惊叫起来："这世界可真大啊！"站得再高些，还可看得更远。但不管怎样，谁也不能把这大千世界都看到。玄奘法师走了十七年，连世界的一小半还没有走到呢。潘德明激起了要看看整个世界的强烈愿望。从此以后，潘德明开始刻苦锻炼身体，他经常环城长跑，爬山登高，使自己的身体能适应将来的长途旅行；他又开始阅读有关中外地理和旅游探险的书籍，为远大的理想积累有用的知识。因为，他懂得，在没有充分的知识作为前提的情况下，即使行了万里路，也不过是邮差而已。若是文盲，送万里书信，也无一封是发给自己的。

1930年6月下旬，潘德明偶然在《申报》上看到上海有几个年轻人组织了一个"中国青年亚细亚步行团"，立志要以徒步走向亚洲的报道。22岁的潘德明顿时热血沸腾起来，长久蓄积的走向世界的热情爆发了。他毅然结束自己在西餐馆的全部业务，立即乘车赶往上海。但由4男3女组成的"亚细亚步行团"已经出发。潘德明马不停蹄地乘车奔赴杭州，如愿被接纳入团。由此，便开始了以后令中外钦佩的伟大远行。

"亚细亚步行团"从上海出发时，热血满腔。然而，豪言壮语代替不了艰难的实践。一路上的艰难困苦使有的团员因病告退，有的团员畏难而返，只剩下最后一个加入该团的潘德明了！是退，还是进？潘德明勇敢地选择了后者。他决定以更大的"环球一圈"来实现步行团当初的宣言。

为了能实现目标，他采取了自行车和徒步相结合的旅行方式。他还自制了一本《名人留墨集》，以备沿途各国各界的名流、团体题词，作为他环球旅行的珍贵纪念。《名人留墨集》厚5厘米，重达4公斤。扉页上，潘德明端端正正地写下了旅行世界自叙，其中有：以世界为我之大学校，以天然与人事为我之教科书，以耳闻目见直接的接触为我之读书方法，以风雪雨霜、炎荒烈日、晨星夜月为我之奖励金，要"一往无前，表现我中国国民性与世界，使知我中国是向前的，以谋世界上之荣光"。

1932年，潘德明特地拜访了奥运会的发祥地——奥林匹克村。当时正是第十届现代奥运会举行之时，但中国因国难当头，加上财政困难，未能派出运动员与会。潘德明对此深感悲伤，特地在公元前4世纪的古运动场遗址旁的石柱上，用中文和英文写下了一行大字："中国人潘德明步行到此"。

潘德明历尽千辛万苦，延续七载，行程数万里，经过40多个国家和地区于1937年7月返回上海，环球旅行正式结束。

7年的世界之行，其艰难困苦的程度是难以想象的：酷暑严寒、水土不服、疲劳过度、经济拮据，加上还有来自自然和人为的各种各样的危险。潘德明沿途也受到了各国人民，尤其是海外华侨的热烈欢迎，获得了许多国家名人政要的礼遇。这些名人政要有印度圣雄甘地、诗哲泰戈尔、美国总统罗斯福、土耳其国父凯末尔、瑞典大探险家斯文赫定、华侨资本家胡文虎，还有英国首相、希腊总统、法国总统、瑞士联邦主席、挪威国王、保加利亚国王、澳大利亚总理等。胡文虎是第一个在《名人留墨集》上题词的人。他的题词是："希望全世界的路，都印着你脚车的轮迹。"在印度，泰戈尔与潘德明合影留念，他对中国和亚洲的未来充满了信心，他对潘德明说："我相信，你们有一个伟大的将来；我相信，当你们的国家站立起来，把自己的精神表达出来的时候，亚洲也将有一个伟大的将来——我们都将分享它带给我们的快乐。"印度国大党领袖圣雄甘地送给潘德明一面亲手用粗麻布织成的印度国旗和一张签名照，给潘

潘德明和他的自行车　赵莹 绘制

德明留作纪念。

法国总统莱伯朗也从潘德明的壮举出发，对中国的辉煌未来做出了完全的肯定，他深情地对潘德明说："对于你的壮举，我想用法国之雄拿破仑的一句话奉送：中国是一个多病的沉睡的巨人，但是当他醒来时，全世界都会震动。"

潘德明自制的《名人留墨集》珍贵至极。全集有260页，里面有中外名人用世界各种文字书写的签名和题词，包括20多位国家元首和政府首脑的亲笔手迹，以及世界各地1200多个组织团体和个人的签名题词。此外，还集中盖有潘德明所到各地大量的地方邮戳。在从叙利亚越过戈兰高地向"圣城"耶路撒冷进发途中，翻越一个山口时，一群蒙面武装盗贼将他的钱财全部掠去，包括自行车。所幸的是《名人留墨集》给留下了，这使潘德明最珍贵的旅行记录得以保存下来。

我当时连家乡的小镇都没出过，更没去过县城，就别说省城了。但看了潘德明的环球壮举后，方知世界还可用脚去丈量。从此，外面的大世界装进了我的心中。依我看，这时的阅读带给我对世界的认识有三重，一重是自然的世界，即使没有人类，这个星球也是有山有水、有草有木，有花开花落和日出月息；另一重是人类的世界，人类建设了城市和码头，建造了机场和学校，有了朋友、同学和单位，有了家庭、夫妻和世袭，有了演出、法院和大学；再一重就是我们的心灵世界，有了故乡和乡愁，有了回忆和思念，有是非功过，也有人间正道，有了宠辱不惊，也有了幡然悔悟，有了文学、艺术和美感，有了悲欢离合断肠诗人，也有了朝朝暮暮思想大家。

雨果在《悲惨世界》里说：脚步不能到达的地方，眼光可以到达；眼光不能到达的地方，精神可以飞到。他的话说的就是从足到目、到脑的进化，说的是我们迈越三重世界的旅程。因此可以说，阅读书籍就是我们与这样的三重世界的可靠联结。

阅读是文字间的品读，是对世界的探知，是在书页上的旅行。旅行不是万能膏药，不包治百病；旅行不是炫耀品，取悦别人忘了自己；旅行更不是焦虑品，不要陷入越旅行越焦虑的死循环。虽然旅游本身没有意义，但是旅行还是要去的。从旅行中获取意义，得到成长，便能在旅途中找到自己的新活法。

生活中走过的每段路，其实都会有自己的领悟。阅尽世间百态，看淡世事冷暖，所有经历，都是成长和成熟的一剂良药。我们一路前行，不是为了成为别人，而是为了成为自己。你能成为什么样的人，取决于你看了多少书，走过多少路，遇过多少人，以及是否会为自己喜欢的人和事坚持努力。成长就是渐渐地温柔起来，克制内心，朴素外表，不怨不恼、不问不记，安静中渐渐体会生命的壮大。让生活像一本书，封面漂亮，内涵丰富，不管在哪个年纪，都要活成最好的自己。

行走天涯，就是一种阅读世界的方式。行和读，都是以自己独特的方式来解读世界、触摸社会、丈量人心，难怪古人将两者结合起来进行表述：读万卷书，行万里路。

徐悲鸿为纪念潘德明壮举所作题词

阅读，从家庭起步

尽管我父母并没学过英语，但我不能给家长丢脸，可我又怕老师找机会与我父母用英语对话，就模棱两可地回答道："我爸学得不多的，会一点儿，像维生素C、维生素B_{12}，还有维生素A什么的。"

我们都来自家庭，是生活在家庭之中的。接触起书籍，也是从家庭中开始的。

四五岁时，我看见姐姐背着书包上学放学，心里非常羡慕，盼望着自己也能有学上、有书读、能认字。姐姐放学回来，我就急着要看她的书，问太多的字她也不会，就问她每天学到的字，就这样，她当二传手，我认的字一天天地多起来，渐渐地能连成词连成句子读书背诗了。

到我五岁半上学时，发到手的语文新书的字，我差不多全能认识，唯有拼音不会。因为姐姐上的是复式班，也就是我后来去上的班，全校唯一的老师操着地方乡音，压根儿不会新式拼音，每次新生的拼音课他都给跳过去，所以，我，乃至在这里读过一年级的全体同学，都不会拼音。

到上二年级的时候，我家从村子里搬到了公社所在的镇上。这里每个年级的班级都是分开的，一个年级只有一个班，班上的同学也有四十来个。这里是在一年级教拼音，所以我又错过了，虽然在中考和高考前的复习阶段，老师辅导会涉及拼音内容，但都是一带而过或就题论题，也无法系统地补课扫盲，因此，中高考语文涉及拼音的第一题我只得直接略过。造成现在有些音仍发不准，辨不清，还带有浓重的乡音。

镇上文化人不多，只是在学校老师、医院医生和机关干部的群体中明显多些。我父母都是医生，上过学，对知识的感悟体会要深切一些，因此，尽力地供我们几个小孩儿上学。我的阅读需求量大，身边能找到的书报都读完了，家里的书没有没读过的了，爸爸单位的报纸也全读过了，于是，吃晚饭时我跟爸爸说，街上供销合作社的办公室每晚亮着灯，见到平房里有人值班，是不是可以去那儿看看报。爸爸立刻答应了我，说吃过饭带我去试试。

天色已经暗了下来，街道上的人也少了，只有零星的几个人匆匆走过。爸爸带着我走进供销合作社的值班室，那里有几个人在打牌，爸爸跟他们寒暄过后说孩子想看看报，他们爽快地答应了，说报架在里屋，进去看吧。于是我爸告辞回家了，我进到了里屋。这里的报纸有我读过的，就不需要再看了，而几种我没见过的报纸包括《光明日报》《文汇报》《解放日报》等，便抓紧看起来。一个长报夹子上夹有从月初至近日所送到的报纸，我如饥似渴地从头至尾扫视，见感兴趣的文章便细心看起来。担心那里值班的叔叔们结束打牌要睡觉，所以走马观花，也囫囵吞枣。在这里也看见几本杂志，如《红旗》等，我读起来觉得文章太强悍太高深了，心里想：我怎么学得来啊。

后来也去过几次，我每次去时都带上一个小本子，见到优美的句子就抄下来，经常翻看，还用到自己的作文上。即使不记得准确的句子，但写作文时总要好些，不用担心临时想不出素材来。那时学校统一发放的是封面为正方形的作文本，全本 36 页。我只写了两次作文，就快将本子用完，不够下一次使的了。我便跟教语文的刘老师提出来，向他提前索要一本，预备着下一次写作文用。那时的作文课是每两周一次。他很惊讶，"才写两篇作文，本子就用完了？"我说，"没用完，还剩几页，但不够下次用的了。"刘老师翻看我的作文本，发现确实所剩页不多，就给了我一本，并说："要省着用。"他看我爱写爱读，就把他的书借给我读，帮我扩大了阅读量。好几次选拔学生参加全县的作文竞赛或语文知识比赛，他都通知我参加，每次我都能获奖。

有一次，学校组织学生到滁河对面的山上去郊游。同学们非常高兴，也很期待。周日的早晨，同学们早早地来到学校门口，这里有一渡口，能乘上船更是开心。老师跟同学们说，今天不只去爬山，还布置了两项任务，一项是从山上拣石头带回学校，每人至少两块，另一项是要完成一篇题目为《过一个有意义的周末》的作文。同学们尽兴地跑呀跳呀，折枝扔叶，打闹追跑，玩得满头大汗，但非常开心。同学们还挑拣能搬动的最大石块捧在手上，抱在怀里。后来得知，学校很快要改造校舍，翻建围墙，学生们用一个周末就迅速地使学校的建筑石料够量了。

放下石头回到家时，我已是汗流浃背。见天色还早，我先在旧本子上写出了前几段，写写改改，越写越顺，觉得后面没问题了，于是我拿出作文本子，将已写好的几段誊抄上去，接着写后面，洋洋洒洒地写了十多页。看过的报刊书籍较多，写起作文来好似轻车熟路、得心应手。我在作文里写了同学们爬山郊游中争先恐后、齐心协力完成校外活动任务，重点还塑造了一个同班同学，名叫高望远，刻画他是如何组织同学集合、配合老师安排、帮助同学攀爬搬石头什么的。翻着又用了近一半纸页的作文本，老师一边心疼、一边喜滋滋地说，全班同学都照你这么写，我这儿的本子都要被你们用光了。

全国恢复高考伊始，我刚上初中，教我们的一些老师纷纷报名准备考中技、中专、大专和大学。整个镇上重教求知的氛围浓厚起来。有回乡读书人的家庭拥有的教科书也渐渐多起来了，大家有意识留着，不忍心丢弃，用纳鞋底的水麻绳把几本书串起来，做了合订本。忙于种田干农活儿的回乡青年，自己没时间看书做题，这样就容易把书借给我看。我爸帮我从毕业回乡的高中生手上借过整套的初中和高中教材。语文课文没有什么难度，只是有几篇文言文没有读过，看起来有几分艰涩。而数理化课本就是《农业基础知识》，里面主要涉及化肥、农药方面的知识。城乡的学校都提倡教育要和生产劳动相结合，要开门办学，中小学生走出学校后，要去做工和当农民。

恢复高考的政策于 1977 年 10 月 21 日登报后，老师们的业余时间就全用在复习迎考上。全国高考的时间被确定为 12 月 11 日和 12 日，这是新中国历史上唯一的一次冬季高考，同时也是最为仓促的一次高考。那时比较有名的一套书是《数理化自学丛书》，在省城合肥四牌楼最大的新华书店门口出现一个奇观，书店还没到开门营业的时间，门外已经是人头攒动，长龙般的队伍见首不见尾，从长江中路、徽州大道一直排到安庆路，有的人拿着小板凳来排队，因为担心买不到，大家都是半夜里来排队的。听老师说，在距小镇55公里的南京市，新街口新华书店门前也是呈现如此壮观的场面。

　　这套《数理化自学丛书》，包括《代数》《物理》《化学》《平面几何》《立体几何》《平面解析几何》《三角》等共17册。全套书不容易买齐。镇上考过试的人回来后，我爸帮我从他们手上借了回来，书上的习题会做的部分我就给做了，没学过的知识就跳过去。我还找到了老版本的《数理化自学丛书》，是由上海科学技术出版社在20世纪60年代前期出版发行的，这套学习性丛书的编撰过程凝聚了很多学者、教师的智慧和心血，但是出版后生不逢时、命运多舛。在"读书无用论"盛行的年代，这套书的命运就是被扔在废品回收站的角落里。上海科学技术出版社争分夺秒再版发行这套丛书，照正常的速度，重印一套这样的科技类书籍，至少需要半年以上，但是这对在1977年已经报名参加高考的考生来说，就太晚了。所以出版社一门心思抢时间赶速度，加班加点连轴转。因此，可以说，恢复高考的那些日子里，赶考的不仅仅是考生，还有出版社的编辑，还有很多很多的其他人。《数理化自学丛书》的第一本书《代数I》终于赶在1977年恢复高考前的一个月面市了。当正在复习迎考的我的老师们赶到合肥或南京的新华书店排队买到这本书的时候，他们喜出望外的心情是可想而知的。整套17册的《数理化自学丛书》在1978年终于再版发行齐了。

　　我对全套的《数理化自学丛书》一直心向往之，缠着爸爸想办法。王健生老师是上海知青，曾做过我初一时的英语老师。有一次他看到教室的课桌太靠近讲台了，就让学生将全体座位往后挪移一排的距离，有几个身强力壮的同学就试图把每张桌子往后拖拉。这时，我从第一排把一张桌子从走道推向教室后面空旷处，这样，只剩四张桌子需要再推到后面就可以了。王老师站在教室门口看着，满意地笑了，对那几位同学说："照这样子只动第一排多好啊！"因为此事，王老师对我印象深刻。后来他调到县城教学了，我爸去县城开会时费尽周折找到他。王老师托他在上海的亲人帮我买到了全套《数理化自学丛书》。我如获至宝，非常感谢王老师。

　　有一次，县教育局门口在发书，从各个乡村学校到县城开会的老师们在排队领书，我爸看是一本数学习题集，也排进队伍里替我领了一本。这是一本汇集各地历年中考高考数学题目的小册子，我那时刚上初中，许多题还解不出来。但里面有一道题给我的印象深刻：上坡时速是 30 公里，下坡时速是 90 公里，求平均时速。看似很简单，自认为没问题，可一查书后的答案却做错了。我琢磨了很久，都没有弄明白。过了几年，上到了初三，才改变算术思维，求得平均时速为 45 公里而非 60 公里。

我 11 岁那年，一天晚上，我看着墙上丙辰年的年历画，问起农历的命名法。爸爸在我看书做作业的小餐桌上，给我在草稿本子上写出三列，分别是天干（甲乙丙丁戊己庚辛壬癸）、地支（子丑寅卯辰巳午未申酉戌亥）和生肖（鼠牛虎兔龙蛇马羊猴鸡狗猪），然后告诉我农历历法的命名顺序，就这么一遍，我就记住了，一直没忘。想起父亲给我寻找许多书教我好多知识的这段时光，我心里就倍觉温暖。还记得我三四岁时，冬天的路上结冰的地方多，父亲抓住我的胳膊，大手一提，就把我领过了流着水或结了冰的沟沟坎坎。恐惧时，父爱是一块踏脚的石；黑暗时，父爱是一盏照明的灯；枯竭时，父爱是一湾生命之水；努力时，父爱是鞭策的鞭；成功时，父爱是催人奋进的警钟。

上海知青王健生老师是我的英文启蒙老师。1977 年 9 月，我开始读初中，有英语课了。对这门课，我心里没有谱儿，不知如何学起。上了几节课后，王老师喊几位同学到讲台前面黑板上听写，他要检测学生的复习效果。老师说汉语，同学们写英文。老师说出桌子、椅子、门、窗户，同学就要写出 desk, chair, door, window；老师说出工人、农民、战士，同学就要写出 workers, peasants, soldiers。我在座位上看着听着，越听越发怵，吓出一身冷汗，要是叫到我上台该怎么办呀，我不见得能写出来，因为我不知道英语课怎么学，课后也不知道该怎样复习。通过这次课堂测试，我方知道英语课该怎样学，原来是要记单词啊，单词是要会拼读出的呀。于是，那一个周末，我在家恶补，将前面所学的单词挨个儿在草稿纸上写上几遍，直到写熟为止。尽管上次没喊到我，算我幸运，要是再喊同学上台，我得保证上台能写得出才行啊。后来，果真有一次，王老师喊到了我，那时已学到句子了，我也写得出来，并且将邻居家姐姐用的英语书法小册子上的罗马写法也用上了，比如大写的 W 收尾时向上绕一个圈儿，写大写的 I 时不是从上往下，而是从左下往右上且也绕一个尾

巴圈儿，写大写的 D 时，在左下角绕出一个小水珠状的蝌蚪圆圈儿。同学们在座位上笑得前仰后合，太离奇了，没见过这样写的。王老师说道："这样写也挺好的呀！"我不光句子写对了，他对我的英文粉笔书法也给予了充分的肯定，同学们的笑声渐渐平息了下来。

有一次课后，王老师问我："是不是你家长会英语啊？"尽管我父母并没学过英语，但我不能给家长丢脸，可我又怕老师找机会与我父母用英语对话，就模棱两可地回答道："我爸学得不多的，会一点儿，像维生素 C、维生素 B_{12}，还有维生素 A 什么的。"王老师脸上泛起了疑惑的笑容，后来也没去与我父母对证。现在想起来，45 年前即兴说出的这个梗，似乎像极了现在人们都熟知的"家里还有一个家用电器呢，手电筒嘛！"或者与"我还有一个英文名字，Wang-Yi-Niu"如出一辙。

王老师后来调到县城，结了婚，再后来他返回上海，做了小学校长。幸好有这些从大城市来的知识青年，他们培养了我们这些孩子，给小镇带来了知识、带来了文化，给我们以开明的教学方式，让我们从他们这扇窗口，见识了外面那些知书达礼、有修养的人。

一百年前，读书人家的孩子或许会被家长送到私塾，从《三字经》《百家姓》，读到《千字文》，从"四书五经"再读到《左传》《资治通鉴》，他们就是靠着这份执着一路走来，及至成人、成文人、成仁人；即便屡试不第、做不成状元宰相，也能因有书可读而欣然忘食、自得其乐。时代已大不一样，

放风筝　赵莹　绘制

但父母好几次搬家，没有什么家当，可书、本子始终不扔不换，家里床头床下和窗台上到处都是书。

我五六岁，家里还住在村头旧庙里的时候，爸爸从外地回来，给我们带回整捆的铅笔，我们几个孩子非常知足和神气。几天后，爸爸又到外面工作了，铅笔被村里住在前排的队长儿子小柱偷走了，我们郁闷伤心了好几天。爸爸再一次回来时，我们告诉了爸爸。他给我们又买回来了一捆，还有彩色的铅笔，我们当宝贝似的细细地用，开心地把玩。父母出差回来，行李袋里除了几件衣服外，还常塞满了各种各样的书。为便于我阅读，给我腾出桌子便于看书，腾出柜子放书，请木匠做了几个木制的书档把书夹住放整齐。

放学之后，回到家中翻来覆去地看属于我的那些书，回到属于自己的精神世界里，就仿佛找回了自己。小小斗室里，也能和古今中外的圣贤大师们交流思想，感受他们高尚而昂扬的人格力量，翻开书页，仿佛打开了窗户，踏上了思想之旅，还有什么不知足呢。读书是最低成本的旅行。通过看书，我们可以走到天下的各个角落，穿越远古未来，结交不同的伟人名家，探寻科技奥秘。只要打开书，就随时打开了一个崭新的世界。伴随着感悟和体会，淡淡的喜悦常常在心头升起，浮躁的灵魂也渐归于平静。

书就是家！与书的交流，是一种滋润，也是一种内省，使自己始终去追求一份纯净而又向上的心态和良善向上的家庭家教家风，不失信心地走向生活、创造生活，且乐在其中、其乐无穷。

最好的家风是阅读。真正的财富，是精神上的富足。父母爱读书，就是最好的榜样，最好的言传身教。父母给孩子最便宜、最易行也是最丰富的陪伴，就是读书。一起读书的时光，在我的人生中，总是激起最温馨的回忆。

妈妈说过："家有良田会被水淹掉，家有宫殿会被火烧掉，装进肚子里的文化，水淹不掉，火烧不掉，谁都拿不走。人一定要有别人拿不走的东西。"

我的发小儿、每天中午敲窗户喊我一道去上学、后来远近闻名的喻木匠也说过："手艺在身，谁都抢不走。"

饭菜越少越富余

也许是毕业，也许是调离不再回来，每次离开一个单位，离开集体宿舍时，我都会将房间打扫得干干净净。即使听说这住处即将拆迁，我也是如此。这并不只是把整洁留给别人，我倒觉得，这恰恰是将干净留给自己。即使穷得只剩一件衣服，也要将它洗得干干净净。洁身自好是一种尊严、一种美德、一种力量。

儿时缺衣少食是司空见惯、习以为常的。南方雨水特别多，去上学时经常逢到下雨。脚上穿的是妈妈手纳的布鞋，有时即使鞋子前面破了洞或鞋底磨透、鞋底磨薄，那都是毫不碍事的。而下雨时，就需要把鞋子脱了，拿在手上或装进书包里，一路上都是光着双脚往前跑。到了教室后，沾满泥浆的双脚在教室的土泥地上蹭蹭黄泥巴，再套上鞋子听课。从来没穿过胶鞋，也没有雨伞。穿打补丁的衣服也是很自然的事。平时夏天不穿袜子，一直以为袜子就是冬天的产物，只有到了冬天，才可以穿袜子。后来到了县城，见到城里有人一年四季都穿着袜子，才知道袜子穿不穿与季节无关。

家里的饭桌上常常会饭菜不够，好菜主菜更是经常地没法充足。越是在这个时候，我家饭桌上的菜越会富余出来。因为家里的每个人都想着自己少吃一口，让家人多吃一口，而每个人都是如此想的，这个说今天不饿，那个说胃口今天不好，因此，推来让去之间，饭菜就容易富余出来。

我很长时间不知道晚餐是能吃干米饭的。中午家里煮米饭，常是只够当顿吃的，偶尔会剩一点儿，晚上就用剩的米饭加水熬煮成烫饭，就是水泡饭，只不过时间长久一些，成糊状了。也可以往里加青菜，加面糊疙瘩。没有剩饭的话，就直接煮粥，可以放山芋干儿，那都是美味。若中午所剩的米饭不够晚上全家人泡饭用，就将这几口剩饭用芝麻油炒一炒，小半碗炒饭全家人互相让着，谁也不肯吃，每人总能说出其他人应吃干饭的理由来。

富余出来的饭菜多数情况下会落在我爸或我面前。因为我爸是家里的顶梁柱，在外面奔波劳累，饭量也大，得由他吃；他如果不在家，多数由我吃，因为我夜里睡得沉，次日还要晨跑，家里人担心我喝稀粥营养不够会尿炕。除了大年三十吃的是干饭之外，全家人晚上从来没有能全都吃上米饭。因此，我的概念中，以为晚上全家人是不能常规都吃白米饭的，而要喝稀的，就像早餐一样。直到后来去外地上学吃食堂，见食堂的晚餐除了稀粥之外，还每天都正常供应米饭，才知道晚上也可以安然无恙地吃干饭的。学了英语之后知道了国外的晚餐是正餐，要像模像样地就餐。

古训有"家和万事兴"，家庭里，有老有小，有说有笑；柴米油盐，有锅有灶；家人团圆，和睦相处；互敬互爱，幸福相伴。这个道理谁都懂，为何有的人就是做不到呢？如何做到家和万事兴？不同家庭给人的感觉不一样，有的家庭安宁，家庭成员之间互相谦让、彼此和谐，有的鸡飞狗跳、乱如一团麻，这些都跟家庭成员的态度、认知、教养有关，而这些因素也就构成了家风。也许是毕业，也许是调离不再回来，每次离开一个单位，离开集体宿舍时，我都会将房间打扫得干干净净。即使听说这住处即将拆迁，我也是如此。这并不只是把整洁留给别人，我倒觉得，这恰恰是将干净留给自己。即使穷得只剩一件衣服，也要将它洗得干干净净。洁身自好是一种尊严、一种美德、一种力量。在无人处，慎独、自觉、自律，我觉得这本身并不需要多么大的付出，而且内心非常满足。

书读在有用处。我们不是比谁读的书多，而是要能学以致用。成为一个知书达礼之人，也会体现在作为一名家庭成员上，亮出一名读书人应有的风度、涵养和学识来。修身、齐家，从来都是融会在一起的。家，简简单单一个字，由爱编织成，是我们的归宿，是我们的依赖。和和睦睦一个家，因为有了家，我们才会有安全感，有家，我们才有归处，有家，我们才不孤单。因为有家人，我们才是幸福的人！有家，我们才不畏惧，有家，我们才更心安！家，是有爱的地方，家给了我们爱，教会我们爱，家给我们包容，让我们依恋。家，是放松的地带。在家里，无须伪装，困了就睡，累了就歇，难过就哭，开心就笑，家人就是你的后盾，为了这个家，不吵不闹不冷脸，包容你的任性，理解你的苦楚，擦干你的泪水，照顾你的心情。为了这份爱，多干多赚多忍耐！

在缺菜少饭时，能自觉自愿地富余出饭菜，就此看出家风。家风家教不是什么需要上纲上线的大举动，是一种不经意间的小细节、微动作。谦让、对他人在意、让亲人少点儿委曲，这等小事里便能透出大爱。小时候，和妈妈睡一个被子，江淮地区的冬天很冷，被子盖不住妈妈的脚趾头，我就用胳膊绕过去夹住妈妈的双脚，让她的双脚在腋窝里，把寒气遮挡在外面。

如果锱铢必较、睚眦必报，为了多吃多占而对簿公堂，肯定形成不了好的家风。一家人过日子，有所迁就、有所包容才会有所发展，有的家并不富有，却其乐融融；有的人家物质虽丰厚，却鸡飞狗跳。虽然说家家都有难念的经，清官难断家务事，但简化生活、保持简朴之心，一切也就不再是难事。生活是一面镜子，什么样的态度，就会收获什么样的生活。做到洁身自好、遵守道德、诚恳厚道，并非难事。君子与其练达不如朴实，持有一颗简单真实的童心、平常心和平和心，方可避免内心的波澜。

我对"相敬如宾"这个词的初次认识，是在读初三时从同学们讲的一个事例中听得的。同学说，初三年级1班的班主任沈承植老师与他妻子在家中相敬如宾，妻子下班回家时，沈老师会接过提包、沏上热茶，对妻子说话会客气地用"请""谢谢"等谦辞，会给妻子备洗脚水。沈老师没有给我所在的班级任过课，但在校园里经常能看见他，我觉得他儒雅，气质不凡。一旁的同学们听着，有的觉得好玩儿可笑，有的觉得不可思议，有的觉得遥不可及。我当时听了以后，觉得这种与大多数家庭不一样的做法非常神圣，内心也非常渴望。恪守名分、各安其位、秩序井然、彬彬有礼，这是读书人应有的姿态和形象。从此，我便牢牢记住了"相敬如宾"这个词。

家如同书一样，要耐心地看，细心地读，精心地呵护。家不是战场，而是放松的地方。家不是负担而是甜蜜的归宿。家不是赌局，无须争个输赢，家也不是棋局，无须分个胜负。家是一生的港湾，家人健在比什么都强。不一定大富大贵，只要亲人平安就胜过一切。人生中最大的幸福、最贵的财富，就是一家人其乐融融，朝夕相伴。

我参加北京市西城区的推进社区文明协会后，书香驿站举办过"幸福家庭方桌会"。来自社区的十多位家庭成员过来参加，大家围绕主题"如何营造良好的家庭氛围"，一起热情参与、积极分享，尽情畅聊关于各自家庭和睦的温暖好做法、成功好经验。

他们依次分享了动人小故事和开心小瞬间。

家庭里要讲爱。遇到问题和想法不一致时，无论是夫妻，还是兄弟姐妹、父母、子女，要互相尊重，不能一言堂。现在社会讲究平等和尊重，还要互相照顾和关心，遇到问题进行沟通。虽然有代沟，但是遇到问题自己想开了，也想着从对方的角度进行换位思考，家庭就更和谐了。

家庭和睦的核心就是孝道。两代人一起生活的姚婶说："我和儿子儿媳共同生活10年了，作为长辈，尽量让孩子们过得更舒心。一般都会按照孩子们的想法去做，如做饭、搞卫生等家务事。如果孩子们有做不到位的地方，点拨一下即可，从来不挑剔孩子们，这样自己也觉得比较舒服、轻松，感觉孩子们也比较满意，平时为孩子们做榜样，互相尊重、换位思考，以身作则为家庭多做贡献，亲家间也经常互相沟通，总之，我们家庭挺和睦的。"

生活都是要用行动去做。女儿已经30多岁的崔大姐说："凡事自己先动起来，就比较省心，也觉得生活很幸福。平时不用爱人太用心照顾家里，只要能帮着做饭就可以了，其他的像照顾老人、洗洗涮涮等家务都是自己来完成。后来为了照顾好90多岁的老公公，在老人的最后一年，特地让爱人请假在家帮忙照看，老人最后走的时候很平静。"

结婚54年的王妈妈说："爱人的父母去世早，爱人对我的父母都很好，当成生身父母一样看待，老人生病时会带着去看病，我俩之间的关系一直挺好。"

家族兴旺，一定是有原因的。从上一辈开始注重孝道，家庭就会和谐。家庭时时刻刻把行孝融入生命中，矛盾就会少很多。当家庭的每位成员都懂得生命真正的意义,把内心感恩情怀呈现出来时,才能变得特别快乐和融洽。中国几千年的孝道传承带来太多的文化,古圣先贤思想没有过时,依然有借鉴作用。家庭教育不是语言的说教,而是身体力行,通过行孝的方式来感化。

我也从心理学角度和他们分享了幸福家庭的五道菜:心情再不好,也不要把坏情绪带进家门;给家里的每个人予以足够的信任;烹制可口的佳肴,营造厨房的味道,经营生活的热情;整洁干净有序,日子才有生气;分歧不过夜,吵架不伤亲。

房子不是家,别墅不是家。推开房门,看见家里人还在;清晨睁开眼,还能见到亲人,这才是真正的家。正如打开书,我们还能见到文字。

滁河岸边的古镇。民风、家风如同这街面一般水洗清澈　王书婷 摄

头顶有一盏灯

> 虽然求学阶段读书的压力很大，依然能感受到读书是幸福的，在地球上的某个角落，依然有很多孩子连最基本的教育都没办法享受。

书籍是一盏灯，而我的妈妈就是那持灯人。

很小的时候，我跟着奶奶和姐姐在村子里住，没见过电灯，见到的都是煤油灯。即使这煤油灯，也是尽可能不用或少用，奶奶省油的一个法子就是让我们这些孩子早早睡觉。

一次跟着妈妈到镇上，到她单位的宿舍，妈妈演示给我看一样稀罕物。她让我拉一下门旁从房顶垂下的细线绳，突然房间亮堂了起来，她让我再拉一下，光亮没有了。我明白了，反复拉起来玩儿，听这"咔嗒、咔嗒"的声音，就觉得非常美妙。但妈妈不让我多玩儿，怕灯泡会被玩儿炸了，这样晚上要摸黑了。白天没觉得有什么特别的，到了晚上，有电灯可就不同了，房间里跟白天一样，明亮亮的，不像在村子里我家被安排住在大庙里或大庵里黑漆漆的像崖洞一般，还能看书认字，真是太好啦！可惜我只待几天就又回到村子里了。

在村子里上完一年级之后，我转学到镇上小学，这时才用上电灯。不过，也不是每天都有电，停电、跳闸是常有的事。所以，房间里备有煤油灯，擦拭玻璃灯罩成为我们孩子的分内活儿。在我上小学三四年级的时候，晚饭后要看书做作业。兼做厨房客厅餐厅的屋子正中，灯下放一小方桌，上面干干净净的，没有现在人们离不了的各种水杯或水果、零食、抽纸，那时可是什么都没有。吃饭时当作餐桌，吃完便撤走空碗空碟，立马变身为书桌，成为我学习的场所。

头顶上，一根细电线绳从房梁上垂下来，一盏灯罩把上方房顶部分的空间全笼罩在幽深无边的茫茫黑色之中，灯罩之下是鹅黄色的家庭温馨。我喜欢趴在桌边，不是看这本书，就是做那册题。灯光下，我找书读、找习题做。在这灯光下，我看《四角号码新华字典》，我看《十万个为什么》，我看《数理化自学丛书》，后来还看王力的《中国现代语法》、吕叔湘主编的《现代汉语词典》，还看《哥德巴赫猜想》《许莼舫初等几何四种》。

妈妈洗完碗筷，也坐在小桌边。她看的是大部头，专业方面的书。我家里书架上有几本合订本，是我爸爸妈妈看的专业书。妈妈边看边记，她记得多，本子上写满了字。我也照她的样子，尽可能地动笔多写，我会将题目也抄下来。比如，语法书的题目是让判定不同词汇是什么类型的词组，我就将书上的原词抄到本子上后，再判定这个词汇为主谓词组还是偏正词组，而不是直接用写序号来代替原词。我想，这顺便也练书法了。

读书的好处很多，可以增长我们的知识和见识，可以提高我们观察问题、分析问题的能力，还可以增强我们结合理论解决实际问题的能力。妈妈想让我们成为真正的读书人，就在家中营造良好的读书氛围，把桌子收拾得很干净，卧室里有个书架，还买了书档，后来还请木匠做了一个书橱。有城里下放来工作的同事有书想扔弃，她听说了就要过来给我看，这样我看到了许多新奇的书。家务活儿一忙完，她也捧起本书来看。

读书对妈妈也有好处，她被单位派到县里去进修。去了没多久，唐山地震了，她没顾得上回家。我们几户人家在院子里搭了防震棚，妈妈给我写来了信、寄来了书。我给妈妈回信，让她"把有限的生命投入到无限的为人民服务的医疗卫生事业中去"。

慢慢的我发现，读书的最大好处是可以让人有属于自己的本领，靠自己生存，让生活过得更充实，学习到不同的东西，感受世界的不同，不需要有生存的压力。虽然求学阶段读书的压力很大，依然能感受到读书是幸福的，在地球上的某个角落，依然有很多孩子连最基本的教育都没办法享受。

阅读是一种心灵的滋养。有一次，妈妈的阑尾炎和肾炎犯得厉害了，大清早躺在担架上要被拖拉机拉到离镇上十八九公里的县城去住院，我已经在天没亮时就到圩区的田埂上跑步去了，还带着书准备晨读。沿着圩区的田埂刚跑完步，听到远处拖拉机"突突突"的轰鸣声，我猜想我妈妈要去住院了，我要不要放弃晨读跑过去呢？我想，我妈妈这时肯定希望我好好读书，长大有出息，不要因她的病而分心，我去了反倒会让她看到我不好好晨读而着急。等她住上院，或者安然出院回家，我学有所得也可以见她的嘛。

于是，我在林间小道，踩着露水，捧着书本又读起书来。读书，是与李白的唱和；读书，是与杜甫的吟诵；读书，是与诗人泰戈尔的交谈；读书，是与方志敏一起清贫共唱《可爱的中国》；读书，是与高尔基的《海燕》振翅飞舞。一种书籍，代表一种人生。妈妈鼓励我多看适合自己的课外书，她认为多看书才能有益身心，书要细品细琢，这样才能深入心里，还要多记多背多用，用到举一反三为上乘。书或宁静，或淡雅，或富贵，或粗犷，或聪慧，或高洁，读它会激发我们的阅读兴趣，让人变得成熟，启发我们的想象力，让心灵变得

有书在手，心伴脚走　赵莹 绘制

轻松。

不动笔墨不读书，妈妈是这么做的，也是这么教我们的，让我们坚持写读书笔记，真正做到读书时眼到、口到、手到、心到。将自己读书时获得的资料或感受记下来，形成读书笔记，就是指读书时把自己的读书心得记录下来，也可把阅读到的精彩部分整理出来，写出自己的认识、感想、体会和启发。读书后写读书笔记是训练阅读的好方法。写读书笔记，对于深入理解、牢固掌握所学到的知识，积累学习资料，以备不时之需，是很有必要的。时间久了，我读书后常用的一些方法有札记，就是将摘记要点与心得结合起来。我也写心得，即读后感，就是将读书体会、感想、收获写出来。有时我也提出自己的看法并记录下来。这些都是很好的读书方法。

有时我还学着写诗词。不管写怎样的读诗笔记，总是要读懂原诗、欣赏原诗，这是基础，这就使得我必须专注地去读诗、读注、读赏析。写读后感常要先把原诗主要内容做一个概括，然后根据自己选择的角度进行评论，评语言或者评人物，只要是自己的看法即可，但这些都需要认真地读原文。写读书笔记的方法也不止上述这些。倘若把每一篇好文章比喻成一朵花，写读书笔记就好像在万花丛中采集花蜜。天长日久，就会发现读书笔记对提高自己的阅读和写作能力有事半功倍的效果。

诗人卞之琳自译过一首短诗《第一盏灯》（*The First Lamp*），英译与原文紧扣，仿如珠蚌的上下两瓣，开合自如，浑然一体。

《第一盏灯》的诗文是：

　　鸟吞小石子可以磨食品。

　　兽畏火。人养火，乃有文明。

　　与太阳同起同睡的有福了，

　　可是我赞美人间第一盏灯。

诗人的英译是：

The First Lamp

　　Birds engulf hard pebbles to grind the grain in their crops.

　　Beasts fear fire. Men keep fire, and so arises civilization.

Blessed are those who arise at sunrise and sleep at sunset.

Yet I praise the first lamp that open so a new world.

我尝试着依他的英文版本汉译了一下，题目译成《启明灯》，诗文是：

> 石磨谷粒鸟喙衔，
>
> 兽惧火焰远文明。
>
> 日出而作落而息，
>
> 人幸向阳祈灯荧。

妈妈就是那带来光明的执灯人。她那时讲起的两件有关读书的故事让我记忆犹新。

一次是她十来岁的时候，20世纪50年代，虽然住得离县城近，但也有四五公里。每天早上要挑上一担稻草或树枝柴火去县城边上的集市卖掉再去学校上学，这些都是头天傍晚准备好的，换来上学和家用的钱。一天半夜，因担心早上起晚耽误卖柴上学，突然醒来，天还没亮，赶紧起床，挑起柴火就往县城奔去。汗涔涔地赶到城头的时候，借街上店铺透出的光亮，歇一歇，也壮壮胆。正在这时，有几个人从店铺里走出来，这是一家加工食品的作坊，国营的食品加工厂，来人诧异半夜怎么会有一个小女孩儿守着两堆柴火站在街上，就问道："孩子，你怎么大半夜的在这儿站着呀？"妈妈答道："我来这儿卖柴火啊。大婶，现在是几点呀？"来人惊呼道："哎呀！傻孩子，哪有这么早来赶集的哟，现在才11点多，还没过夜呢！"这可怎么办呢？那时家里没有钟表，无法掌握时间，不然也不至于惊慌中起这么早。我妈妈不知所措。这时，店铺里又出来几个下班要回家的人，他们几位一合计，把柴火买下了，让我妈妈赶紧回家。

另一次是在她初中毕业的时候，从家里一路急急忙忙地赶到学校看大门外的揭榜，她报的第一志愿师范学校录取名单上没有她，第二张报的农林学校也没有她，第三张高中录取的名单上倒有她的名字。这可不行呀！"高中还要读几年的书，家里负担不起呀！"她当初填报几所学校就是为了尽早工作，为家中分忧，现在这种愿望泡汤了，怎能不急呢？她在墙脚蹲下埋头啜泣了起来。这时，校园里出来一位长者，问起她："这位同学怎么啦，怎么在这儿哭起来了？"妈妈把没被填报的专科学校录取的情况说了出来。来人说："录取你去读高中，是为了以后能考更好的学校。既然你要去读专科，那我来跟上面说说，师范和农林都录满了，只剩卫校了，你去学医行不？"我妈妈连忙答道："行啊！"原来这人是教务主任，正好在教育局负责此次的学校招生推荐录取工作。过了几天，我妈妈果真收到了卫校的录取通知书。所以，妈妈一直非常珍惜这来之不易的机会。

听妈妈讲起她读书时所经历的事，我感觉，人生就像是读书，开始的时候懵懵懂懂，读到中间的时候一知半解，到最后终于明白，不管酸甜苦辣，都是我们最珍贵的记忆。

妈妈说：书籍可以让我们看得更远、更清晰，就像望远镜，就像黑夜里的星星。我觉得很对，书籍不就是蓦然回首见到的头顶上的那盏灯吗，它照亮我们，让我们知道谁与我同行，又有谁看到了怎样的风景，我们又该如何进行自我的追求与调整。

愿我们心灵如书，宁静致远；愿我们心田如镜，映照光明。

每扇门上都有一本书

> 入门,从有字书开始。而家家户户大门上的对联就是很好的一本教科书。

小时候,年味比较纯正和浓厚。刚进入腊月,就有人家张罗着年货。贴门对自然是少不了的大事要事。小镇上有几家老店,自然吸引了十里八乡的村民过来赶集。有挑担子的,有划着船从对岸过来的,也有从山坳里拉板车来的。一瞬间,古镇像是少年,身体苏醒了,热闹了,嘎嘎吱吱地长个儿长劲儿不安分,要可劲儿地折腾一番。

卷着红纸,夹着香烟来找家父写春联的人多了起来。那里识文断字的人少,能写对联还敢往家门上张贴的人就更少了,家父写得一手好字,是当地可数的几位"书法家"之一,到年底为乡亲们写写门对子、写写"福"字"寿"字,那都是乐此不疲的事。年底通常都要忙上大半个月,越到除夕越忙。我家里备有笔墨,乡亲们不用再买。父亲不看现成的楹联书籍,都是蘸墨水舔笔毫时想词,每家每户的情况不同,也有要求给牛棚、猪圈、鸡舍甚或菜园、厨房和粮仓写字的,还有为田埂、水井和锄头犁耙写字的。笔润好了,字也想出来了,上下联同时从上往下写,一气呵成。写春联的那段时间,正是学校放寒假的日子,我就跑前跑后忙乎起来,倒墨、折纸、按纸、提纸、晾放、洗笔。很有收获的是学会了裁纸。如今许多年轻人离了裁纸刀就束手无策,我倒是可以徒手裁纸的。现在学习七巧板非遗课程,这个功夫就给派上用场了。

大年初一的上午,在家里吃过早饭、热闹一阵之后,我怀着好奇的心情,沿着古镇老街的一侧走过街沿,挨个儿看每家每户的春联,嘴里念念有词,不仅读句，还赏字看书法字体。

在我眼里，大年初一，推圈、斗鸡、捉迷藏、看小人儿书，都没去街上看春联有意思，每家的句子不一样，字体也因由不同的人书写而不同。有一副镇上一位老师家大门上的对联，我印象深刻：你有黄金万千斗，我怀技艺度春秋。

渐渐地，一年一年地长大了，我似乎能品出联义、字体这类对联上的风格与这户人家的品格非常吻合。对联中蕴含着丰富的汉字文化，其字形结构、排布形式等都源自汉字，不同的字体形式代表对联的不同风格。如果大年初一我不抢先看个遍，有的很快就被撕了、风刮破了，或被鞭炮炸碎了。篆隶楷草行诸体，或以雄沉劲健、雍容端朴见长，或以俊秀潇洒、温婉流丽为胜，皆给人陶然兴会的雅逸美感。楷书对联由于字体圆润、方正规整，以庄重中正之风著称；行草对联凭借其自然洒脱的笔法，将作者的心绪和对联的字形进行良好的结合；尚古取法的篆书对联兼具力量与灵动，形成独特的风格体系。

还有颜色也有别样。有的人家的对联贴的花纸、黄纸，回家后激动地对家长说，黄纸对联、彩纸对联真好看啊！来年咱们家也照这样贴，五彩缤纷挺好看的。很自然地，招一顿斥责，以后再也不敢这般说了。这时方知，这种纸的对联是当年家中有人去世才会贴的。

这样的糗事还发生过几起，都是缘于我虽求知欲强但一知半解，弄巧成拙。好在通过这些事也能及时弥补我知识上的空白点和盲点，凡事不能生搬硬套，不要成为脱离实际食古不化的有脚书橱。在我大约三四岁的时候，跟着爸爸妈妈调动，全部家当就是几个纸箱子加上一点儿锅碗瓢盆，在

室内总有墨香在弥漫　赵莹　绘制

迁居的船上，我从包袱里拽出一条白纱布，绕着腰间就缠起来，自觉好玩儿。因为我看过农民在腰间系上草绳或布条布带，艄公和纤夫也会系上绳索或衣袖，干活儿时好用力使劲儿，却顿时招来船上一群人的埋怨，"这孩子，家里只有死了亲人披麻戴孝才会系上白布条的，快取下来！"自然屁股上少不了一顿饱揍。还有一次，20世纪70年代中期，从中央人民广播电台的《新闻和报纸摘要》节目里，经常能听到哀乐、讣告，其中有一个词常听但没搞懂，就是"某某某同志安息吧！"我觉得"安息"这个词有文采，估计是那种类似现在我们常用的"bye-bye"告别的含义，于是早晨我背起书包要离开家时，郑重其事地对弟弟说："我去上学了，你在家安息吧！"他蒙在那儿，不懂何意。我正欲转身上学，却被我爸从后面薅住衣领扭着原地转了三圈儿："你胡说什么？！"看他黑着面孔，这一下，我顿时明白了，这个词是不能随便用的。虽然吃一堑，但我觉得能因此而长一智还是值得的，这很有收获。尤其是我说"安息"这个词时，有一种试探，看它的使用场合也就是后来我学到的语境到底是什么样子的用意。

收获在淡淡的墨香中。在那几年间，我最大的收获就是找到楹联阅读的感觉。尽管说不上韵律、平仄、对仗的大道理，但读过成千上万副对联之后，再看见一副对联，能立见其档次和价值。对联是我国特有的一种文学形式，它与书法的美妙结合，又成为中华民族绚烂多彩的艺术独创。书法博大精深，韵味无穷。对联作为诗歌的一个特殊形式，借助色彩，通过拟人、状物、寄情等方式营造丰富的意境，增强对联的艺术性。春联则字句凝练，整齐精严，联语字数四言至多言不一，以五、七言律诗体为常见。内容涵盖丰富，凡诗词、格言、警句、谚语乃至白话文皆可，典丽琳琅，文采映耀，实为照人眼目、字字珠玑的篇章。因此，将书法与对联融为一体，翰墨之中品味美文的诗情哲理，词句之间观赏佳联的风神韵致，诚然是人文艺术的完美体现。古往今来，除贴于门上用作春联外，书家还乐以此酬应赠答，文人好将对联雅悬室壁，当是他书文双美、艺趣相生的魅力，令人为之钟情而历久不衰。

看完半边街的春联之后，就到了中午，匆匆赶回家吃午饭，午饭常是除夕年夜饭的翻版，但在一年当中也算是非常丰盛和难得的了。吃过午饭，再出门去看老街上另外半边，挨家挨户地在门口伫立一会儿，把一家的春联看完后再看下一家的，依次看完。

"爆竹声中一岁除……总把新桃换旧符。"春联是春节时贴于门上的，也称楹联，因古时多悬挂于楼堂宅殿中的楹柱而得名。五代十国时期后蜀国君孟昶曾在岁除之日写了"新年纳余庆，佳节号长春"的桃符联语，挂在宫中迎春祈福，后人始将此引为对联的初例，距今已逾千年历史了。自明代起，使用对联的风习渐盛，与新年节序有着渊源关系的春联也因此逐渐突破了原属的范围，或题咏山川名胜，或歌颂风物岁时，或抒发情怀心意，成为广泛应用的文体表现形式。

近代书家之中，梁启超堪称一绝，其书法秀逸，行楷尤胜，且好集词成联，书赠朋友。如写给胡适之的联为：蝴蝶儿，晚报春，又是一般闲暇；梧桐树，三更雨，不知多少秋声。而他最为惬意的是书赠徐志摩的那副：临流可奈清癯，第四桥边，呼棹过环碧；此意平生飞动，海棠影下，吹笛到天明。佳书妙联声名远扬，梁氏索性定下润例，以应众求，各界新藏其联不少就购于此时。古人喻画是八重天，字是九重天。可见书比画的品位更高。

待看完整条街的春联时，已近黄昏了，乘着暮色，在节日气氛中，听着噼里啪啦的鞭炮声，想着晚餐的美味，蹦蹦跳跳地回家了。

渐渐地，人们的知识水平提高了，回乡的青少年尝试书法，或不愿在写联上求人，自家动笔的人多起来了。大门上的对联也不再总是"四海翻腾云水路，五洲震荡风雷激""金猴奋起千钧棒，玉宇澄清万里埃""东风浩荡革命形势无限好，红旗招展生产战线气象新"这类铿锵有力的话语，而重现了"生意兴隆通四海，财源茂盛达三江""福如东海长流水，寿比南山不老松""五谷丰登将再现，六畜兴旺定有时""事能知足心常泰，人无奢求品自高""中华兴特色，大地焕新春""辉煌业绩惊天地，锦绣江山入画图"等等。

但这些年轻人普遍地没有老一辈那样的文字功底，创作楹联的水平还不行，于是，大年三十中午我家贴出对子后，很快，不远处别人家的春联也如法炮制出来了。我爸自己创作的"门迎滁河长流水，户对南山不老松"在门上贴出后，隔壁在铁匠铺上班的老丁家的大门上很快出现一模一样的春联，这是他那辍学的儿子的功劳，尽管他家对面是一间草屋厨房。第二年，除夕那天的中午，我爸贴出了"门迎滁河长流水，路向晴空夕照灯"，不一会儿，老丁家的门上也贴出了同样的春联。

我们可能容易对一本书的作者做出优劣高下的判断，但不易对一副对联的作者做出判断。其实，楹联和书籍一样，创作者如果本身具有一定的文化学养，就容易创作出有品位格调的作品。春联品位格调的高低，在于作品是否含有浓郁的古意、雅致的文气以及中国传统的哲学思想。而这些元素的有机融会，都必须通过书家的综合学养和深厚的笔墨功力表现出来。

20世纪90年代，《人民日报》的《大地》副刊连续开放了十来个年头刊载梁石、梁栋兄弟的春联作品，宛如烂漫的春花，给楹联界带来一派勃勃生机。这些春联紧紧扣住"春"的主题，以形象生动的语言营造春天的意象，渲染喜庆祥和的节日气氛。春联必须姓"春"，无春则无所谓春联，春的意象必须靠鲜活形象的艺术语言来营造：如"江河喜酿迎春酒，莺燕争鸣祝福歌"比拟之新奇，"改革八方争报捷，登攀一路尽飞花"气韵之飙动，"紫燕南来衔秀色，大江东去荡春潮"画面之宏阔，"迎春杨柳凌云竹，出水芙蓉向日葵"象征之清逸，无不春意逼人，春光旖旎。而"柳借春风梳秀发，梅因瑞雪吐奇香"之色香齐美，"云霞腾丽日，龙马啸春风"之声色俱臻，"万竿新竹凌云上，一簇红梅傲雪开"之浓淡相映，"才闻燕子呢喃语，又见山花烂漫开"之声情并茂，更是悦目赏心，流光溢彩，使人读之如尝醴酪，久而弥甘。

历代前贤都一直强调品位格调永远是第一位的，技法是第二位的。综合学养是字内字外的功夫积累，而技法则是基本功力之重要基础。但是技法永远是品位格调的基础。如果不掌握基本技法，品位格调则无从谈起。

书以载文，文以载道，足见书法能量之大、影响之深。书法是中国文化的缆绳，因此，不论是初学者也好，还是书家也好，不懂得基本技法，说什么也是纸上谈兵。换句话说，不懂得技法则没有资格谈品位、谈格调，历代书家也无不是从基本技法开始而步入艺术殿堂的。因此，学养与技法相辅相成、相得益彰。门上的对联每年都在变换，这里博大精深。

谁家的门，便有谁家的联。每家门上都有一本书。

云淡风轻读书声

> 激励人心的故事、弥足珍贵的历史印记、熟悉的人物形象,都能通过导读与分享鲜活起来,激发城市里南来北往人的信念与信心,热情与激情。

在农村的环境里生活,尽管家里不种庄稼不需要干农活儿,但容不得睡懒觉。鸡鸣狗吠,各种生活、生产的声音随着夜色的消去而逐渐喧哗起来,有生产队长的喊号上工的声音,有赶牛喂鸭、烧锅上灶、婴儿啼哭、打水洗浆的声音。晨霭云霾氤氲间,小镇在晨曦中苏醒,又恢复了生气。醒来后,我会一骨碌爬起来,立刻穿衣服下床。我每天迈出小院大门的时候,镇上出门的人还很少,只有勤快的几户人家在洗衣淘米。穿过街上的小路到对侧巷子里,顺着斜坡跑下去,就是街的后面,坡底下就是低洼的圩区,笼罩在薄雾之中,这时天空还是深青色,还没完全亮起来。

大片的圩区里郁郁葱葱的,像一块大绒布地毯,有几处小水塘散布在其间,像是缀了蓝宝石。围绕着圩区四周的是高高的河埂和远处垄岗上的村庄。块块的秧田如同棋盘格一般。不同生产队的庄稼地就靠着田埂连接在一起,田埂尺半的宽度,高出水田或旱地约有半尺,只够一人通过,两人则要侧身让行慢过,不然会掉到庄稼地里。埂上长满杂草,像脑袋后面长了头发似的倒伏向秧田,田埂中间的草被踩塌了,矮不少,踩上去也显得结实,不像田埂两边的草立得那么高,长草让人探不实路面。田埂远远地像是蓝丝带系在大地上。这里是长江中下游,阴雨潮湿,又是圩区,地势低,土壤中贮积的水分多,所以,田埂常是湿润的,埂上的草长得很快。没有人下田干活儿,路中央的草也会长起来,常常挂满露珠。

云淡风轻好读书。古镇是沿河而建的，年复一年，街面的店铺人家越来越多，河埂便被扩填用来增盖房子，越来越宽，每天早间，我就是从河埂上冲下去，到田埂上去跑步。开始，路面还不能完全看清楚，跑了一大圈儿之后，约有两三公里，布鞋的底和面有点儿湿，天也亮了。有时也会返回再跑一圈儿，这时，随着我跑步的咚咚声，看见田埂地面的草丛里不断地有水蛇游出，它们受到惊吓，沿着草的间隙倏地窜到秧田里去，像跳水运动员一样，很快就在庄稼地里消失得无影无踪了。我毛骨悚然，头皮一阵发麻，生怕它们游到我裤管里来。我在想：前面在跑第一圈儿时，它们不就在草丛里躺着么，那时它们还没睡醒，现在被我吵醒了吧。我也怕踩着蛇，只好踮着脚尖儿往前跑，也无法后退，因为跑过的一段路上也正有蛇在往田埂下面游去，还没窜完呢。第二圈儿跑下来，裤脚和鞋面都湿了，好在跑完后，晨曦开始覆盖整个村野，在炊烟的烘托下，复活了整个大地，推开了每家每户。鞋面过不了一会儿就干了。这时，我捧出手里的书本，纸页上的字都能看清楚了，我就在池塘边开阔透亮的地方朗读起来，边读边绕圈儿，有时也走到槐树下，爬到老柳树树桩上，或靠到生产队的草垛上、坐到水塘边浣洗衣服的青石板上。

那时朗读的有教科书上的语文课文和英语课文，但更多的还是一些课外资料，有唐诗宋词，有王勃的《滕王阁序》，有方志敏的《清贫》，有何其芳的《我为少男少女们歌唱》《生活是多么广阔》，还有警句格言，有小说和散文里的精彩篇章。在池塘与庄稼地之间隔着一条长长的土路，与镇上的大河埂平行，在这条林荫小道上，晨光从杨树枝叶间透过来，我感觉空气都清新了许多，朗读的材料都容易记住了似的。田野太空旷，朗读的声音也就大了许多。不光能听见远处乡村喇叭里传过来的声音，还能听见蝉鸣鸟叫、鸡啼蛙鸣。

那时没有钟表用于计时，听到喇叭里传过来中央人民广播电台的著名早间节目《新闻和报纸摘要》，就合上书本返家去了。回家后时间还富余的话，会继续读上一小会儿，朗诵语文课文或英语课文。

有一次，跑步晨读结束，吃过早饭后，坐在家门口的小板凳上，拿出课本看起来，正好也能听听大喇叭里的新闻。广播里传来《新闻和报纸摘要》中的播音，正在播送一条某地高产丰产的消息，女播音员说到单产数量时，提到是每亩 800 万斤。我虽然手捧着书本，但耳朵听出不协调的含义，这么大一个数字，得有多少粮食呀，便想证实这个数字。每天过了 7 点，公社的喇叭会重播《新闻和报纸摘要》。6 点半播送的是直接来自中央人民广播电台的这个节目，7 点钟传送的是安徽人民广播电台重播的这档节目，所以，能连着听到两遍。我估摸是在节目开始后约十来分钟的时候出现的这条消息，于是我磨蹭着依然等着听那条新闻，一会儿果真听到这条消息了，说到亩产时变成了 800 斤，终于改了，这下合理了。这样我就抓起书包冲出院门，赶紧上学去了。7 点半的第一节课是早读课，也不能迟到。

早读的习惯自小学时一直保持到现在。要不半夜醒来看一会儿书报，要不在上班的路上阅读一会儿，有时会提前看上几眼美文或在路上反复地念叨工作上的要句。像海伦·凯勒的 *Three days to see*、社会主义核心价值观的内容、"三牛精神"、伟大建党精神等，就是我在上班的路上反复背诵记住的。

凡事关键在于坚持和恒心。在农业社会时，先贤们讲究晴耕雨读，现在条件好多了，也不用担心"华北之大，已经安放不得一张平静的书桌了"，现在有的是学习机会，我们只要像海绵吸水一样，饱蘸书香笔墨便好。在南京做博士后工作时，周末去大行宫礼堂参加"市民讲堂"，听从各地来的专家如易中天老师、知心姐姐等讲古今中外的知识。在北京工作时，有一个好的机会，就是可以去各著名高校校园内听课。本科生和研究生的许多课程我都感兴趣，哲学美学、文学宗教、建筑企管、农林水利、外交防务，还有中国通史、世界历史、社会治理、城市设计等。我还经常去中国人民大学的重阳金融研究院听经济、金融、财政方面的论坛。自 2019 年做起了中国现代文学馆的志愿讲解员，2020 年担任商务印书馆的阅读推广大使，还在北京鲁迅博物馆内的书店开设了"文化影响力"论坛，义务给参观者和读者宣讲红色文化，还把书香推广活动送到社区，在"世界图书日"到陶然亭的书香驿站宣讲"红色百年里的字里行间"。

书读到后来，仿佛自己就成了书，需要给别人散发出正能量。你是书，就给别人打开；你要是太阳，只管升起，当你升到空中的时候，人们自然会对你仰视。

　　"书香满西城"的读书活动，我是老观众了。在北京新街口剧空间咖啡吧、在金融街的聚力金融街党群服务中心里、在马连道茶城的党建活动室内、在西单钟书阁书店的阅览台阶上，我与书友们参加每月一次的读书会。大家把对此的期盼当成每月一次的美丽约会，在凉风习习的夜晚，在细雨淅沥的午后，在狂风大作的傍晚，人们不忘相约开始一场"云淡风轻、清涤情灵"的精神之旅。邀请来的名家拥有的厚重的史实分析、立体的人性剖析，通过娓娓道来的讲述，让在场书友无不沉迷在淡彩轻抹的烟雨里，徜徉在诗性中。每次两个小时的聆听和交流，让我们在闹市中的"老地方"重拾了宁静的诗意。活动结束后，不少书友在"书香满西城"的微信群里分享活动心得。

　　这样的活动可以以文会友。文学作品的阅读需要共同的认知背景才会有共鸣，没见过炊烟哪能理解炊烟袅袅的意境呢。我在这里给读者讲过白先勇，解读过他的作品。讲座过后，有年轻读者说道：跟着好朋友参加"书香满西城"读书会，起初只是觉得活动有赠书，还能督促自己多读些好书，抱着试一试的态度来参加，不承想被老师深入浅出的讲解深深地吸引，感受到文化的深邃和自己的苍白，形色各异的人物性格，揭露了背后的时代背景，展现了人性与诗意的交锋。

　　激励人心的故事、弥足珍贵的历史印记、熟悉的人物形象，都能通过导读与分享鲜活起来，激发城市里南来北往的人的信念与信心、热情与激情。我有时去参加一些作者的新书发布会，也去散布在城市各个角落的书店、文化馆、图书馆，通过读书分享会，每次都有所知、有所悟、有所思、有所得。既是充电，也是汲取，更需要输出。我在鲁迅博物馆内讲鲁迅与版画，在社区讲健康养生，在书香驿站讲红色百年故事，赠送自己编写的图书，为大家送去精神食粮。还在关心下一代工作委员会的帮助下，带领小朋友们诵读诗词，为他们讲科学记忆、讲大脑的科学养护和利用。

　　人们都知道，"送人玫瑰，手留余香"。书香就要这样飘散开去，书声就要这样传播开来。

读书是天底下第一等好事

打开书我们会看到社会的光明面,也会看到社会的阴暗面,会看到各种人的命运,感受他们的喜怒哀乐、悲欢离合,倾听他们的呼声,观赏人间的悲剧喜剧正剧,给人启迪,陶冶情操,净化心灵,提高精神境界。

哲人说:无知乃是第一饥饿。人类精神上的匮乏、知识的匮乏,虽是一种象征意义上的饥饿,似乎看不见、摸不着,但它比真正的生理上的饥饿更为严重、更为可怕,它是第一性的。

大约在上小学五年级时,一个傍晚,我在家中做作业,听到隔壁的一个小哥哥在问他爸爸算术题,他家在农村,他以前也是在农村学校读书,与他妈妈和姐姐弟弟住在一起。因他爸在镇上工作,家长重视孩子的教育,就在新学期开学时将他转学过来,他比我高两个年级。我爸与他爸是同事,两家住在同一个院子里。当时,我爸在他家,两家的大人在闲谈。

他爸看是一道数学应用题,就扯开嗓子喊我过去看是不是能帮助解答。待我赶过去仔细看这道应用题时,我爸已看完了题,就给那位小哥哥建议道:"你得先把这个数从那个数里除去,才能拿这个新的数去算呀。"我也看完了题,我听懂了我爸的意思,他的解题建议是对的,是要先做减法。

可出乎我意料的是,趴在方桌边的小哥哥在把这两个数相除,在做除法。我瞬间明白了,他没搞懂题,也没听懂我爸说的"除"的含义,他只听到字音,没听出字义。他不懂题意,自然搞不懂此刻的语境,也就没法解题,甚而听不懂解题的建议。

依我看，他的问题在于书看得不够，看少了。常用字的不同含义，在特定的环境中，会有相应的信号发给我们的，我们若储备足够的信息，是会迅速判断出来的。这种能力从哪里来，那就是书。书，是我们的导师。我们要善于从书本中寻求答案。如果缺少像这样对"除去""除掉"中"除"的真实意思的理解，我们便是饥饿了，营养不够，得补充知识，就是要去阅读、去理解、去操练。

书是知识的储存库。书并非是取得知识的唯一来源，知识的本源是人们的社会实践，它构成了人们的直接知识。书是不同人在生产斗争、社会斗争中的实践总结，它构成了人们的间接知识。古希腊思想家亚里士多德把知识分为三类，即实践的知识、理论的知识、鉴别的知识，这是有道理的。实践产生初知，上升为理论，再回到生活，进行鉴别，获得真知。人受时间限制，不能事事亲知，大量的是从书籍中获得的间接知识，然后在实践中去鉴别。司马迁治《史记》是行万里路、读万卷书。前者实践，后者理论，这样方能获得全知。足见行与知、实践与读书相结合是求知、成才、完善的途径，这便是知识与书的关系。而"知识如海，浩瀚难测""众书成山，巍然难攀"，怎样掌握它的规律和系统呢？

每当我拿起一本新书的时候，就觉得有一种栩栩如生的、会说话的美好的东西进入我的生活。热爱书吧，它会使你的生活变得舒畅，它会帮助你辨别形形色色的思想感情和事物，它会教会你尊重别人和你自己，它会用爱世界人类的感情振作你的头脑和心灵。书是知识的泉源，只有知识才是有用的，它能够使我们在精神上成为坚强、忠诚和有理想的人。

书是知识的金字塔、知识的大厦、知识的王国。秀才不出门，能知天下事，说的就是这个道理。人们之所以能知天下大事，就在于手中有书。书籍就是时代真正的大学。

打开书就如同打开世界的大门、历史的通路，广大的世界缩小了，漫长的历史缩短了，天上人世尽收眼底，五湖四海就在眼前，中外古今赫然在目，让我们游历世界、认识社会，理解历史兴衰交替、沉浮演变的规律。

打开书便有可能揭开自然的帷幕，既可以一览宏观世界，也可以洞察微观奥秘，时空无限的宇宙、天体演变的奥秘、地球结构的奇景、物质无穷的层次，既可以宏观到太阳的光芒，也可以微观到细胞核里的遗传物质，使你从理论的精义、科学的智能中直观人类，深切地感受到人为什么是宇宙的精华、万物的灵长。

打开书有可能进入数学的永恒的世界，探索哥德巴赫猜想，摘取数学皇冠上的明珠；有可能进入化学的奇妙世界，探索物质的分解与化合，寻求生命繁衍的答案；有可能进入物理的复杂世界，沿着牛顿、爱因斯坦等科学巨人的足迹，揭开物理学的司芬克斯之谜，从必然王国向自由王国飞跃。

打开书我们可以和人世间最优秀的人物结伴，置身于历代伟人巨匠之间，聆听智慧的告诫，如闻其声，如观其行，如见其人。

打开书我们会看到社会的光明面，也会看到社会的阴暗面，会看到各种人的命运，感受他们的喜怒哀乐、悲欢离合，倾听他们的呼声，观赏人间的悲剧喜剧正剧，给人启迪，陶冶情操，净化心灵，提高精神境界。

书是千里眼、顺风耳、望远镜、显微镜，书是科学的总结、智慧的源泉、生活的指南，给人以开启百科知识的万能钥匙，提供认识客观世界和主观世界的途径和方法。

保持饥饿状态去求知，是我们的动力。人类是地球思维的花朵，这花朵就开放在不朽的书里。思维之花是知识之花，书籍是人的思维之花、实践之花、生活之花，具有永不衰竭的活力。寺庙会倒塌，神像会朽烂，帝王的宫殿会毁灭，而知识却风雨不折，雷电不击，具有不朽的本质，强大的生命力，经久长存。

人的不足是经过学习而来的，不是有句话"学而后知不足"嘛。歌德所说的"无知乃是第一饥饿"就非常深刻。《礼记》有云："玉不琢，不成器；人不学，不知道。"西汉刘向说："书犹药也，善读之可以医愚。"三国诸葛亮说："才须学也，非学无以广才。"李白说："十五观奇书，作赋凌相如。"杜甫说："读书破万卷，下笔如有神。"顾炎武说："君子之学，死而后已。"孙中山说："我一天不读书，便不能生活。"鲁迅说："倘能生存，我当然仍要学习。"周恩来总理说："为中华之崛起而读书。"

古希腊思想家苏格拉底说:"知识就是最美的,无知就是最丑的。"柏拉图说:"不知道自己的无知,是双倍的无知。"莎士比亚说:"书籍是全世界的营养品。生活里没有书籍,就好像没有阳光,智慧里没有书籍,就好像鸟儿没有翅膀。"俄国科学家罗蒙诺索夫说:"对我来说,不读书,毋宁死。"门捷列夫说:"生活的全部意义,就在于寻求新的知识。"俄国理论家别林斯基说:"书是我们时代的生命。"文学巨人托尔斯泰说:"理想的书籍,是智慧的钥匙。"

马克思在《独白》里回答他女儿燕妮的话很有意味。当燕妮问马克思"你最喜欢做的事"时,马克思回答了这样一句话:"啃书本。"书本不是读,而是啃,可见其热爱的程度。马克思流亡英国伦敦,曾在大英图书馆读书四十年,在他读书的桌下地面,留下了两个深凹下去的脚印。这就使得博学的马克思像他同时代的德国革命家李卜克内西所形容的那样,马克思像一艘装满了知识的军舰,停泊在港口引火待发,驶向目的地。

荷尽已无擎雨盖,菊残犹有傲霜枝。我认识一位老同志,年已90岁,仍然保持着学习的习惯,坚持阅读,晚上看不了,就在白天光照好些的时候阅读,嫌字小,就安放阅读放大仪,尽管这样做,阅读起来也会使他双眼流泪,但永远饥饿的心是促使他不断学习的最大驱动力,甚至与高科技有关的新鲜东西,他都不会放过。秋风吹落叶,红日映霞天。还有与我有忘年之交的黄宗汉先生,他生前求知爱书,给我印象也很深刻,他住的老年公寓就有一架阅读仪,《宣武区消失之前——黄宗汉口述》一书,对我与他的读书交往等内容专门作过记载。

一个人的精神饥饿感是在中小学形成的。古人所指"三日不读,面目可憎"说的正是因精神的饥饿感所致。人的很多习惯和能力的养成是有关键时期的,在这个时期如果适当地给予刺激,只要一学习便能够形成习惯、拥有能力。精神饥饿感的形成也有关键时期,一旦错过关键时期,再想养成阅读习惯,就很困难了。保持饥饿状态,方使我们知道"知之无涯"。如此,则寿也无涯矣。

知识无极限,思维无极限,创新无极限矣。

书中自有乾坤

路上遇到一位熟人，于是指着书上的词请教："这是什么意思？"这是一位大人，约四十来岁，在公社的机关里工作，他回答说："博士就是上知天文，下知地理，无所不知，无所不晓的人。"于是，我在心里暗想："这样的人很厉害呀，长大后我也要成为这样的人。"

1975年前后，我还在小学读书，喜欢捧着书走路，上学放学也是如此。有一次周末，拿着一本课外读物在镇上街后的河埂上一边走一边看，这是一本介绍科学家的书，书上提到"博士"，爱在人名后称呼"博士"，如钱学森博士、杨振宁博士、基辛格博士，这个词我以前也见到过，但没学过，不知其意。路上遇到一位熟人，于是指着书上的词请教："这是什么意思？"这是一位大人，约四十来岁，在公社的机关里工作，他回答说："博士就是上知天文，下知地理，无所不知，无所不晓的人。"于是，我在心里暗想："这样的人很厉害呀，长大后我也要成为这样的人。"

其实就是那时那刻一个偶然的念头，并没有当回事，事后也没再多想，这个词给我的启示也早就丢到爪哇国去了。即使后来果真报考博士，也没想到与当初儿时的一个小小的激动和立下的宏愿有什么关联，当成是歪打正着。平常还有人会问："读了那么多书，耽误了多少工作、多少事啊！你还不是和我们干同样的活儿，领同样的一份工资，建立一个平凡的家庭，何苦折腾？外面的世界多精彩，书中的文字多令人无奈。"

有的人读书，是为了光宗耀祖，古人"头悬梁，锥刺股"，不得不逼着自己读书，从《三字经》《百家姓》读到《千字文》，从"四书五经"读到《左传》《资治通鉴》，他们就是靠着这份执着一路走来，及至成人、成文人、成仁人；即便屡试不第、做不成状元宰相，也能因有书可读而欣然忘食、自得其乐。我读书就是没有功利心，纯粹是因为发自心底的喜爱。

有的人读书是出于功利心。那些脚步尚未离开考场和校门的大学毕业生，便上演了一场场撕书甚至焚书的闹剧，好像跟书有深仇大恨似的。尽可以表达不满和诉求，只是不应该也不可以拿书出气啊！看来为何读书，他们似乎还不知道。很多东西，眼睛看不到，读书可以；脚步不能丈量，读书可以；身体无法抵达，读书也可以。

或许是出于天性，我和其他的一些人一样，自小就对新鲜的发现很感兴趣，而且喜欢穷追其义，有时竟达到不明就里则不痛快的地步。兴趣和好奇是读书的原动力。世界充满了让我们好奇的事物，失去好奇心的话，人的社会性就无存在感了。如果有活到老学到老的想法，那就有无限的可能性。闲暇时日，能捧着书坐下来，且不说什么读书求知，就是那种有书在手或被群书围抱、书香弥漫的感觉也很美妙。如果去图书馆或书店，恰好遇到一两本好书，挑出来用心读读，实在比吃烤串、啜螺蛳粉好得多。

能和古今中外的大师圣贤们平等地做思想上的交流，感受他们高尚而昂扬的人格力量，还有什么不知足呢？伴随着感悟和体会，淡淡的喜悦在心头升起，浮躁的灵魂也渐归平静。心与书的交流，是种滋润，也是内省，让自己始终保持着一份纯净而又向上的心态，不失信心地介入生活、创造生活而其乐无穷。

但我们又不能人为地制造渴望。俄国革命活动家赫尔岑说：读一本智慧的书，就是和一颗高尚的心灵接近。这里扩展开来，我们说阅读，又不仅指有形的书卷，一生中凡所见到的有文字的东西，均应有选择地记取、弄懂而消化之。如此习惯的形成，如此扩大范围的积累，较之仅是有形的书卷，来路和容量就更大得无可比拟。生活就是一本大书，所能见到的有文字的东西，都值得去阅读。这样的"书"，基本上也是无处不在的。

读书是改造思想、扩展知识的重要途径，是净化灵魂、凝聚共识的有效

只争朝夕不负韶华　赵莹 绘制

手段。正如没有水的地方就是沙漠，没有声音的地方就是寂寞。如果某一天发现原来所学的东西都是那样的单薄，发现原来所学的东西全部都没有多大用，甚至没派上用场，你也许会感到失望，但是如果你没学过，那你连发现知识没用场的资格都没有，读书没用处这样的话你都轮不上说。

半夜醒来，我拥被而坐，在四周均匀的呼吸声中静静地读。小小的一方明亮里，心澄静得如同一泓秋水。人渐渐地就忘我地融了进去，浸润在书中抑或自己的灵魂与思绪中。常常意犹未尽地掩卷入睡，在梦中将书的情节又续上一段。有时候，我感到书里的那些文字已融入了血液，在身体里自由地流淌，荡涤着灵魂和思想。

读书有共识，也要有共读。在一个群体中更容易坚持，从不同角度解读一本书，分享是学习最有效的方法。2021年春节，北京提倡就地过年，为了疫情防控的需要，建议不要增加流动。于是我着手搞一场雅集。敲定了时间、场地后便着手通知几位书友、文友、亲友，他们是回不了老家的京城人士，有教师、书法家，有医生、商务人士，还有编辑、退休干部。他们爽快同意、非常期待，还要求携亲带友，只要总数严格控制在 10 人之内，我都欣然接纳。同时，我还得抓紧准备课件，好在平时有关鲁迅的资料收集得比较充足，并且北京鲁迅博物馆春节期间不闭馆。大年三十晚上，人们围在电视机前观看央视春晚，或拿着手机抢红包，我却在大幅度地调整课件，丰富例证，准备第二天全新地诠释与共产党志同道合的鲁迅先生。

辛丑牛年正月初一下午，我带上给大伙儿准备的各种点心、水果、干果、汤圆、巧克力、饺子和葡萄酒。一个小时的讲解，大家听得都很认真，明白了中国共产党的同路人鲁迅与党同舟共济、与共产党人息息相通、与毛泽东神交已久的不平凡历程，知晓了鲁迅与共产党之间贵在知心，大家还热烈地进行了讨论，深刻地认识到了如今我们就是应同心同德，学习鲁迅，热爱中国共产党。

喝茶品酒吃点心尝汤圆之余，听友中的几位党员说："大年初一，学习、弘扬和实践孺子牛、拓荒牛、老黄牛'三牛'精神，真是做到了从头做起，就地过年与品味书香两相宜，不忘过去与享受节日双不误，权当是假日里上了一堂党课。"

辛丑牛年正月初五，在央视春晚的特别节目《国宝回家》中作为嘉宾的北京大学考古文博学院教授、云冈研究院院长杭侃老师在北京鲁迅博物馆内进行以"渡尽劫波"为题的直播，介绍天龙山石窟的历史与艺术。流失海外近一个世纪的天龙山石窟第 8 窟北壁主尊佛首，作为 2020 年回归祖国的第 100 件流失文物，亮相央视春晚之后，瞬间走红。这件明星文物在北京鲁迅博物馆"咸同斯福——天龙山石窟国宝回归暨数字复原特展"中展示。我带着孩子再一次来到鲁迅博物馆，感受文物经久不衰的生命，仿佛听见了历史的回响。节目录制结束，杭教授还为我们现场的热心听众签名、与我们合影。人们凝望着回归的文物，如同呵护归来的游子，一切的沧桑皆可抛却，时空穿越成眼前的欢聚，文明连接着历史和未来。

家，迟早是要回的。家，总是能回来的。有家，总有归乡时！书中的乾坤就是我们阅读者的家！

书中亦有防骗术

　　看过书中这一个例子后,我一下就明白了,像打开了天窗,茅塞顿开,豁然开朗。貌似合理或浑然天成的现象,原来也是有天机的呀!不了解其中原委的人,就容易受骗。

　　上小学时,我的班主任是一位负责任的语文老师,名叫刘和忠,中年人,中等身材,一身浅灰色的上下装,夏天则上身着短袖衬衣,干净整齐,肤色白皙,言语不多,在市井小镇上是让人看一眼便知的文化人的形象。我的作文常被他当作范文在班上传阅。后来他教我初一及初二年级语文课时,我的作文依然是他关注的重点,他批阅得非常细致,也常被当作范文。对班上几位成绩好的同学的赏识做法就是让我们替他干活儿,干的活儿又都是我们力所能及的,比如写全班同学的学期评语或帮他批改作业。

　　有一次,假期里,他让我替他晒书。长江中下游的古镇上,房间里阴暗潮湿,放置时间太久书页都会湿软,假日天晴,是晒书的好机会。他的办公室兼作教师宿舍的房间里堆满了书,房子不大,刘老师并没有将所有的藏书都放在学校,但按我们孩子的视角,房间里的书就已经不少了,我们学生的单肩挎包里平日可只有三两本教材和练习簿在晃荡,不像现在的孩子用双肩背包或用拉杆书包,鼓鼓囊囊的。那时候的书几乎都是32开的,没有现在的大版本。在20世纪70年代早期,在我们那个小镇,刘老师算是藏书大户了。小学生的我们搬起来,那也是重体力活儿了。

　　一边在阳光下晒书码书,一边瞅着书名,偶尔翻看目录。不敢停顿太长时间，怕老师嫌我们干活儿偷懒。众多的书名中，最突出、最显眼也最引我感兴趣的是一本对旧社会江湖占卜骗术进行揭秘的小册子《相面、算命内幕》（丁句兄等编写，河南人民出版社1964年出版）。初看时，心里惊奇：难道那些占卜、算命不是真的，能被拆穿？还能将真相说出道道儿、编出书来？那真是奇妙，我倒要瞅个究竟。忙里偷闲，我匆匆地在目录中的众多骗术名称里选了"摇签揭秘"，心想，这摇签抽签还能假得了？人也没法与鹦鹉交流，怎么能形成骗术呢？心中满是好奇。

书中介绍道：旧社会，街头老妇人或盲人用小鸟为人占卜谋生。小鸟体形娇小，经调教能表演多种技艺。占卜者专门训练鸟儿按照自己的意愿，从一堆纸牌中，叼出某张预示被占者未来、命运等的纸牌，然后以此为基础，信口解释，牟取报酬。

"鸟"在希腊文里有"预言"和"天之信息"的意思，有些地方领会"天之信息"的方式就是"鸟占"。鸟占是一种原始的习俗，它是根据鸟的鸣叫、飞行或出没活动来预测吉凶的。因为人们认为神通过鸟类把信息传递给人类，而人类通过对鸟类各种活动的辨识就能够读懂这些信息，让人很有神秘感。可以由求卜者自己抽签，而若由鸟来替人抽签，便增添神秘感，提升人对占卜的可信度。好似一切由非人的力量来操纵，便是天意，不信还成？

其实非然。此书就将这个把戏戳穿了。占卜者手中握有很细小的米粒、饭粒或其他食物，他看着面前的求卜者，心中已快速定位在什么样的评价上，想抽什么样的签、收什么样的价，在假装摇晃签筒增加随机性给予信任感时，便在指间将食物迅速地黏附在相应的签上，每个签的内容对于占卜者来说其实早已烂熟于心了。小鸟在求卜者面前活生生地衔出竹签来，不由得人不信。书中还配有插图。看来这是一本很好的反迷信防上当的科普书啊！

看过书中这一个例子后，我一下就明白了，像打开了天窗，茅塞顿开，豁然开朗。貌似合理或浑然天成的现象，原来也是有天机的呀！不了解其中原委的人，就容易受骗。刘老师所教的我的一位同班同学，他父亲和一个哥哥都是老师，他却有较重的迷信思想。我与他同课桌一段时间里，他说过他家人要敬拜出入他家中的狐狸大仙，说不能冒犯了这位大神，不然家里会遭灾、会不安宁。他们在家里，有时会对家里的老鼠洞磕头膜拜，求大仙保佑他们免灾祛难，考试前他会在家中跪求祷告一番。那段时间我正好课外在阅读《聊斋志异》，他的话很大程度上助长了我对床下、门后的狐疑。刘老师的这本书，是一本很好的唯物主义教材啊！书中介绍的其他骗术，我似乎不用再看了，一下子就知道全不值得信了，知道它们机关尽藏于其中，只是旁人一时未识罢了。我仿佛一下开了天眼一样。

迷信在我们身边是很有市场的。持有迷信心理的大有人在。远古人类在改造自然过程中遇到许多无法解释的现象，如风雨雷电、生老病死等，就把这些现象归结为神秘的力量，并逐渐对这种力量产生敬畏和崇拜，遇到苦难时会请求神灵的庇护和帮助。原始的信仰和崇拜发展出三种走向：第一种走向是部分原始信仰在经过系统化、抽象化、理论化后形成原始宗教，最后形成现代宗教；第二种走向是部分原始信仰通过民间流传，逐渐成为各种各样的现代迷信；第三种走向是部分原始信仰与社会生活密切结合，转化为社会心理现象，形成民俗信仰。

迷信这种思维方式是人类认识自然的过程中产生的。迷信与科学的斗争是长期的。不然，直到如今，坑蒙拐骗、弄虚作假，伪装假冒、造谣迷信为何还依然存在、颇有市场呢？

我有好几次在春节庙会或一些集市上，看见生意人在人流量大的出入口，支上一个桌盘，里面摆上香烟、口香糖、打火机、香肠、巧克力等价值不等的小物件。游客付钱后，从桌子的侧面抽出拉杆再松开，弹出一个小球在桌面的槽型轨道里前进，停在何物品位置，该物就归属游玩者。价贵物品有诱惑力，尤其是对青少年，可弹球总也停不到那里。第一次见到时，我脑海里就闪过一个念头，觉得此法蹊跷，必定存在机关。驻足观察了一下，果真发现，原来坐在一旁的生意人用大腿拱起桌面，根据他自己的意愿随意调节桌面的倾斜度，这样他便能保住贵重物品，让它插翅难飞。

我在街面上还曾有几次见过，生意人在地上铺开塑料布或一张纸，也有直接在地面上摆几个小玩偶，有小飞机、小木偶人、小蚂蚱等。他发出指令，它们就非常配合地做动作，或起立，或踢球，或翻筋斗。有同事到香港见此情景，给家人买了几个带回，付款后问生意人："这个东西怎么玩儿呀？"生意人答道："回家看袋子里的说明。"等送礼物给亲朋好友，打开盒子，里面有一根透明的细线，使用说明上写着，系着绳子你想拉它到哪儿都行。

科学战胜无知和惰性的道路将是十分漫长而艰巨的。唤醒公众的求知欲，让公众主动求知，形成一种学习氛围，至关重要。在千变万化、日新月异的现代生活中，物质和精神产品琳琅满目，伪科学也不断变换着形式，一些骗术、巫术披上了"时尚""科学"和"另类""创意"的外衣，潜入日常生活中。许多人相信《万事不求人》，这本书按照属相每一年出版一册，里面有不同年份出生的人的当年各月运程，买下它，以为天下事果真可以不求人了，可还是要求购这本书。

揭露诈伪，警醒世人，很久以来有识之士就通过著书立说来这么做了。万历年间的坑蒙拐骗现象，出现在小说《杜骗新书》中，这本书以当时社会流行的骗术为切入点，专门揭示社会的畸形变态，对物欲横流的世俗下的人心不古进行暴露。从古代扶乩到旧社会请簸箕仙、笔仙、碟仙，占卜术迷信，再到现在的一些游戏，会使青少年对伪科学产生神秘感，滋生恐惧心理。阅读科学破除迷信的书籍，能消除人们的迷信观念，提高预防和辨别伪科学的能力。

长江中下游的古镇
王书婷 摄

书厚？皮厚？有心不虚荣

> 俗话说：小洞不补，大洞尺五。我是痛彻地领教了，五年级这个阶段是我的坎儿啊，之后再也不敢随意留有薄弱环节，哪怕再难为情的求问，都逼着自己开口，告诫自己千万不能有侥幸心理。

往山上攀登，难免磕磕绊绊或者刺伤石砸，但我们唯有披荆斩棘，所向披靡，才能一路向上。不挂彩、不出汗、不出血的人少。既想风光，又想无伤，恐怕这是谁都想拥有又是谁都很难得到的吧。不少人就是因为顾虑太多，吃不了亏，吃不了苦，想眼前舒服，才放弃了山顶的光明和登高的乐趣。我自小采取的一个心理上的方法，就是为了把书看厚，硬着把脸皮撑厚。

在上小学时，听到大人在聊天，谈到某家的孩子成绩不好还不爱提问，家长和老师也不知道他的难处卡在哪里。我很惊讶：提问不提问，原来也能成为背后议论学业成绩的一项指标、一个说辞啊。心里衡量自己在这一点上做得好不好。爸爸单位有一位回乡的高中生，当时算是高学历了，数理化课程就数他学过的年头最长，所以，每当他走到我家住的院子里时，我就尽力寻找出数学习题去问他。小学高年级阶段，我学到速度里程一类的应用题时，没感到有什么难度，难题都能解出来。我每次都想方设法找出两三个问题问他。有时仓促之中，问出的题我也能解，他能感觉到我的提问退步了，会说"这道题你前一段时间就应该会的"，我就抓紧再找数学习题向他提问，我比其他同学爱提问。

没想到，问不出来、张不出口的情况也发生到了自己身上。在学到繁分数时，我对分数线上面和下面还有分数比较怵，也不知从何问起，就藏着不问，课堂上也不去问老师，时间一长，更不知如何下笔去做题了，越不问就越不会问了。很快，考试时就露馅儿了，考砸了。这可怎么办呢？学校觉得我年纪太小了，才 10 岁，就建议家长让我留了一级。后来小学毕业时又赶上全国的中小学校延长半年，这样我的小学生涯持续达 6 年半。

那时，不涉及升学，因为无论是谁，中学读完了，也就是回乡，没有其他的出路，所以读不读书、怎么读书，在当时的人们心里没多大关系。但我还是思想斗争了好长时间，只觉得我想往前学习的愿望受阻了。但新的课程一天一天地学到了，又遇见了繁分数，终于熬不住了，于是痛下心来，开始求问，一点点儿地学起来，终于把这一部分追上来了。坎儿跨过了，后来想起来都害怕，若再跟不上，就更难跟上了。

俗话说：小洞不补，大洞尺五。我是痛彻地领教了，五年级这个阶段是我的坎儿啊，之后再也不敢随意留有薄弱环节，哪怕再难为情的求问，都逼着自己开口，告诫自己千万不能有侥幸心理。后来的代数解方程，全都轻松拿下。

许多人都有过困扰，难为情、不好意思、难堪、忍一忍等消极的想法，不时会有，然而，这些都是学习和生活上的大忌。有的同学为了得到一个好分数，考试偷看作弊；也有人为了引得同学羡慕，过分化妆打扮；还有来自农村贫困家庭的同学为了不让别人看不起，借钱请客摆阔等。较强的虚荣心，其危害是显而易见的。一方面，虚荣心强的人，易表现出嫉妒，外强中干，不敢袒露自己的心扉，给自己带来沉重的心理负担，并有破坏性行为发生，如打击、挖苦、讽刺等。这不利于人格的塑造。另一方面，虚荣心强的人，注重眼前利益，从而影响学习，在思想上会不自觉地渗入自私、虚伪、欺诈，他们做不到持有谦虚谨慎、光明磊落、不图虚名等美德，很容易犯罪或受骗。也有个别学生过分追求外在的虚华，摆阔气，讲享受，都是不可取的做法。虚荣在现实中只能满足一时，长期的虚荣会导致非健康情感滋生。

人人都有虚荣心，只是或多或少的区别。1987 年，我在医院实习时，阅读过舍友朱育启同学从图书馆借的一本日本学者著的《嫉妒心理学》，这是我接触的第一本专述嫉妒心理的著作。我知道嫉妒是一种有害的心理，因此暗暗地提醒自己不要滋生这种心理，要把它扼杀掉，警惕它冒芽。大度一些，微笑一下，接受别人比自己好，就是最好的预防药。过度的虚荣心显然是有害无益的，要及时加以克服或矫治。虚荣心是一种追求不真实的光荣感和荣誉感，以求心理上暂时的、虚假的"自我显示"需要满足的心理，是人生道路上的绊脚石，是心灵的蛀虫。它不仅使人的思想道德变坏，甚至还会将人引入歧途。虚荣心理是消极的，是一种腐蚀人们心灵的毒剂，莫泊桑的短篇小说《项链》中的主人公是一位美丽而虚荣心极强的年轻太太。她为自家房屋的寒酸、墙壁的粗糙、家具的陈旧、衣料的俗气而难过。她梦想那些有着古代壁橱的大客厅，那些无法估价的瓷瓶和银器皿，那些用名贵的盘子盛着的美味佳肴。有一次她收到了教育部长的请帖，于是不惜一切代价买了新式的衣服，借了项链参加舞会。但是当她离开舞场时，借来的项链丢失了。于是夫妇两人花了十年之久才还清了这条项链的债务。她的模样大变，以致非常熟悉她的人竟一点儿也不认识她了。最后却发现那条借来的项链竟然是赝品。强烈的虚荣心使她付出了极大的代价。因此，我们要自知、自律、自醒、自警、自强，树立健康的心理追求，有意识地克服和削弱自己的虚荣心。

大学毕业工作之后，我做好报考研究生的准备。1990年的招生政策是江苏省的省属高校不能接受跨省报名。这样，就与原先一直准备报考的南京医科大学失之交臂。经南京医大的饶教授提示，作报考第二军医大学的准备，饶教授推荐我到南京金陵医院（解放军南京军区总医院）拜访研究生导师陈教授，了解专业情况。我在工厂职工医院值班后，乘长途汽车风尘仆仆地赶到南京，天色已黑，穿着布鞋，裤脚开着缝，但顾不了这些，叩门请教。这时心里想的就是要压住自己内心的躁动和不安，告诉自己不要忘本，不要浮躁，不要虚荣，自己未知的东西还有许多许多呢，一定要踏踏实实地学真本领，千万不能好大喜功。因为，我从书上得知，祸灾常是如此招致的。

虚荣心与自尊心、荣誉感是有区别的。似乎相似，但本质相异。一个人正确认识了解自己，正确估价自身，由此产生出来的一种自爱心、自信心和自豪感，这就是自尊心，它主要包括尊重自己的人格，尊重自己的智慧和能力等，它是建立在对自己正确认识的可靠基础之上，是人们积极向上的动力，是人们不断进步，逐步完善的表现。自尊心强的人对自己的声誉等比较关心。做了好事，心里高兴是荣誉感的表现；珍惜荣誉，是维持自尊心的正常要求。而虚荣心则是过高估价了自己而盲目自信，是一种扭曲的自尊心。为了表扬去做好事，甚至不惜弄虚作假，这就是虚荣心的表现。

自尊是在谦虚、进取、真实的努力中获得的，而非通过不合理手段获得。明代学者耿定向在《权子·顾惜》中谈到一个"孔雀爱尾"的故事：一只雄孔雀的长尾闪耀着金黄和青翠的颜色，任何画家都难以描绘。它生性忌妒，看见穿着华美服饰的人就追啄他们。雄孔雀很爱惜自己的尾巴，在山野栖息的时候，总要先选择搁置尾巴的地方才安身。一天下雨，它的尾巴被打湿了，而捕鸟人就要到来，可是它还沉浸在对自己美丽长尾的回味中不肯飞走，终于被捉住了。故事隐喻了有的人为了没有意义的美丽外表而不惜牺牲自己的生命和自由的愚蠢行为。

努力地把书越读越厚，把虚荣降到最低，保持清醒的头脑，本着实事求是，从自己的实际出发去处理问题，坚持走自己正确的道路，不计较别人的议论，从行动上克服虚荣心，摆脱从众心理的负面效应，还一个本原的自己，闻过则喜，从善如流，这才是进取者的应有姿态。

开卷有益益一生

> 真是一本奇妙的书，一本打开思路的书，一本让你眼前一亮的书。真真的启迪思维的书！我分明越过数学题，透过字里行间，看到了远超数学题本身的含义。

我在参加一些与读书相关的活动时，经常能遇到这样的提问："你最喜欢的书是哪本？""你能推荐阅读书目吗？""哪本书给你的印象最深？""你希望我的孩子读哪些书？""平时你在读什么书？""帮我们开出一张必读书单吧"，等等。

我总是会建议提问者广泛阅读。每本书的价值对每个人来说各有不同，在阅读者的不同时期，不同的书的贡献也有所不同。如果我们的阅读只限定在有限的几本书里，我相信推荐书目对我们的意义也是不大的。这是我一贯的思路。宋太宗赵光义的"开卷有益"至今仍被人征用并引申。

至于说起对我影响最大、影响最深刻的书，我脑海中瞬间浮现的就是我在初中时遇到的一本书，书名好像叫《许莼舫平面几何四种》。初听起来，这会让人很意外，并不是人们常在推荐阅读时提及的历史类、小说类、名著类、政治类或人文类的书呀，不像是励志的、鸡汤类的，也不像是走纯情感路线的，怎么会推崇这样一本理科类书籍呢？

先说说这本书的来历吧。我在读初二的时候，刚接触平面几何内容没多久，班上有一位名叫赵德锋的同学，家住在离镇上学校有2公里路的圩区村子里，不知他为何会拥有这样一本书。课间看到他在翻阅这本书，我便拿过来也看看。

看到书名时，就想：难道是要把每道几何题都解四遍么？翻看书里面，果真如此，对于每道题，作者都能从不同角度将其解答出来，四种解法大相径庭。这可是一本好书啊！于是我借看了两天，如饥似渴地看看作者到底还有哪些招数。两天不够呀，正好同学也没催还，我就一直看着。待他问及时，坏了，因为跨过了好几个周末，不知书放在哪儿了。这可是罪过啊，一边找，一边想办法补救，找了两个空盐水瓶给这位同学，等于赎罪。输液用的盐水瓶装进热水就可用来焐手或暖被子，冬天太实用了。后来这本书也不知下落，但它给我留下的印象却非常深刻。这位赵同学初中毕业后，在镇上开了一家钟表维修铺，他的脚有点儿跛，但很勤快，待人也和蔼厚道，生意还不错，我回去探亲曾见过他几次，再后来，滁河边上的这个小镇雨打风吹不复存在了，赵同学也远奔他乡做生意去了，我曾找过他几次，也没联系上。

书里开始部分的题我还能看懂，后面的题是我在课堂上还没学到的部分，比如有关圆和函数解几何题的做法介绍等。但即使如此，也已足够了。透过解题，自己的思路被激活打开，时时感到眼前豁然开朗，有的我们常规的思路认为需要添加辅助线的地方，书里有不需要添加辅助线的办法；我们没有想到辅助线的时候，书里却绝处逢生，不经意间一条辅助线就让难题逢凶化吉；我们认为需要添加一条辅助线的时候，书里却冷不丁地采取添加两条辅助线的办法，瞬间让解法柳暗花明。这种做法一下子启发了我，任何时候，思路不止一条，办法多种多样。

真是一本奇妙的书，一本打开思路的书，一本让你眼前一亮的书。真真的启迪思维的书！我分明越过数学题，透过字里行间，看到了远超数学题本身的含义。凡事没有绝对，不是一种标准答案就能限定得了思路的。看似毫无可能的难题，看似山穷水尽的时候，道路还有很多条，办法也还有许多种。一把锁并非只有一把钥匙才能打得开。

这本书还给我一个人生的启迪，就是不绝望、不悲观，人生的主动权始终都掌握在我们自己手中。人生没有过不去的坎儿，天无绝人之路。只要人阅读，只要人奋斗，只要人起而行之，就会在遇到难处时出现转机。有时会听到人们说"比窦娥还冤！"这样一句话，除了调侃的成分，我觉得说这话的有冤之人还能将此话说出、让他人所知,那真是没到最冤的时候。

逢山可开路,遇水就架桥。任何时候虽然我们不会是最好的,但我们也不会是最差的。有些人迷信外在的力量,"时来风送滕王阁,运去雷轰荐福碑",想撞大运,成为"台风口上"能飞的猪,倒霉时觉得人无力回天,悲天悯人;有些人遇到困难就畏缩不前,总会轻易地找出很多理由。我通过这本书,由衷地感觉到:打开一本好书就是幸运的开始。这本书就让我鼓起奋斗的勇气,自此在我心中,再不觉得哪个时候是无路可走了,哪个时候路走到尽头了。不是没有路,只是我们暂时没有找到路而已。即使走到南极、北极,那也不是终点,还有更远的路在脚下、在前方!创新无极限,思维无极限。

我提倡开卷有益,就是为了防止大家错过好书,错过对自己有启发的好书。你认为这本是好书,它对你的意义很大;也许别人会认为那本是好书,对他的意义非同小可。所以,不能限定读者的阅读面,应鼓励每个人多读书。只有打开书卷,才能有美妙的遇见。不然,光在起跑线上嚷着要跑而不行动,岂不等同于躺在起跑线处的担架上一般?

后来高中上哲学课时,接受了唯物辩证法的知识,很快就领悟了其中的精髓。遇到实际情况时,一定要具体问题具体分析,不能僵化、刻板、机械地观察事物。正如人们对大半锅水里加两勺油,会觉得油太多,而对有两勺油的锅里加大半锅水,又会认为太稀了。人们对"祷告时不可抽烟,抽烟时可以祷告""生水不可饮,生苹果不可食,可自来水洗过的苹果则可食"这样貌似悖论的表述常莫衷一是、不知所云。还有看到一个正方形被拆解再原样组合不知怎么就会少了 2% 的比例,以及几张扑克牌转瞬间再次排列时就能将你心里默念的那张变没了等等现象,容易被表象蒙蔽或理不出头绪。但依我看,凡事均有解,只是在纷纭万象之中找出蛛丝马迹,还需我们从心中牢固树立此事有解的信念。分析矛盾、解决问题,既要发挥主观能动性,又要灵活机动、善于变通。不能刻舟求剑、故步自封,也不能画地为牢、夜郎自大,不能成为井底之蛙,也不要把人看扁、把事看死。陈旧、迂腐,固执己见,钻牛角尖,都是不足取的。

从许莼舫先生的书中,我还得到了一种正能量,就是热爱生活的态度。他不光写过这一本书，还有数学学科其他领域如立体几何、函数、代数、解析几何等，他都能一题四解，也出版了相应的书。现在有许多购书网站，我留意去寻找当初给我思维启蒙的这本书，可寻遍了也没见着同名的书。类似的书名倒有一大堆，如《许莼舫初等几何四种》《平面几何学习指导》《几何计算》《几何作图》，但就是没有找见《许莼舫平面几何四种》。莫非我记错了？莫非当初我看的果真是别的类似的书名？我还是坚信几十年来在我心中反复萦绕的那个书名，不管是否有无与此书名对应的书，但它的启发作用已深深地在我心中扎下根来。

亚里士多德说："生命的本质在于追求快乐。"数学难题就是社会和生活难题的缩影，与其把题目看成是我们要攻克的堡垒或一座座高山，还不如视其为我们在玩儿的捉迷藏或丢手绢游戏，答案实际上就存在于那儿，只不过这个目标眼下还在暗处，我们只是把答案寻找出来而已，并没有像面对身患不治之症不知结果会如何一样束手无策。因此，我们应该心怀柔情、充满活力、心存感激地学习和生活。向着阳光，阴影永远在身后。

解题是快乐的。生活也应是快乐的。读书就应该是能让我们感到快乐的事。打开书就是要能展现人性美好的一面，让人彰善瘅恶。用通俗易懂、深入浅出的语言让我们内心产生强烈共鸣的书，就是这样保不齐能对人一生的行为产生积极影响，能教给我们以人生智慧的。

多想想，思路就会豁然开朗，不会思维僵化。到北方工作后，吃饺子的次数明显增多。常见有人叮嘱道："煮开后要加三遍水，千万不能少。"吓得许多人努力地去记加水次数是不是够了，有时会忘了。我想，这饺子熟不熟，肯定不是依赖你加水的次数，而是另外某个要素。琢磨后，茅塞顿开，不就是加热的时间嘛。老法子是想通过加水遍数来维持高温下沸水的时间，免得饺子煮不熟。也许是师傅教小徒弟时，要么是想藏两手，要么是自己也不清楚原委，要么懒得告诉小徒弟，好让他坚守岗位加水数数儿，就用省劲儿的办法。加水三遍的道理搞清楚了。另一个来自生活的例子是铁锅使用时总是爱生锈，这是怎么回事呢？不解决的话，肯定很难受，每次都得先洗锅。于是，仔细想想生锈的机制，就清楚原是锅底残留了许多水珠。那我就容易找到破解的方法了。

多想想，思路就会豁然开朗　赵莹 绘制

通过洗锅后给铁锅加热烘干，便克服了铁锅生锈。人们使用手机多起来之后，现在听见人们为了表明电话通讯录里没有几个真朋友时会说，给通讯录名单上的人发短信借钱试试就知道有几多是真朋友。我则认为这种说法不对，微信群或通讯录里面的朋友不是用来借钱的，这正如办理金融业务我们不会跑到药店、超市，而要去银行一样。用错地方当然不会有好效果。

　　当然，并非每本书都能如此扣人心弦、启迪心扉。尽管我后来阅读到了大量的好书，但是这本书在我的思维启蒙中所奠定的地位是独特的，所引致的影响是深刻的，作用是巨大的。

　　1993年，我硕士毕业后，一次与新单位的同事聊天，她儿子正要中考，我就在建议中提到了许莼舫先生的这本书。她拿不定主意是否值得给孩子买，回去跟家人说了书名，她的公公婆婆是航空航天大学的教授，都说知道这本书，并说20世纪50年代他们上中学的时候就是看的这类相关数学教学辅导书籍，许先生的书在同学们当中声誉很高。许莼舫先生是我国著名的数学教育家，在普及中国数学史和初等数学知识方面做了大量有益的工作，为了培养学生对数学的兴趣和爱好，他常在课堂上结合教材，用讲故事的形式介绍我国的数学史，深入浅出，引人入胜，并在课外举办数学辅导讲座，亲自创作不少数学模型、挂图、表格，进行直观教学，他著有数学读物 32 种，撰写论文 60 多篇，共计 300 多万字。32 种数学读物发行近 1000 万册。同事的公公婆婆一致推荐说希望孙子也看这本书、能接受它，并很是惊讶地说没想到现如今还有年轻人能知晓和推荐这本书。其实，每本好书都值得接受，接受是美好的开始。正如我们的生命里，都需要修行的一门功课是"接受"：既接受新生命的诞生，也接受意外不测的降临；既接受爱的人离开、接受亲的人离世，也接受自己所喜欢的人无论如何也不喜欢自己；既接受自己所喜欢的人无论如何也不能与自己在一起，也接受与自己在一起的人可能并非是自己所喜爱的人；既接受自己和家人有这样或那样的疾患、麻烦、不足和毛病，也接受朋友原来还有不为人知的秘密和隐私……以及接受自己的出身、相貌、天分和拥有，接受自己的及与不及。

翻开书卷，正如遇到不淑之人一样，我们也会遇到不雅之书，这需要我们提升识别、判断能力，而这种能力我看也得从书本当中来，并且见识多了，能力提升了。这正得多读书。

我不推荐书单，我希望人们见到任一本书总得捏起手指翻它一翻，知道这本书到底是怎么一个样子。人和人的区别太大了，你以为的蜜糖，可能是别人的毒药。正如有的人读书似牛嚼，有的如鲸吞。同一个人，读不同的书也会有不同的方法，求甚解与不求甚解也可以并用，每一个人的不同阶段读书也不同。曾国藩在年轻的时候喜欢的是孔子，后来喜欢的是法家，最后喜欢老庄哲学。阅读兴趣和阅览范围的变化，是自然的事。没有阅读量就不可能有成长。

面对任一本书，打开书页，对自己说："接受！"

接受，是细闻书香的开始；开卷，便踏上回味的旅程。

动静之间，皆可读书

> 这正是锻炼意志让心境不受环境影响的好时机，因为在长江中下游，这样的潮热季节是躲不掉的，每年总得要经历。索性，就投入到它的怀抱中吧。

古人有训："学须静。静可以一心志，凝思虑；不静则学或骛外，不能向里。"这句关于专心致志的名言出自清朝张謇的《张季子九录》，意思是说："治学必须安静，安静才能够心志专一，凝神思考。不能安静就会使学习时时分心走神，不能集中精力放在治学上。"

读书乃求知、修身、悦性之道，是高雅的精神活动，需要读者有一种平静的心态，同时也需要有一种安静的环境。心浮气躁、坐卧不安是读不进书的。争名于朝、争利于市，是读不好书的。吵闹嘈杂、乌烟瘴气，也是读不成书的。寂寂寥寥扬子居，年年岁岁一床书。"孤舟蓑笠翁，独钓寒江雪。"读书要的就是这样的清静和心性。读书的场景不比官场、牌桌、舞池、餐馆、交易厅热闹非凡，所以阅读要有寻寻觅觅、冷冷清清、凄凄惨惨戚戚的"李清照心境"，心如止水，不闻雷霆，专心致志。

有人会把这种"静"简单地类同于安静的场所、静雅的环境、宁静的气氛。其实，静不静还是在于自身，在于自己的内心。我们要修行自己的处变不惊，不为处世所动，泰然若素，这样，泰山崩于前，也不为所动，不然，即使手捧着书，也只是学得皮毛，没有学得筋骨、学出风骨。

我有过两次刻意地去锻炼自己闹中取静、心无旁骛的本领。

一次是在上初中时，始于一种感受，感觉到气候的异常冷热会妨碍我们这般大的孩子读书，至少会影响学习效率，将来各种应试，考试方自然不会管参试者是否适应气候和天气，那就得拥有适应异常天气的能力，不然，自己若因异常和意外气候而败下阵来则太得不偿失了。那是1978年，安徽大旱。圩区土地干得冒烟，种子种不下去。三伏天时，坐在家里都能感觉到汗珠流淌在胸口。小伙伴们去河沟嬉戏、玩水仗。我想，这正是锻炼意志让心境不受环境影响的好时机，因为在长江中下游，这样的潮热季节是躲不掉的，每年总得要经历。索性，就投入到它的怀抱中吧。

我端出小板凳，拿出书本，坐到院子中间小广场上高出的水泥砂石路面上，双肘撑在大腿上，俯弯着腰，在炙热的烈日下，捧起书来读或俯在方凳上做题，写写画画。前胸后背很快湿透了，汗液浸透到裤腰处，只剩下裤子压在板凳上的两小块是干的。汗水顺着头发、额头、脸颊、脖子流下，滴在胳膊、大腿和书本、脚背上。此时，没感觉到难受、痛苦，只觉得痛快。心中提醒自己，集中注意力到书本上，甭管它三七二十一。身边的嘈杂、树上的鸟鸣、行人的声响，全然听不到，空气像是凝固了，周边的一切都像退远了一般，心中成了真空。

这样的曝晒，那一段时间尝试过几次，家长去上班了，院子很安静。过后，胳膊和胸背都出现发红、起水疱、脱皮等症状，后来才知道这是日光性皮炎。我所做的其实就是大家都懂的一个道理：必须练就超强的心理适应力。不吃苦中苦，哪来甜中甜？

乾坤容我静，名利任人忙。能受苦方为志士，肯吃亏不是痴人。而双脚放在水桶里以避南方蚊虫肆虐、到冬天不戴手套不戴帽子、不缩手不缩脖之类的做法更是家常便饭。不畏酷暑，不惧严寒，这得是读书人必备的基本功。古代习武之人提倡夏练三伏、冬练三九。炎热存在的意义，是为了调动身上每处的力量；寒冷存在的意义，是为了让我们寻找更温暖的事物。感受寒冷，热盼温暖。

第二次是我在县城上学时，20世纪70年代后期。县城那时热闹了，哪里都安静不了。如果想玩儿，这里可不缺。有同学打牌，有同学抽烟，还有同学闲逛胡聊。我拿着书本，到县城的电影院门口，找一个台阶坐下。这儿可是熙熙攘攘，有国产新片，有进口电影，人们争先恐后地买票，碗口大的窗户，有几十只手挤向那里，挤成一团，互不相让。电影院大门口，散场的、进场的、找人的、吆喝着检票的、寻人退票的，热闹非凡。我安坐一隅，低头向读。读着读着，渐渐地，周边的那些声音就听不见了，发生了什么也全然不知了。如此这般的刻意训练，给我带来的好处不只是很容易快速地进入阅读状态，且这种迅速进入状态的效果也迁移到其他方面，比如在喧闹中极容易进入睡眠状态。大学校园里似乎始终都是川流不息，宿舍楼里更是人声鼎沸，有聊天打牌的，有练歌喊嗓子的，有拍球跳操的，有冲浴洗衣服的，这些都丝毫不妨碍我，不像别的同学上床睡觉就得房间关灯、别人闭嘴。只要我想睡觉、需要睡觉，任凭周边在翻江倒海，我依然能安然入梦。在排队时，在等车时，在等餐等人时，拿出书来看，那是非常平常的事，并且读书的效果还很好。

能在繁华中自律，在落魄中自强，才是生活真正的高手。读书需要的静，从根本上看，是内心的静。内心恬静了，即使身处喧嚣中，也是可以静心阅读的。以前乘公交车回家，只要不是太颠簸时，在车上也是可以看书的。还有就是车子在停靠站上下乘客时，都可将零碎的时间用来阅读。有人觉得不以为然，那现在人们自然地掏出手机阅览时，不也没觉得不可、不必、不妥呀。所以说，动和静，都是可以读书的状态。外界的动和静，不是根本。读得了书，还是读不了书，其实不在外在的因素，在于人心的内在归属。你可能心飞云霄，也可能早已滔滔不尽，都可以做到波澜不惊，做到心无旁骛的。

心静如水才能怡然自得，心如止水方达超凡脱俗。做一个内心平静的人，在遇事的时候先想想自己的目标，然后再想想该怎样做，才能达到想要的。无论什么样的波浪起伏，内心停下来想想，一切就过去了。

按我的阅读取向，现在的人们如何在动中取静，那就是要善于从电子媒体如电视或手机的消遣中跳出来，从麻将扑克一类的低层次的娱乐消遣中跳出来，从频繁的交际应酬中跳出来，从名缰利锁的羁绊中跳出来，追求真正的阅读场的静，真正地用静的心境去读书，做到饭局牌桌少到点儿、娱乐场所少去点儿、交际应酬少跑点儿、金钱待遇少想点儿、升降去留少思点儿，唯有这样才能静下心来多学点儿。做善读之人，轻名利、寡私欲，存一怀雅兴，面一池静水，泡一杯清茶，遇一两知己，捧一册好书，读下去，一直读下去。

静下心来，日复一日、周而复始，慢慢地就能体味到文字带给我们的那份平和、安宁与快乐。我们面对的一个个独立的文字，是经过文人学者的潜心编码，编辑匠人的精心排列，才成章有序的，它可以抚慰受伤的身心，唤醒沉睡的灵魂，启迪愚钝的心智。一篇好文或一册好书，犹如醍醐灌顶，足以让无力者有力、让蛮横者明理、让迷失者定向。

蜗居斗室，握卷在手，任清茶弥漫芳香，丝弦音乐轻缓流淌，这是不输幽静的氧吧。书香淡而不庸，清而不俗，孕育仁爱善美，穿越时空，潜入血液，爬上眉梢，它会在人们的眸光中闪烁。

我的童年是在村子里度过的。在那里，不要说读书人，就是书本，也没有几个。那时乡村没有幼儿园，泥巴和树枝就是玩具，每次看姐姐背着书包去邻村上学时，我都追着她要去读书。终于等到我五岁半，可以报名入学了，家长才允许我跟姐姐一道去上学。这是村子里一位老先生开设的学堂，一间草屋，十来个孩子挤在一起，只是通过座位从前往后分出年级来，从一年级到四年级，其实就是一个复式班，这一刻钟一年级学习认字，二年级做算术题，三年级造句子，四年级写作文，下一刻钟一年级学数数儿，二年级学认字……如此这般，教学内容的流水线。第一次品味到淡淡的墨香，是刚刚踏入草屋的时候。当我从老师手中接到崭新的语文、数学课本和练习簿时，那种欣喜的心情油然升起，因为这之前我在家中已从姐姐的书本中向她学过不少字词。当时我就迫不及待地翻开了书本，一股淡淡的墨香从书本中散发出来，这是属于我的课本，让我心满意足。我亲切地将书本轻轻地贴于脸面，一遍遍仔细地嗅着这种味道。就这样过了好一阵子，我才注意到躺在书页上的那一行行工整的铅字，再加上那股淡淡的清香，简直就是一个奇妙美好的世界。

在放学回家路上，单肩斜背小书包，把书包捂在胸前，蹦蹦跳跳地走在河堤上，手里还拿着书，不时地翻开看两眼。

不只学习阶段心要静，即使学已有成，心也要静。外面的世界很精彩。君子之行，当静以修身，俭以养德，非淡泊无以明志，非宁静无以致远。

静，方可以令我们走好走远。依我看，动和静都不妨碍读书，读书就应读在动静之间，这样才能品出书的味道来。

举手投足间,做出读书人的样子来

> 我回转身,不经意间看见路上和门口好几个人探着脑袋在一看究竟。我走了,他们也走开了。回到防震棚内,没有去想数学题,想的只是求解的过程。我内心还是喜悦的:终于迈开脚、敲开门、问出来了。

人的气质里,会藏着曾读过的书。

冬练三九,夏练三伏。学霸大神,不是三两天的工夫就能炼成的。壮士好汉也不是短期就能学成的,肯定是跳过火坑、走过刀尖儿的。人的成长,其实就是一顿又一顿饭、一本又一本书、一堂又一堂课、一天又一天生活经验的累积。而读过什么书,见过什么人,听过什么课,有过什么悟,这些都是生活经验中的一部分。所以,一个人将来会是什么样,基本上可以说是由过去的所有背景和阅历综合塑造而成的。而我们身边总是不缺可以作为我们榜样的人。一段时期内,若能照着他们的样子做出一两个招式,便是完成课程、大功告成了。

我在县城中学读初三的时候,住在城里另一所学校远房亲戚的防震棚内。在同一个院内,有一位数学老师张大问,单身,单独住在一间老师宿舍里。他可能五十多岁,在人们的眼中,似乎是老古董,但在我眼里,几年过去了,也没见他老。除了去教室上课、到食堂打饭,他整天就闭门待在房间里,被人看到的时候,总是穿着一身灰色麻布中山装。让人觉得,在沸腾的校园里,他就是一个古怪的存在。没人去过他的房间,没人愿意好像也没人敢靠近他。

其实,我对他的知晓,要早于住到这里的时候,因为这位老师以前在我老家的镇上教过书。很早的时候,镇上办过高中,远近的孩子都涌向那里。学校聚集了众多的高知，这里的老师有许多是来自著名高校的高才生，经年又培养出一茬一茬的学子，这些老师在当地便都成了"大学问家"。这其中就有这位从上海毕业教数学的张老师。我在老家读小学的时候，高中已撤走了，名师也调走了，但人们依然在议论着他的个性和大学问，能解多少难题，能坐多少冷板凳，能忍受多少人的不解，等等。十几年过去了，我想象中的他好像就是现在见到的这个模样。

住进防震棚没多久，我听说这位名声在外的老师就住在咫尺，心中很是意外。在我眼里，他就是做学问的大神啊！能把各种数学题解出来，像他那样的水平，不就是我等学生所渴望的吗？于是，我心中生出一个念头，要向张老师求教，要与张老师接触。有句教诲叫作勤学好问，不能老死不相往来啊。用现在的话说，就是要与张老师有交集。

但我心中也不时地有偃旗息鼓的念头，退堂鼓不停地在敲打。尽管心里想要通过一道数学题向他请教，但这道题是不是太低级让老师看扁，那道题是不是太难让老师看出不是我这个年纪应该接触的，用一句"等你学到时你就会解了"轻易打发掉呢？一日挨一日，一晃几个月过去了，准备的题目也换了若干。很快就要放寒假了，心底里，又一个声音响起：这样不行，在本周内得了结这桩事！

周日，幸好是冬日里的一个晴天。我在防震棚内靠近门口的地方读书，眼睛不时地瞟向张老师家，心想："今天豁出去了，只要门开了，我就跑过去。"很长时间，不见动静。几次我一路小跑奔向厕所，回来时见他家的门还是静静地关着，也不知是不是不巧错过了，懊恼过后又是漫长的等待。看来今天他是不会出来了。再过一会儿，可就要到去食堂买午饭的时间了，到时张老师家门口的这条路上会人来人往，难度便会陡增。那样不行！我给自己数三个数儿，若门开了便罢，若门不开我就起身过去敲门。

三个数儿都数完了，也未见门打开。于是，颇有一副一不做二不休的架势，我拿着数学练习本走到门口，调整一下气息，立定脚跟，生怕心中此时冒出一个借口开溜。片刻定神间，发觉引起别人注意了，前后有好几个人往这儿看。顾不上那么多了，让那些人生疑吧！"嘭、嘭"只敲了两下，没敢多敲，怕引起老师不快。没动静，又敲了两下，里面传来沉闷而远古般的声音："谁啊？"我赶紧答道："老师，我想问您问题！"再等片刻，老师过来开门，上身探出门外，我把捧着的本子递给他说："张老师，我有一道题不会，想请您给我讲讲。"他上下打量了我一下，仿佛是在问我："你不是我班上的学生吧？"看到他疑惑的目光，我不敢多说话，只想让他给我多讲讲数学题。他看了一下题目，往前用手指轻轻掀起一个笺角，翻了一下本子，给我讲了两三句话，也就是解题的两三个要领。我感觉他的这个思路比较高深，我也问不出什么来了，他问："懂了？"我点点头，赶紧回应道："谢谢！"他没说话就转身掩门了。我感觉时间凝固了一样。

我回转身，不经意间看见路上和门口好几个人探着脑袋在一看究竟。我走了，他们也走开了。回到防震棚内，没有去想数学题，想的只是求解的过程。我内心还是喜悦的：终于迈开脚、敲开门、问出来了。

好问，是求学路上不可缺少的环节，不是我们每个人每个时刻都能做到的。尽管我还算爱开口提问，后来到了上高中时，下午的自习课上老师在教室内巡视，让同学有问题就提问，我都有打退堂鼓想能不开口就不开口的念头，只是强逼自己，"老师第三次转到我身边时，我必须提出一个问题"，就是靠这样，保持每天坚持提问。而这一次，我战胜自己的关键点不仅在于勇敢地提问题，更是在于心中锚定了要向学问做得好的名师看齐。连张老师翻书页的样子都很有范儿，不像当时很多老师和同学都流行的手蘸口水来翻书。人家是怎么做出学问来的，也许我们一时学不会，但我当时想的是，至少我能与他有一次交集吧，也是向这样的人靠拢的一次壮行、向这样的人看齐的一次尝试吧！有人说，不要找名人签字，不要与牛人一起吃饭，不要给别人端茶倒水，我不以为然，近距离真切地学一学别人签字时的接人待物，不也是一种长知识吗？

我认为，那些似乎不为人了解和接纳的老师，他们做学问，已做到了隔绝尘嚣、隔绝繁华、隔绝世俗，内心可以翻江倒海、扬鞭策马，一心一意地静心读书教书做学问。我们也应像他们那样。冰冻三尺非一日之寒。做学问也好，想干出大业来也罢，都得心无旁骛、专心致志，把一切干扰和私心杂念都屏蔽于外。读书，就得有读书人的样子，不能一曝十寒。在什么山，唱什么歌！

板凳要坐十年冷。从家里带上满满的一搪瓷茶缸的雪里蕻咸菜能顶上一两周食堂的菜，或者带一小口袋的炒米，到饭点就泡炒米吃；有的农村同学从家中带着大米到学校食堂换饭票；在教室晚自习点蜡烛看书，第二天起床后同学们鼻腔口腔吐出来的都是黑黑的黏液；我在大学时尽可能不穿暖和的鞋听课，是想让自己保持清醒以免犯困打瞌睡。这些，我没有觉得是苦。物质上的饥寒交迫不是苦，如果没有书读，精神文化上的匮乏和"饥寒交迫"，那才算苦。坐过十年冷板凳的人，即使饥寒交迫，我想他在姿势上都会有别于粗人、俗人。二十年后，我与爱人在谈恋爱期间，去人民大会堂看电影，正片还没开始，会播放加映广告片。后来听她说，观映时我的标准伏案姿势很让她惊讶，"看电影的坐姿怎么像在课堂上听课啊！"

　　在很多时候我们会觉得，读书并不是非做不可的事。读书是想要去做的事，是一种意愿，而不是必须。生活中，我们总会碰到我们不知道的、不理解的事情，也会碰到很多自己觉得美好的、开心的、不可思议的事情。这个时候，我们自然会想去了解、去学习。失去好奇心和求知欲的人，连自己生存的世界都不想了解，还能做什么呢？不读书的人会嘲笑读书没有用，而读书的人不会去嘲笑没读过书的人，只会督促自己去读更多的书。在工作若干年之后，我们只会发现以前学的东西总是不够用，更何况实践总是无限的，自己学到的充其量只是一点儿皮毛。

　　不论怎么学习，只要人活着，就会有很多不懂的东西。进了一所好大学也好，进了一家大公司也好，进了机关也好，如果有"做一个读过书的人"的想法，就有无限的可能。

　　读书，不是为了考试，而是为了成为读过书的人。

耳畔常有歌声响起

当我觉得作业太多想偷工减料时,当我有疑问不好意思提问时,当我想歇一歇周末早上不愿在校园里晨跑时,当我自觉还算学得不错就此不愿再下功夫时,我仿佛总能听到耳畔回响起那句"没有学问啰,无颜见爹娘"熟悉的歌词和旋律,便腰板挺直了,脚步加快了,神情饱满了,劲头更足了,不敢懈怠和偷懒。

小时候,长江中下游地区的冬天,阴冷、潮湿,没有暖气,谁都愿意在被子里多待一会儿。被子外面可是比被子里冷多了,没盖被子的鼻子处是冰冷的,眼睛眨起来感觉眼睫毛都冻僵了。没有电灯,晚上我们睡得都比较早,早上也就容易醒来。难的是舍弃热乎乎的被窝儿,冷飕飕地套起冰凉的衣裤是令孩子们极其不情愿的。哪怕是钻出被子坐起来,这第一关便是非常考验人的。于是许多孩子不愿离床,就迟到、旷课或由家长请假,在寒假里有时能在被子里半睡半玩儿到晌午。

我也喜欢热乎的被窝儿。但我知道迟早还是得起床,一直待在里面不是事儿,无法待到永远。既然家长已经叫醒我们了,也已到了起床时刻,那就得起床了,但被子外太冷了。读小学二年级时一个冬天的早晨,依然寒冷。突然间,我想到一个词:"起来!"这是来自一句歌词"起来,饥寒交迫的奴隶!起来,全世界受苦的人!"什么是奴隶呢?白天里老师和家长回答过我,奴隶就是受奴隶主压迫剥削欺压、没有吃没有穿、要靠给奴隶主干活儿才能得到施舍而过活的穷苦人。这是要唤醒奴隶起床呀!那我不能做奴隶,我不能任由奴隶主压迫剥削。"我要自己做主！我要起床！我要做命运的主宰，而非奴隶！"这个主意瞬间在心中暗暗地确定。于是，我心里给自己限三个数儿，必须在数到"三"之前起床，"不然，我就会成为奴隶了。这可不成！"开始数数儿，"一……"充分享受一下被子里的热乎气，"二……"再感受一下温暖的床铺，然后，还没有数到"三"，我便立刻掀开被子，与被子作彻底的决裂，抓紧套起毛衣，裹上小棉袄，穿上裤子。当时不知从哪儿听来的这么一句歌词，不知道这句歌词还有很多背后的内容，更不知道这句歌词的真实含义，但当时就是把"起来"当成唤孩子起床的"起来"。后来才知道它是《国际歌》中的第一句，这个"起来"是具有丰富内涵的。起床洗漱后借着晨光坐在家门口的凳子上早读起来，晨起早读的习惯便从此养成。

从那以后，起床困难要挣扎时，我的内心都情不自禁地想起这句歌词。渐渐地，再也没有赖床的念头了，到后来，只要醒了，立马起身离床成了自然而然的习惯。

真正的自律，就是叫醒自己！每当遇到挫折、遇到难事时，或当自己有所懈怠、想偷懒时，心中就升腾起这句歌词"起来，饥寒交迫的奴隶！起来，全世界受苦的人！"这一声"起来"实际上就是唤起我的执行力、行动力、自制力，让我告别舒适、告别怠惰、告别躺平。

离开热乎被子的一刹那，心里是有点儿不忍，但开弓没有回头箭，世上没有办不成的事情，只有办不成事情的人和那些消极的念头。那些容易被挫折打倒的人，常常是还没起步就把困难设想得无比巨大，然后直叹蜀道难，难于上青天，不敢或不想去实践。但所有的困难最终要在干中解决，没有必胜的信心，如何能过了那道坎儿。

异曲同工，电影《风云儿女》中，由田汉作词、聂耳作曲的主题歌，就是那首被称为中华民族解放号角的《义勇军进行曲》，其中也有唤醒民众的句子："起来！不愿做奴隶的人们！"这首歌成为我们的国歌。只有你身"起"，一切才会"来"。正如那句充满诗意的话"你若盛开，蝴蝶自来"。谁都希望看到蝴蝶自来的美景，但盛开的过程必然要经历磨难，你首先得"起来"，不能躺平。

耳畔的歌声唤我读书、催我奋进，类似的事不止这一桩。

读完初二的暑假，我有一次参加转学考试的机会，便从家门口的乡镇中学转学来到了县城中学读初三，那时我14岁。离开父母，既有离开家的胆怯，又多了获得些许自由的快乐，心里觉得学习上的安排得自由些，要求得松懈些。然而，每当有这样的念头，我心中就回响起"没有学问啰，无颜见爹娘"的歌词和旋律，便不由自主地收起贪玩儿的心，不敢放肆，生怕学习不好、成绩下降，回乡看到爸爸妈妈时无法交代。

弹钢琴　赵莹　绘制

这句歌词出自《读书郎》，20世纪70年代后期，在中小学生中流行，许多人会唱，歌词容易被记住，曲子也适合我们。"小嘛小儿郎，背着那书包上学堂。不怕太阳晒，也不怕风雨狂。只怕先生骂我懒哪，没有学问啰，无颜见爹娘。小嘛小儿郎，背着那书包上学堂。不是为做官，也不是为面子光。只为穷人要翻身呀，不受人欺负呀，不做牛和羊。"这首歌旋律优美、歌词通俗易懂，至今仍为人们，尤其是少年儿童所钟爱。它十分接地气，真正是源于生活而又高于生活之作。

当我觉得作业太多想偷工减料时，当我有疑问不好意思提问时，当我想歇一歇周末早上不愿在校园里晨跑时，当我自觉还算学得不错就此不愿再下功夫时，我仿佛总能听到耳畔回响起那句"没有学问啰，无颜见爹娘"熟悉的歌词和旋律，便腰板挺直了，脚步加快了，神情饱满了，劲头更足了，不敢懈怠和偷懒。我现在与一些朋友聊起这首歌时，常见有人误认为它是改革开放之后从台湾地区流传而来的校园歌曲，其实，这是他们有所不知。该儿歌是抗日战争时期，由音乐家宋扬根据贵州安顺苗寨芦笙音调的一首山歌加工创作而成的。

宋扬取材的山歌名叫《小嘛小二郎》，歌词是："小嘛小二郎，骑马上学堂。先生嫌我小，肚里有文章……"宋扬听后将原歌词进行改写，加进了"只怕先生骂我懒哪""没有学问啰，无颜见爹娘"，这样就更符合小孩子心理、进学堂读书的目的以及渴望自由、平等等新思想内容，正好在芦笙特有的基本音符的基础上，把汉、苗两个民族的音乐风格融合在一起，词与曲相映成趣、一气呵成，谱写出了新的即我们现今所熟知的优秀儿歌《读书郎》，孩子们有了自己的歌，兴奋极了，上学唱，路上唱，回家也唱。后来，抗战演剧队正式演出了这首歌，这首歌就更火了，成了演剧队演出时必唱的歌。

《读书郎》的思想内容和艺术风格贴近生活，贴近青少年，十分接地气，一直为人们，尤其是少年儿童所喜爱。在重庆举办的进步文化人士春节晚会上，当周恩来再次听到这首熟悉的儿歌时，很高兴地对身边人员说："应该多写这样的好歌！"此歌被选入中小学音乐教材之后，更成了一首经典的儿童歌曲。不仅在祖国内地一直传唱不衰，而且也为港、澳、台同胞所接受和认可，尤其是经过邓丽君深情演唱之后，其影响更加广泛，超出了原先的传唱。难怪有人会误认为这是后来的作品呢。

唤起我读书、催我奋进的这两首歌曲，令我常常想起，也常在我耳畔响起。

你在窗外看我

我们在看别人写的书时,也在书写新的书页。我们在品评社会、现实、历史的同时,也要受社会、现实、历史的品评。是非功过得失,全在记录中。目光所及与所不及的风景,会更加真切地收入世人的眼底。

有一段时间,20世纪70年代中期,我家临河。打开卧室窗户可以看到河堤边沿儿疏疏朗朗的柳枝垂丝,隔过一大片河滩,就见潺潺的流水载着一艘艘帆船。这条河堤是我上学放学的必经小道,我们称为街后,我要绕过院门才能走在这条道上,这里安静、冷清,少有人走。无人问津的河堤,总是开满鲜花。院门开向街上,院门所对着的那条道,是街道的主路,主路是由鹅卵石、大青板铺设而成,还有熙熙攘攘的人流、鳞次栉比的街铺,我们称为街前,人们喜欢走在这热闹街区,真是流连忘返。街的尽头是一座古刹,改作我们的学校,街前、街后正好在此汇合。枯水季节,河滩很大,常在此放露天电影,我们坐在家里窗台上便可观看,这个得天独厚的位置让我们惬意了许久。窗下的条桌便成为我周末和寒暑假看书学习的好场所。

大人们去上班,我便在家看书。那时,家中还没有沙发、茶几和电视机,只有小饭桌、小板凳和条桌。条桌是办公人员宿舍的标配,它有三个抽屉。不大的桌面对于我们小学生来说就已经足够用了,书是32开的,学校发的没几本,在手上的课外书也不多,所以,桌子上非常干净、整齐。书、本、笔、墨、文具盒,挨个儿沿着桌子的前沿靠着窗台一溜儿摆齐,清清爽爽。白天在这里坐着看书,一个最大的好处就是光线透亮。户外的微风轻拂脸庞,让我乘着翅膀在书海里畅游，简直美极了。

一个阳光和煦明媚的下午，我像往常一样，正在投入地写作业，家中一片静谧。忽然感觉眼前的光线暗了下来，就像是拉起了半副窗帘，也传来人语声。抬头一看，只见窗外站着三四个大人，四十岁

静心读书犹如胸有定海神针　王玉君　绘制

上下，都是男性，他们随意地边走边聊天。穿着雪白短袖衬衣，干净利索，戴着手表，不是本地人，看着像是来自大地方坐办公室见过大世面的，像是来视察的样子。他们街前街后一路走到这儿，觉得很意外，停了下来。

其中一位被众人簇拥在中间的叔叔，他脸部白皙，露出既好奇又关切的微笑，对周边的几位同行者说："你们快过来看这一家，这儿有一个小孩儿在读书学习呢！你们快看！声音轻点儿！"他们聚拢后，几个人相继地问："你在看什么书？""你在做什么题？"我把书本的封面亮出来对着他们，没有开口。他们接着问："你家长是做什么的？""你读几年级了？""你怎么不出去玩儿？"我简洁地一一回答。没见过这么多的陌生人，有点儿不好意思和胆怯，也不知会发生什么事。是利是害？会不会给家长带来什么影响呢？因为那时我爸因家庭成分不好，经常受到不公正待遇，因此，我不敢多说。

聚集在窗口的他们开始松动、散开，向前走去，听见他们还在兴奋中："真是难得噢！""没想到在这儿还能见到学习的孩子！""还能有人学习读书就好！"他们渐行渐远了，但还传来谈论的话语。

我倒没有惊奇，心里也没有起什么波澜，迅即转入安心的读书做题之中了。我的身后有一副从房顶上系下来的吊环，这是我爸让镇上的铁匠给打制的，在

吊环上玩耍是我儿时乐于参与的运动。每天中午和下午放学时，我都要先在吊环上翻腾一会儿，有时按完整地翻转 10 个计时，有时按翻转 1 分钟来计数。假期里看一会儿书就玩玩儿吊环，臂力强到有时能将吊环平撑开。

他们看见我在读书觉得有意思，我还觉得他们这一众人来穿行这条后街河堤蛮有意思呢。如此少人光顾的街后和无风景的河堤还能吸引人过来慢慢品味，被他们遇见，也真是前所未有，有意思。吃晚饭时，跟家长聊了这事，他们想多问一些，好在没有再问，正好我也说不了更多。

生活没有旁观者，每个人都是风景中人，都是自己生活圈中的主角。现在回想起四十多年前的这一幕，就容易联想到著名诗人卞之琳早年的短诗《断章》：

    你站在桥上看风景，

    看风景人在楼上看你。

    明月装饰了你的窗子，

    你装饰了别人的梦。

原来世间的万事万物皆有关联，真所谓牵一发而动全身。你站在桥上看风景，另有一人却在高处观赏，连你也一起看了进去，成为风景的一部分，有如山水画中的一个人。同样一个人可以为主，也可以为客，于己为主，于人为客。正如同一个人有时在台下看戏，有时却在台上演戏。

前几年，国庆假日期间，带孩子去天津作高校二日游，经过天津理工大学、天津师范大学，穿越南开大学、天津大学校园时，均可见假日的教室里灯火通明，伏案读书的学子们比比皆是，他们的身影隔着窗户清晰入目，我抱起孩子让他可以看得真切。

各样的人、各式的位置，皆为画中人，都在风景中，彼此审视、打量、察窥、欣赏。不论在桥上还是在窗前，是邂逅还是特意，都笼罩在一种欣赏与被欣赏的氛围中，神秘感悄然升起，令人遐思。经历过风雨沧桑之后，可见其中的哲理和永恒。大千世界，原本就是由各式的风景组成的。相互之间就是镜子前的原像与镜像，彼此照出了不同的自己或属于自己的另一部分。

不论你是否意识到，是否承认它，这都是客观存在。主客体总是相互转换的，看与被看，组成了耐人寻味的风景链条。俯仰、正侧、远近、明暗，视角固然多，成像亦就多，看来看去，看出了一个村外的世界、镇外的世界、远近不同的世界、立体的世界、心中憧憬的世界。

我们在看别人写的书时，也在书写新的书页。我们在品评社会、现实、历史的同时，也要受社会、现实、历史的品评。是非功过得失，全在记录中。目光所及与所不及的风景，会更加真切地收入世人的眼底。

社会就是在如此这般的彼此打量、相互欣赏、上下审视、内外察窥中相克相生、相辅相成、相得益彰地相伴前行。

书山有路，书在路上。

窗前看书，便成了风景　赵莹 绘制

书山有路

杨德银 题

承

书山有路

遥望家乡二里半

俗话说："不怕慢，就怕站；站一站，二里半。"

这是为了提醒人们若歇息下来就会落后，别耽误了路程。

书籍是心灵的故乡，读书就如同找回故乡。

书卷多情似故人，晨昏忧乐每相亲。书与乡的关系非常紧密，于谦在《观书》中用诗句阐明了这一点。我认为，"书"与"乡"密切关系的根源在于它们都是温柔之处，让人的心灵得以安放。

我的祖籍是安徽省全椒县界首乡，我爸爸出生在这里，自小在这里长大，我爷爷奶奶的坟都在这里。我的父母刚开始走上工作岗位时，就是在这里工作的。只要能回乡上坟，我们家人都是要回界首的，因为这里还有许多亲戚。我出生在紧邻的陈浅乡，后来去县城上学，搭拖拉机、乘长途汽车、骑自行车，都得经过陈浅乡与界首乡交界处的段庄，然后沿途经过许店，拐向县城。每次我都在段庄这个拐角处向东北遥望，看相距两里半的地方，血脉相连、割舍不掉的界首。现在这里全都合并在一起，形成一个乡。

自小常常在寒暑假跟着姐姐步行，从全椒县陈浅乡经百子楼村，过段庄到界首的瓦屋庄去看奶奶。奶奶住的地方叫瓦屋庄，我过去一直以为我们家姓王，就将这村的名字当成是王屋庄。那一带过去属于美好大队，现在改称梅城。原美好大队部办公室西北约200米处为何庄，东面约500米处便是瓦屋庄了，梅庄的南面600米处是张郢小队。那里张姓和任姓人家比较多。

奶奶家的门口左前方不远处靠近小水沟有一处自留地，二伯父是种庄稼的好把式，在这里种上麦子和水稻以补充口粮。父母在单位上班，家里没有人手照看我们，几个小孩儿在假期里常常被寄养在奶奶和几个叔伯家里，村子里的时令果蔬不多，但我们总能尝个鲜，西瓜、黄瓜、西红柿、南瓜、扁豆角，味道鲜嫩。周边的村庄，比如小侯庄、马榨、西马、大罗庄、小鸡庙、高桥、于庄，都是我们耳熟能详的名字。

白天，我们到池塘里捉鱼捞虾。傍晚时分，蜻蜓纷飞，小伙伴们你追我赶，拿着扫帚去捕捉。晚上有时到附近村庄的稻场上或公社的街头去看露天电影，我们不在乎一遍又一遍的重映，只要有个热闹、能玩耍的地方就行。在池塘边，小腿肚被蚂蟥叮咬，现在想来还是挺恐怖的，开始不懂，使劲儿地拉拽，急于要扔掉它，这样它反而吸得更紧了。在村子里大人的帮助下，把它剔除了，扔碎在地上，再用脚踩几下，血在腿上顺蚂蟥的叮咬处流下去，浸湿了地上的土和草，赶紧按压出血处，一会儿又撒欢去玩儿了。妈妈回家后，告诉我们再发生这种情况，不要直接强行将蚂蟥拉出，可用香油涂上去，等蚂蟥伸出体外时再除去它，也可用浓盐水冲洗腿，这样可使蚂蟥很快失去活动能力而脱离皮肤内，还可迅速止血。妈妈给我们伤口处涂抹了红汞，不两天就没事儿了。唯有门前镜湖水，春风不改旧时波。

在蝉鸣蛙叫声中，我们躺在凉床上，数星星找北斗。稍大些以后，学业紧了，农村也分产到户了，农田里的活儿要多照顾，亲戚们似乎也忙了。农闲季节里，他们还要组织去滁河、和县的驷马山等地挖河挑河，挖沟挖渠，参加农田基本改造的大规模会战。到了冬天，村子里的大人就会带上铁锹、扁担、簸箕，天不亮就出门，到天黑了才回来，就是去河堤上把滩上的淤泥挑到堤岸上来，这就是挑河，人工"挖掘机"。开春时，挖驳船会定期到河道去清除淤泥，疏浚水道，这项措施很好，有利于即将到来的汛期顺畅地排泄洪水。过了一二十年后，用石块把堤岸砌起来了，从此也不见挑河了。

河道的拓宽，水库和大坝大闸的建造，以及圩田里的许多沟渠，都是这么人工挖出来的。我们这里本身就傍河而居，人口多，就被安排到远处的其他地方去支援挑河挖河。几乎家家户户都有人扒过或去过工地做后勤。我爸爸曾长期被派往离家80公里外的工地做巡回医生，整个冬天都住在工地上。因为发生工伤的机会较多，医生就要迅速步行赶到现场进行处置，这就成了"流动的救护医生",有的人双脚浮肿,有的人气管炎哮喘肺气肿,有的人患上了破伤风。许多老人还把口粮省下来攒起来带回去给家人吃。江淮大地是劳动人民用自己的肩膀,用自己的双手建造的。

这里的体力活儿很重、非常苦,但农民也争取能去成,有的人家还抢着去,因为不只能充工分,在战天斗地的现场还能吃上免费饭,比在家中闲着强多了。寒冷的冬天里,赤脚在泥水里劳作,一锹一锹地挖,一担一担地挑。辍学回家的十几岁的娃娃,就是一个出工分的壮劳力。那样的人定胜天的年代,是艰苦奋斗、自力更生的年代,由不得半点儿松懈,靠河的修河堤,不靠河的挖水库,几乎村村一个小水库,乡乡一个中型水库,那漫山遍野的树林和沟渠,就是那个年代的工程,都是肩扛手提干出来的。农村乡级公路,林荫长廊,绿色如海般的泡桐树、梧桐树和垂柳,颇为震撼!每回忆到这里的场景,我脑海里都会冒出徐再思在《水仙子·夜雨》中写出的词句"一声梧叶一声秋,一点芭蕉一点愁,三更归梦三更后"。

不知何处吹芦管,一夜征人尽望乡。印象中界首的二月二赶集,可是十里八乡的一件大事、盛事,对于生活在农村的人们来说,借机将一年的农具、种子、牲畜准备妥当。我没有赶上过界首的"二月二"逢集,正如我在全椒县城学习和工作过也没有在正月十六走过太平桥一样,希望退休以后能把这些缺憾补上。

步行去界首老家的机会越来越少了。1983 年,在上大学前挨家挨户走过一趟亲戚,出差时也回去过,但只待过几小时。每次路过附近,或经过这里时,总会向家乡的方向翘首相望,乡愁是抹不去的记忆。巴金的《家》,沈从文的《边城》,都带着知识分子对感情归宿和精神寄托的找寻。游子离家回望故土,思念的不只是空间地域,乡愁是对祖辈、族谱、祖屋的回望。

原先总会在段庄丁字路口的招呼站停一停、望一望,那里曾有一个小卖店,我会在那儿喝上一瓶汽水。俗话说:"不怕慢,就怕站;站一站,二里半。"这是为了提醒人们若歇息下来就会落后,别耽误了路程。我想,无论我停在段庄路口,还是周边的其他地方或者去更远的地方,我常常都愿停下来,看一看、想一想老家界首那个地方,这是滋养心灵的加油站,是我心里寄驻的二里半!我愿意站一站,宁愿慢上二里半!

回首故山千里外，别离心绪向谁言？归根到底，唯有书，此心安处是吾乡。乡，是永恒的家；书，是阅不完的乡。

思维如同门前的河流，奔腾不息，都是无极限的　王升 摄

报纸副刊：我的课外语文阅读

不同的人阅读副刊的心理不一样，但有一种心理是共有的，就是在紧张的学习或工作之余，不愿再看枯燥的、长篇大论的教科书或专业书籍，而是希望得到一种轻松愉快的精神享受和文化信息，得到一种对求知欲望的满足。

现在孩子们读的语文书，是一学期一本。我早年读书时，语文教材是一学年一本，一学期结束了，只用到半本，还得把书留存好，这书还得用上半年呢。这让我很早就觉得单靠教材是吃不饱的。正巧，爸爸单位订有几份报纸，像《参考消息》《人民日报》《安徽日报》等，这些很能满足我的阅读爱好。《参考消息》是内部资料，限于体制内一定级别阅读，由上级机关邮订，不让外传的，下班后不能拿回家，《健康报》是停刊13年后1979年7月1日才再度复刊的，它上面的许多专业术语我也看不懂，所以，就数《人民日报》《安徽日报》《参考消息》我看得多、看的时间长。而我看到的只有前两种报纸有副刊。时间一久，我爱看上面的文艺副刊，这给我多元化阅读创造了条件。

《人民日报》的副刊叫《战地》，《安徽日报》的副刊叫《朝晖》。报纸副刊是传播新文化、新思想的阵地，赏心悦目、开阔眼界的窗口，副刊从来就不是补白，而是先锋。报纸有没有生命力，能不能为广大读者所欢迎，关键在于它是否有文化担当，能否贴近时代，贴近生活，贴近读者。副刊是对社会、历史和百姓身处的文化境遇提供的精神文化食粮，体现办报者强烈的文化担当。副刊少不了用新闻的视角作选题，也会用文艺范儿的语言做活新闻，与新闻事件并肩，与新闻背景契合，这样，可以避免新闻传播因素材同源而致成品趋同，好的副刊作品就会寓意不凡，令人过目难忘。

《安徽日报》邮发到达镇上需要两三天时间，《人民日报》则常常需要一周。这些报纸到达我爸单位的时候，大人们会传阅，等我忙完手头上的学业，见到报纸看到副刊的时候，还得过几天时间，立夏已是小满了。副刊有思想性、文艺性，又有知识性、趣味性，使人增长知识，提升文学艺术修养，版式设计又新颖独特，图片与文字交相辉映，版面语言流畅而活泼，知识量充沛，雅俗共赏，能满足我对文学常识的求知欲，非常好地补充了教材容量的不足，我每次都能饶有兴趣地读下去。我的本子上记得满满的。没随时带本子，就用一些废弃的纸条或大人们丢弃的烟盒来抄录。

不同的人阅读副刊的心理不一样，但有一种心理是共有的，就是在紧张的学习或工作之余，不愿再看枯燥的、长篇大论的教科书或专业书籍，而是希望得到一种轻松愉快的精神享受和文化信息，得到一种对求知欲望的满足。因此都渴望读到一张内容清新、形式多样、短小精悍、生动活泼的文艺副刊。副刊就是一盘腌渍精良的小菜，有色、有香、有味，是一块充满了生机绿意的小园地，开放着丰富多彩、令人喜爱的花朵，是一杯醇香的美酒，令人陶醉，余味无穷。

《人民日报》是党中央的机关报，早在西柏坡的时候就有一个《战地》副刊，改革开放以后改名为《大地》副刊，副刊作为一个品牌一直保留着。这个副刊，在20世纪六七十年代被中断了，其实当时是叫《战地》，取自战天斗地。"百花齐放，百家争鸣"是它始终坚持的风格特色。在1956年7月改版时，继承我国报纸的传统，在第八版开辟出具有文学色彩的综合性副刊。副刊上有文艺作品和篇幅短小的理论文章，还登杂文、唱词、曲艺、木刻、绘画、摄影照片、书法和篆刻等作品，就是一个以文艺作品为主，以评论、理论等多种体裁文字作品和艺术作品为辅的多元组合体。1983年起又定名为《大地》。《人民日报》的《大地》副刊，每周一个版面，副刊文艺属性强，文字活泼，有"文""杂""短""活"的特色，由此，副刊常被人称为"文艺副刊"。除杂文、诗歌、散文外，副刊还设有《展光短笛》《群言录》《答读者问》《副刊文选》《文史小品》《书林漫步》《域外文谈》等专栏，读者也较喜欢。1983年，新辟了《大地漫笔》一栏，深受读者欢迎。这些栏目，读了能使人开阔眼界，增长知识。知识性、趣味性随着刊登喜闻乐见的品种，如连载小说、曲艺、民歌、民间故事等而渐渐浓厚。

我看到的那个时期还是以《战地》为主，生动活泼，图文并茂，内容比较丰富，有的杂文既有战斗性，又有文学性，古今中外、天文地理，无所不谈。这样的杂文学问深，富哲理，味道浓，耐咀嚼，文笔也含蓄、泼辣，能引人入胜，发人深省。后来到外地读书，只是偶尔在校园橱窗里仰着脖子窥见一斑了。

后来《人民日报》的《战地》改成了《大地》，到1980年下半年，《大地》副刊上又先后推出黄淮的《星花集》、解明的《真情小札》和纪洞天的《思海一束》。在我复习迎考上大学的那一年，1983年1月，一个专门发表小杂感的专栏《大地漫笔》开始设立，进行连载。《人民日报》副刊的历史上有过类似的专栏。50年代中期有过专谈整党整风问题的《雨丝风片》，60年代初期又有歌颂新生事物的《朝华小集》，其间又有专谈国际问题的《横眉录》，刊载配合政治运动小品文的《短剑小集》。而这些专栏受当时历史条件的限制，有的时过境迁，有的思想片面，有的又只讲配合，缺少文采，大部分被人遗忘了。《大地漫笔》在接受以往经验教训的基础上，避开那些不足，同读者平等地谈心，交换某些一得之见。《大地》副刊的《大地之子》《大地漫笔》《大象书话》确实给人印象深刻。

唱报纸上的歌，曾是新中国最美的社会文化时尚，《人民日报》（1949—1966）文艺副刊是构建这一社会文化时尚的最重要，也是影响最大的报媒传播阵地。作为好诗的歌词，一是短小精练，一听就懂；二是语言凝聚，犹似水汽凝聚而为露珠；三是歌词的语言内孕育着音乐的节奏感。其内容多以歌颂为主。它们或是与好曲同步完成的好诗，或是因诗好而被谱曲的好诗，或是借用名曲为其配词的好诗。这些好诗，借助歌唱，成为那个时代的热歌，甚而传之久远，成为经典，成为人们回望历史的情感记忆。

《安徽日报》是我家乡的省报，在我到处寻找书报阅读的少年岁月，它有《朝晖》副刊，我在上面看到过陈登科、赖少其、严阵等名家的作品。

报纸的面孔就是这个省的面孔，从副刊可以窥见这里的灵魂。《朝晖》副刊关注江淮地域范围内长期形成的生产生活方式、社会习俗、历史遗存、文化形态，江淮文化是报纸副刊取之不尽、用之不竭的源泉，安徽文化博大精深，皖南地区徽文化细腻多彩，物态的古建古街、名村名镇，承载着代代相传的精神追寻；皖北文化粗粝豪放，平原大地的歌声和舞姿都显得遒劲有力，是副刊保持旺盛生命力的必要条件。历史积淀成为地域文化的基石，多姿多彩，贴近生活，给人美感。它来自民间、群众喜闻乐见、具有人文价值的题材，浓墨重彩铺展开，又有亲和力。

后来，创办副刊的报纸越来越多。与新闻版面不同，副刊的版面不以新闻报道为主，而是更多地刊载文学作品和文化类稿件，这样在栏目和版面上就有了更多的发挥空间。地方报纸的副刊在取名上融入富有当地历史文化、风土人情的元素，似无明确的指向性，并未直言"副刊""文学"版面，但让人一望即能心领神会为某地报纸副刊，而又觉得灵性闪耀，为报纸的后花园。如《文汇报》有《笔会》、《解放日报》有《朝花》、《天津日报》有《满庭芳》，《杭州日报》有《西湖》副刊，《安徽日报》有《黄山》副刊，《海南日报》有《椰风》副刊，《苏州日报》有《沧浪》副刊，《金华日报》有《婺江文学》副刊，《衢州日报》有《三衢道》副刊，《湖州日报》有《太湖》副刊，《广州日报》有《花山》副刊，《南国早报》有《红豆》副刊，《南京日报》有《雨花石》《风雅秦淮》副刊，《常州晚报》有《毗陵驿》副刊，《齐鲁晚报》有《青未了》副刊，等等。

在外面工作有些年头，回老家时，发现家乡也办有报纸，并且也设有副刊，如《滁州日报·星期六周刊》，更名为《西涧周刊》后，刊名、版面和相关栏目皆取自唐代诗人韦应物在滁州写下的千古名诗《滁州西涧》："独怜幽草涧边生，上有黄鹂深树鸣。春潮带雨晚来急，野渡无人舟自横。"刊物打上了深深的滁州地方历史文化烙印。

我在南京先后工作过三次，前后共有近10年时间。通过对副刊的阅读，能够充分地感受到南北文化的差异，地域文化是一个地方长期的文化积淀。皖风徽韵与齐声鲁调各成一派，荆楚情怀与燕赵悲歌亦判然有别。南京为六朝古都，其古迹遗存数不胜数，文化名人层出不穷。《南京日报》副刊《风雅秦淮》长期关注金陵雅韵，回味南京历史文化沉淀，并以媒体人的新闻敏感性，结合当下读者的关注热点，以时代视角挖掘解读南京历史文化，再通过报纸精心的编辑和提炼，将枯燥的历史知识变成引人入胜的故事向读者呈现。因其融合历史知识与当代视角，内容兼具权威性和可读性，已成为传播南京历史文化的品牌专版。《风雅秦淮》版还曾推出过《南京杂志》《申赋渔特稿》等专版，刊载本土著名作家文稿特辑，形成了"文气、大气、正气"的党报副刊特色。经过多年的发展壮大，《风雅秦淮》已扩版到包含"阅城""文脉""书香""文艺"等多个版面，内容愈加丰富多彩，深入全面、多角度报道与南京有关的历史文化、文艺动态，从某种程度上反映了南京作为古都名城在文化上的恢宏气息。

　　副刊在传递新书信息、交流读书心得、开掘书籍内在意义方面，发挥出越来越重要的作用。这样，大量异军突起的读书类传媒便应运而生了。沟通书籍与人之间关系的读书类传媒，有刊物、报纸、电视、专刊等。刊物如《读书》《书屋》《书城》《新媒介·读书文摘》；读书类报纸如《中华读书报》《文汇读书周报》；电视上的"读书"类节目如中央电视台的《读书时间》；读书类专刊，如《光明日报》的"书评周刊"、《文汇报》的"书缘"专刊、《长江日报》的"阅读"专刊以及《辽宁日报》上的"读书坊"、《云南日报》上的"书海"、《浙江日报》上的"书报亭"。这些读书类媒体各有不同的价值追求。

　　许多市级机关报也开设有"读书"类专刊，如《青岛日报》的"三味书屋"专刊、《沈阳日报》的"书斋"专刊、《宁波日报》的"读书"专刊、《广州日报》的"品书"专刊、《天津日报》的"读书"专刊、《珠海特区报》的"读书"专刊、《文汇报》的"书缘"专刊。

　　有人说，对报纸媒体"读书"类专版的阅读，是一种典型的浅阅读，还说读书使人迂腐、读报使人浅薄。我不以为然。不能对一事一物太绝对化，您若把小说连载，它就成报纸了，您若把报刊合订，它就成书籍了。

落笔何必太匆匆

> 我重新细细品读这篇脍炙人口的优秀散文《匆匆》，从中挖掘朱自清所营造的时光境界，联系自我的生活、学习，加深对《匆匆》的理性哲思，也更加坚定人生的价值与意义，从中获得警策与教益。

1979年10月份，上初中三年级时，我读的是县城中学，是当地最好的学校了。我是从一所乡镇中学转学来的。开学后没多久，班主任教数学的张老师看我学生档案里有过参加全县作文比赛、语文竞赛并获奖的经历，又见我经常站在教研室屋前眯着双眼贴着玻璃瞅橱窗里的各种报纸，就嘱我为学校的黑板报写一篇稿件，我欣然应允。班主任的吩咐自然要爽快地应承下来，正好我也愿意动动笔。然而，慨然许诺之后，静下心来想一想我将写什么呢？脑袋里一片茫然，一点儿准备都没有就承揽了这个任务，该怎么去下笔、怎么去完成呀？

我想的是，不能应付了事，要对得起老师的信任，班主任可能也是想探探新转学来的这位学生的文字功力，托付一桩事情试一试吧。我也不能撒手不管、托词推却，怎么能反悔呢？不然，以后老师还怎么托付差事呢。

那具体写什么呢？于是，我就想写出既有一定的水平，又是我所能驾驭的话题来。正巧手边有一本杂志，信手翻看一会儿，发现一篇文章，题目是《匆匆》，这是我没有读过的文章。全文约500字，没有标注作者，这在1979年还没有普遍提倡著作权的时候是自然的事。文章写的是对时光稍纵即逝的感慨。

"燕子去了，有再来的时候；杨柳枯了，有再青的时候；桃花谢了，有再开的时候。但是，聪明的你告诉我，我们的日子为什么一去不复返呢？"他感叹大好的春光转瞬即逝，燕子、杨柳、桃花，或去而复来，或枯了再青、谢了再开，作者接着生发出"我们的日子为什么一去不复返呢？"这样的着急和无奈，还发出疑问"是有人偷了他们罢，那是谁？又藏在何处呢？是他们自己逃走了罢，现在又到了哪里呢？"可以看出作者惋惜时光流逝的郁郁情怀。我对这种消沉不以为然。

　　作者回顾自己走过的人生道路，那已经逝去的可贵的岁月，似乎是不知不觉就这么过来了："我不知道他们给了我多少日子，但我的手确乎是渐渐空虚了。"这一句话道出了深沉的感慨："八千多日子已经从我手中溜去。"另一句回答了开头提出的问题，点明了题目："时日是从自己手中匆匆溜去的，丝毫也不能怨怪谁。"作者用"像针尖上一滴水，滴进大海里，我的日子滴在时间的流里，没有声音，也没有影子"这一比喻，表达了他痛感光阴之虚度而惶愧不安的心情。他"不禁头涔涔而泪潸潸了"，时间无情，生命短暂，壮志未酬，心忧如焚，怎能不汗流如注，泪水满面呢？真是"盛年今已惜蹉跎，来日岂能等闲过？"

　　他那八千多日子是怎样匆匆逝去的呢？他的感受是："去的尽管去了，来的尽管来着，去来中间又怎样的匆匆呢？"早上他起来的时候，太阳"轻轻悄悄地挪移了；我也茫茫然跟着旋转"。接着就在他洗手，吃饭，默默时，遮挽时，睡觉时一晃而过，而且越去越快，他着力描绘出时间的流逝，充分显示出来去的匆匆，毫不掩饰作者蕴含于其中的无限惋惜之情。由这样的如实描写，进入赤裸裸的直抒胸臆："在逃去如飞的日子里，在千门万户的世界里的我能做些什么呢？只有徘徊罢了，只有匆匆罢了，在八千多日的匆匆里，除徘徊外，又剩些什么呢？过去的日子如轻烟，被微风吹散了，如薄雾，被初阳蒸融了；我留着些什么痕迹呢？我何曾留着像游丝样的痕迹呢？我赤裸裸来到这世界，转眼间也将赤裸裸地回去罢？但不能平的，为什么偏要白白走这一遭啊？"这段文字一气提出六个问句，或自问自答或问而不答，并把匆匆逝去的日子，比作"轻烟""薄雾""被微风吹散了""被初阳蒸融了"，透露出对现实的不满，很想有所作为，但又有所顾忌，所以"只有徘徊罢了""除徘徊外，又剩些什么呢？只有苦闷，惆怅而已"。他感叹时光易逝，世事艰辛，他自责年华虚度，未留"痕迹"。我看这篇文章写得太不振奋人心了。

这篇文章字里行间虽透露出的沮丧、悲观、彷徨，但也读出了珍惜时光，实现人生价值的不屈。古往今来，人们都在感叹人生的短促，时光流逝的迅疾，无数次思考过如何珍惜时光，也无数次描述过时光，出发点和价值观各不一样，凡夫俗子为生存享乐而恨时不我与，哲人志士苦闷彷徨，徘徊犹豫，但他们又不甘寂寞平庸，因想有所作为而惜时如金。人们害怕时不待我，但面对令人失望的现实，不能如此！一万年太久，只争朝夕。珍惜寸阴，就不应感叹匆匆。

每日映入眼帘的便是墙上的"书山有路" 赵莹 绘制

于是，我提笔写出一篇《感悟似水年华，从容书写青春——评〈匆匆〉的等闲悲切》交给班主任老师，很快在黑板报上刊载了出来。

我是这样写的：当我们捧起书本，读出唐诗宋词的时候；当我们在课堂上，朗朗地喊出"为中华之崛起而读书"的时候；当我们在操场上，翻腾跳跃亮出英姿的时候，朋友，你不觉得我们的日子过得很充实、我们的时光很饱满、我们的青春很有价值吗？放眼望去，我们学校里的每一个人，教室里的每一位同学，讲台上的每一个老师，都在珍惜时光，珍惜生命，都在创造价值。可我手头上正在看着的一篇文章，作者却心情苦闷地感叹时光匆匆流逝，仿佛孔老夫子站在河边长叹的那一声"逝者如斯夫！不舍昼夜"，然而，通篇透着念旧、低回、惋惜和惆怅之情，消极情绪溢出字里行间，低沉得让人窒息。建议同学们可不要学这位作者望洋兴叹作壁上观，而应珍惜时间、快马加鞭，投身到火热的生活当中去才对。明代有画家作了一首富有哲理的惜时佳篇《今日歌》，清初学者在《今日歌》的基础上，改写出一首著名的《明日歌》，我将这两首也抄录在黑板上，劝同学们惜时如金、奋发向上。

《今日歌》：

  今日复今日，今日何其少；

  今日又不为，此事何时了？

  人生百年几今日，今日不为真可惜；

  若言姑待明朝至，明朝又有明朝事。

  为君聊赋《今日歌》，努力请从今日始。

《明日歌》：

  明日复明日，明日何其多；

  我生待明日，万事成蹉跎。

  世人若被明日累，春去秋来老将至。

  朝看水东流，暮看日西坠。

  百年明日能几何，请君听我《明日歌》。

最后提醒同学不要去呻吟，建议千万要记住"莫等闲白了少年头，空悲切！"云云，并赋一首《何日匆匆》结尾。

  光阴好似长流水，今日学好最可贵。

  今日的题今日做，今日不做成后悔。

  昨日今日在交替，今日最短只一会。

  明日还有明日课，今日学好明不累。

  怀抱梦想高处飞，今日学好明日会。

  今日学习洒汗水，明日考场不流泪。

现在想来，当初的胆子真是太大了。在脑海里搜索过一番，以前没读过这篇文章《匆匆》，也没印象是哪位大家写过这篇文章。过了两三个月，黑板报更换过好几期了，偶然地看到一本书上收集有这篇《匆匆》，标注有署名，连忙看作者，我的天啊！原来是朱自清！顿时吓出了一身冷汗，心想：坏了！我也太放肆了！居然对名家的作品品头论足，还在黑板报上公示于众，真是不知天高地厚！那时，虽然知道朱自清先生是我国现代文学史上杰出的散文作家，但对朱自清的名篇阅读认知只停留在《荷塘月色》《背影》这两篇上。他的作品匠心独运,构思缜密,托物写意,以情动人。他的写景抒情的散文,不仅充满诗情画意,蕴含哲理,使人如临其境,耳目为之一新,而且字斟句酌,比喻新颖,恰到好处,因而逼真如绘,文采斐然。当时,我也没深入弄清楚这篇文章是谁写的,就恣意地胡写乱评起来。

得知是约60年前出自朱自清之笔,一下就能明白他写作时所处的那个年代是个什么样子。知其背景,再读其中的文字,就不难理解他用笔着墨的用意。朱自清先生是我国现代文学史上杰出的散文作家。《匆匆》写于1922年3月,他写作本篇之时,已二十四岁,正是五四运动低潮期。他的《匆匆》蕴含着生活的哲理,是一篇绝妙的散文诗。作者以生花妙笔,把人们看不见、听不着、难以把握的"无形之物",写得绘影绘形,实在令人赞叹!随物赋形,反复咏叹,语言朴素流畅,清晰可感,他悚然自勉,并不消沉,他思考现实,探索人生,不甘心赤裸裸地来去,在人间白白地走这一遭。言外之意,正如他在长诗《毁灭》中所吐露的:"只谨慎着我双双的脚步,我要一步步踏在泥土上,打上深深的脚印!"这种时光匆匆飞逝与自己的逡巡徘徊是多么不协调,所以他"不禁头涔涔而泪潸潸",极为矛盾与痛苦。当然,这种痛苦更主要的是来自作者对人生的价值与时光的价值的更深层次的思考与理解。

这篇散文中运用了多种手法:托物起兴,设问传神,随物赋形,反复咏叹,再加上生动的拟人、顿挫的音节,使作品回肠荡气,声情并茂,既启示读者"莫等闲白了少年头,空悲切",也给予我们以语言艺术的美的享受。这位曾经像海燕一样迎接时代风暴的诗人,面临着军阀统治的黑暗现实,陷入苦闷彷徨之中。他忠厚正直,向往光明,但还不能明确"路在何方"。他认真处世、勤奋踏实,虽感伤而并不颓唐,虽彷徨而并不消沉。他为家庭环境所迫,不能不担负起生活的重担。这样的处境和心情,自然会影响到他的创作。他在1922年11月7日给挚友俞平伯的信中,吐露了心曲:日来时时念旧,殊低徊不能自已。明知无聊,但难排遣。回想上的惋惜,正是不能自克的事。因而这惋惜的情怀,"引起时日不可留之感,我想将这宗心绪写成一诗,名曰《匆匆》"。披露了自己矛盾的思绪:"极感到诱惑的力量,颓废的滋味,与现代的懊恼""深感时日匆匆到底可惜"。

朱自清先生用一连串人们十分熟悉的平常事作喻，浅显明白、自然流畅地把珍惜时光、珍惜生命、追求光明的道理质朴自然地告诉了读者。就是凭着他对人生价值、时光价值的这样一种深刻体会和执着追求，以及他认认真真希望有所作为的人生态度，从从容容地走完充实的五十年人生道路，留下了满园桃李，留下了两百多万字的著述，留下了他宁折不弯的不朽英名！其实，他的思想与古人"少壮不努力，老大徒伤悲"的诗句，以及"一寸光阴一寸金，寸金难买寸光阴"的箴言的精义暗合。这些古人所留给我们的箴言警句，正是朱自清所要表达和倾诉的思想。

我重新细细品读这篇脍炙人口的优秀散文《匆匆》，从中挖掘朱自清所营造的时光境界，联系自我的生活、学习，加深对《匆匆》的理性哲思，也更加坚定人生的价值与意义，从中获得警策与教益。此篇佳作不乏译者青睐，被译成多国文字，受读者欢迎。

不只是对匆匆的时光，对朱自清先生的《匆匆》作品，也对我写在黑板报上匆匆写就的读后感，都有轮回般的殊途同归，哲学上的意蕴，令人玩味。记得后来学驾驶时，教练说："所有的事故都是缘于速度快。"我深以为然。

上了高中，班主任老师也曾让我为黑板报出文章，我便自己写了《秋韵》：

乘着热情来
把火深藏入胸怀
染白了讲台

染秋画精彩
山海尽美舞粉黛
百年树人才

云中月徘徊
探得人间珠玉白
他日盛秋来

那一次缘于《匆匆》的深刻教训，令我再也不敢匆匆地妄加胡言乱语了。

书学少时承先法

> 若干年前不经意的一次翻阅，促成了我的《少年文艺》情怀。它一步一步地走进我的世界，任凭我一字一句地咀嚼它。开始是粗读，继而是精读，最后是品读。

接触《少年文艺》时，是1979年，我当时刚14岁，读初三。夏秋之交，我去县城参加转学考试，被妈妈带到她在县城进修时的同事戴阿姨家里，戴阿姨有三个孩子，都比我小，她为孩子们订阅有《少年文艺》，因此，我有机会阅读到这本杂志。在她家的时间短暂，我常跟她们借后带到学校里看。

此时在她家看到的《少年文艺》是我最早阅读到的少儿文学刊物。看到正规邮寄到家的杂志就觉得县城的孩子真是幸福，这么早就能有如此好的资源。看里面的一篇篇短文，就觉得有意思，类似语文课本上的课文，家长也不限制。我们原本是不准看课外书的，把这些叫作"字书"，就是小说、故事类的文学书刊的意思，家长、老师都以为是不正规的书，会令我们分神，因此，严禁我们接触"字书"。但当家长、老师看到这种刊物有益于增进语文知识、帮助写作文，更何况有的文章还出自学生之手后，就放宽了标准，觉得可以让我们看。我也因此借阅了许多期的《少年文艺》。后来因为上高中，就没再从学校跑到这位阿姨家去借阅了。所以，加上看了她家前几年的过期刊，前后我看了有三个年份的《少年文艺》。

我喜欢《少年文艺》，是因为它扩大了我的阅读面，再有就是无论儿童文学作家的作品，还是中小学生的稿件，作品清新，读来亲切、轻松。短小精悍的文章让我在课余阅读起来没有什么压力。最初只是一般意义上的阅读，对于白纸黑字上的那些编辑、作者，以及他们的作品，我在脑海里都会经常回味、口头复述，脑海中留下很深的痕迹，这是作者和读者之间进行文化传递和精神对话的一种沟通形式，是一种亲切自然、娓娓而谈的精神对话。因此，我对《少年文艺》备感亲切、情有独钟。若干年前不经意的一次翻阅，促成了我的《少年文艺》情怀。它一步一步地走进我的世界，任凭我一字一句地咀嚼它。开始是粗读，继而是精读，最后是品读。

在全国众多的少儿文艺读物中，上海的《少年文艺》是牌子最老的一家。它是在宋庆龄先生直接关怀下，于1953年7月创刊的。宋庆龄先生为她题写刊名并撰写发刊词。宋庆龄先生在发刊词中写道："我希望《少年文艺》成为这样一块园地：这里将盛开着和平的花朵，健康的、欢乐的少年们在这里游玩。他们从这里增加了克服困难的勇气，并且准备着为了保卫和平、建设美好未来贡献所有的力量。"

《少年文艺》1966年7月被迫停刊，1977年7月正式复刊，我看到的时候它刚刚复刊两年，发行量居全国同类刊物之首，并且培养了一批文学人才。而另一本少儿文艺读物江苏的《少年文艺》，其前身是1976年7月出版的《少年文艺丛刊》，1979年起才以《少年文艺》名称出版。

那时，有许多著名的文学家和美术家参与了《少年文艺》的创作。我常常爱不释手地翻看它们，因为写的就是发生在中小学生身上或在校园里的事，我被里面的精美篇章所吸引。尽管这些文章在今天看来已有了年代的隔膜，明显地带有那个时代特定的痕迹，有些文章所反映的历史史实和岁月的变迁距离我们遥远了、模糊了，但是那深邃的思想、优美的文笔，用今天的眼光去审视它们仍然还有很高的美学价值。许多老一辈的著名作家如巴金、冰心、叶圣陶、严文井、叶君健、高士其等都曾为《少年文艺》写过稿，用他们的汗水，浇灌出一朵朵绚丽的鲜花。优秀的儿童文学翻译家任溶溶创作的《没头脑和不高兴》当初就是登在《少年文艺》上而家喻户晓的。张天翼、冰心、贺宜、金近、陈伯吹的名字也常出现在《少年文艺》上。而陈伯吹、金近、贺宜是早在1946年就在上海发起组织中国儿童读物作者联谊会的。《少年文艺》中容纳了许多名作家的各种文体作品，这也潜移默化地提高了我的作文水平。我虽然并没有文章在《少年文艺》上露脸，但我的作文多次获奖，其中必不可少的因素便是《少年文艺》给予的引导。到了年底，《少年文艺》开展由读者投票推举"好作品"活动，这是自头一年即1978年开始的，后来成为《少年文艺》的一项传统活动。《少年文艺》与读者的联系非常密切，小读者们非常支持。"少年的""文学的""社会主义的"是《少年文艺》的办刊方向。"亲切""新颖""多样""有趣"成为它的办刊风格。

看《少年文艺》中的作品，我收获良多，其中最重要的是快乐。在读书做题疲劳的时候，我会见缝插针地读一会儿《少年文艺》，体会着被文学包围的感觉。我常常被书中精彩的故事情节深深地吸引，捧着书会一遍又一遍地看，总是舍不得放下，直到现在，有些情节我还记得。《少年文艺》是我们年少时的好伙伴，从它身上我受到文学艺术的熏陶、打开知识的大门、开始探寻人生之路。不只是我，还有许多中小学生从这里起步，逐渐走向文学的殿堂，增加了对语文和作文的兴趣，与文学这门艺术靠得更近了。

在班里，同学们传阅《少年文艺》。每次看见他们争相翻阅的情景，我心中也有与人分享的满足感，我从中也收获到写作技巧。《少年文艺》这块园地里，枝繁叶茂、鲜花吐艳，它以自己醇美的芳香，陶冶了一代又一代的小读者。早期的小读者而今已进入中年以至老年。我们的童年生活、少年生活中有不少美好的记忆是同《少年文艺》联系在一起的。如今，我们的子女乃至孙辈又成了《少年文艺》新一代的读者。

等我初中毕业的钟声要响起，意味着我又长大一岁，学业的任务瞄准在未来的高考，回忆《少年文艺》给我带来的结识精神食粮佳品的良缘，非常知足和庆幸。从蹒跚学步到能够健步如飞，从懵懵懂懂到思路清晰，这里包含了《少年文艺》给我的助力。人们说，十年忍得寒窗苦，一朝羽化甘雨甜。其实，在求学的过程中，我没有觉得有多苦，有书籍报刊相伴，可以说是我成长中最美的事了！

一个时代有一个时代的特征，一个时代有一个时代的话题。只有符合时代精神、充满时代气息的刊物才会具有久远的生命力。我读《少年文艺》常能从

中体察出它对时代特征的细微把握。陶冶情操、丰富想象力和创造力等功能绝不会随着时代的变迁而削弱和丧失。中国青少年研究中心1996年开展过"中国少年儿童思想道德文化状况调查",结果显示:电视、广播、书籍、报刊中的儿童文学内容与儿童道德的得分呈显著正相关,儿童道德发展与儿童文学内容的关系是一种良性循环。

书学少时承先法,人到老来盼后贤。市场经济环境中,儿童文学发展的主流依然是健康

书学少时　赵莹 绘制

向上的,有利于儿童身心的发展,因而被儿童认定是最有帮助的媒介。繁荣儿童文学事关下一代素质的培养与提高。

如今的儿童阅读推广风生水起。我们欣喜地看到,在推进我国现代化的文化强国建设中,在推进"书香中国"的阅读大国建设中,我国儿童阅读的黄金时代正在到来。中国儿童阅读"不差书"。读书,读好书,有书才有阅读,有好书才有好的阅读。有书,有好书,是开展阅读推广的先决条件。现实的情况和新中国建立初期"12个儿童只有一本课外读物"的严重"书荒"状况有着天壤之别。全国600来家出版社,有500多家出版童书,参与度之高在其他各门类图书中绝无仅有。比重大、分量重、成功案例多,如《哈利·波特》《丁丁

历险记》《冒险小虎队》《鸡皮疙瘩》《暮光之城》《彩乌鸦》《纽伯瑞儿童文学奖》系列等，成效显著。世界上的优秀童书，都能在第一时间引进我国或合作出版，我国儿童已经能与世界上发达国家的儿童一起，站在同一阅读起跑线上。

孩子们需要文学。艺术形象对于少年儿童进行情感和审美教育乃至基本素质的培养，依然有着特殊的魅力。儿童文学创作在创作灵感之独特、艺术思想之沉稳、美学表达之精熟等层面，取得了中国当代儿童文学发展史上十分重要而独特的成就。

少年时期，我跟着爸爸去县城的书店，见到一本武汉测绘学院编著的数学书，单价是5元5角，爸爸没给我买，怕我看不懂浪费了。我初一的时候，看见报纸上登有新的大型文学期刊《十月》和《清明》杂志将创刊的预订信息，我向爸爸提出年底时到邮局预订，他也没有同意。不过，毕竟我家那几年订了好几份报刊，其中有《安徽科技报》《大众电影》《中国青年》《新体育》等，还会去买一些杂志，像《人民文学》《小说月报》《小说选刊》《收获》《萌芽》《诗刊》《星星诗刊》《丑小鸭》《辽宁青年》《世界之窗》《故事会》等。每当我感到疲劳和沮丧，面对嘈杂、喧嚣，想要放弃的时候，就不由自主地拿起这些报刊，尤其情不自禁地想起了那本纯净的杂志《少年文艺》，想起自己清纯的岁月，心里立刻充满了力量，于是擦擦眼睛，接着干下去。

读书破万卷，下笔如有神。阅读是人类进步的重要途径。读书可以丰富我们的知识，开阔我们的视野。一个人的知识总是有限的，一个人不可能接触各方各面的知识。这个时候人们要了解世界，就需要去阅读书籍。不通过阅读书籍，人类始终只是闭门造车，知识难以获得提升，眼界也难以拓展出去。所以一个人想要成长，个人得到提升，必须进行阅读。

人类80%的知识通过阅读来获得，阅读是一切学习的基础。给孩子读一本好书，就是为他播种下一粒种子，这粒种子会发芽、开花，然后住进一个小精灵；播种下的种子越多，住进来的小精灵就越多，一个个进驻孩子的心房。它们有一个共同的名字，就叫智慧小精灵。

阅读与我同行，书香伴我成长。

巷口的那个书摊：书外也有颜如玉

> 不只是我，这个城里爱书买书的人也都渐渐地喜欢上了这个书摊儿，视这个书摊儿及摊主为县城繁华路段的自然存在，自然地接受着它和他。

在县城上学 4 年，除了校园，最熟悉的莫过于唯一的主干道新华路了，它有 700 来米长。这条路上的两侧分布有百货大楼、洗澡堂、照相馆、招待所、邮电局、县委大院、土特产商店。我最常光顾的是在一半路程的地方矗立的新华书店，我几乎每周都会来这儿，看看有无新书上市。这里还是需要立在柜台外，由营业员"啪"地把书扔在玻璃台面上。那时的书还没有腰封，也不时兴封膜。翻看一下目录，得赶快交还回去。去得次数多了，能掐算到几位轮流值岗的营业员中又该是谁当班。

有一天赶到书店的门口时，无意间抬眼望去，书店与邮局之间的巷口，在街旁摆放了一个书架，支起了一个营业棚，规模很小，没有读者。很新奇啊，我就过去瞅一眼。这里有一些报纸、刊物，还有科技书、人物传记、武打和通俗小说。这个书摊儿的主人猫着腰在整理纸箱里的书刊，也没抬头看我。我抽出架子上的杂志浏览起来，他也没过来张罗。我看了几本书，猛然间眼睛余光中感觉此时坐下的摊主有点儿意外，好像没有朝向巷口的明亮处。我把目光投过去，定睛一看，原来这位个体书摊儿的主人是一位面部有大面积疤痕的大哥哥，可能比我大上六七岁，穿戴得挺整齐，但疤痕不平整，深绛色，随着高高低低将五官拧得不整齐，眼睛透着谨慎，不停地收拾码放，回避着顾客。我心头一紧，看到这番景象，确实心里不舒服，这印象挥之不掉。我匆匆地放回书本，再环顾一下书摊儿，书还不少，还有报纸卖，就赶紧回学校去了。

这是1980年的春天，下一个周末再来逛新华书店时，往这里看，我发现来买报看书的人多起来，摊儿前是人来人往。个体书摊儿就是吸引人，容易招揽到生意，因为它有"三活"：一是进书渠道有保证，新华书店保证批发供书给它，进报也需有报证，而邮局供应报纸给它，卖不了的报纸邮局负责回收；二是经营方式灵活，为顾客着想，非常便利，读者选书可随便翻阅；三是营业时间灵活，从早到晚，随到随卖，有时很晚了，昏暗的小巷路灯下，还可以看见有顾客在借书还书，下雨时顶棚滴下来的雨水再流到顾客的雨衣或雨伞上，滴滴答答地再洒向地面，流到阴沟里去了。

我来这里越来越多，逗留的时间也越来越长。见到这里的生意很兴隆，地盘也大了起来，沿着街巷的青砖墙面向远处延伸，向马路方向超出邮局的临街墙面多了一张桌子，上面放着半截书架，也有进书单、三轮车的钥匙、手套等一些物品，络绎不绝的顾客来来往往。书架上的书放不下，顾客有时干脆到巷口的三轮车的平板和两侧车架上找书。

在阅读买书间隙，我与摊主的对话越来越多，渐渐地也知道了他经营的情况。他说每天从早晨摆摊儿到天黑，虽说冬冷夏热，但收入稳定，地点也固定，他每天平均卖书一百多本，每月除缴几十元的税外，收入在一千元以上。他的爷爷以前是新华书店的老工人，蹬板车拉书。父母在一个乡镇是学校老师，因一次意外，他的脸部被灼伤了。在镇上读完初中后，爷爷去找新华书店央求给孙子就业找一个着落，正赶上有政策开放经营书籍，于是书店给他提供进书渠道，他就开了一个书摊儿，目的是为了赚钱，因而什么好销就卖什么。书种类越多、越新，就越能多卖。按规定，当时的进书渠道只有新华书店。只是到了后来县城新华书店的业务萎缩了，光顾的人明显地少了，人们买书也不是唯新华书店马首是瞻了。上面监管部门有时对他这个街边书摊儿管理得还很严格，经常叮嘱他要注重社会效益，体现时代文化的进步，多卖些好书。好在这里没有卖过俗书。他说可不能有"不卖俗书就无法盈利"的想法。

与他交流了几次之后，我对他的面部伤痕心理上能接受了。等我三年后考上大学时，新华书店不景气了。再后来，放假回老家时，新华书店一统天下的

局面算是被彻底打破了，大街上方拉起了彩带，挂满了彩旗，有的地方还挂起灯笼，兜售商品的喇叭声此起彼伏，吆喝、抽奖和中奖祝贺声响彻四周，这条老街上出现了七八家个体书店和书摊儿，激烈的竞争使图书市场出现了空间的热闹景象，他也可以去外地合法的图书批发站进货了。

他跟我说：虽然新华书店是图书发行的主渠道，在竞争中却陷入劣势，但地位还是高高在上的。个体书店、书摊儿与新华书店相比，竞争条件是不对等的。新华书店有喜也有忧，作为一个以社会效益为主、经营精神产品的微利文化企业，在进书种类上就受到严格的限制。此外，新华书店要为社会储备政治读物、经典著作、中小学课本等必备书。加之对出版社出版的书实行包销制，书店往往只能根据出版社一张几百字的订单决定进书，卖不出去便只好自己承担经济损失。此外，书价上涨和出版社自己发行，都会对新华书店构成不小的冲击。新华书店也无暇顾及他的书摊儿，他的书摊儿加大对古旧、推理、言情、武打小说的销售，他还搞起了多种经营，以副养主，兼卖文化用品、工艺品等，风花雪月、刀光剑影之类的小说很是不少，所以才有立足之地。

他对个体书摊儿只准经营国家正式出版单位向社会公开发行的书刊、不得经营非法出版物和非法入境书刊表示理解和支持，还做了分析，图书市场的开放，个体书摊儿的出现，活跃了人们的文化生活，但对于街上猛然多了起来的某些小书摊儿的经营之道有些看法，新出现的书摊儿业主和读者的水平、文化层次不高，个体书摊儿都拥挤在繁华的新华路上，那些摊位门口用作招徕顾客

在书堆中徜徉　赵莹　绘制

的故弄玄虚的广告，放在醒目处的乱七八糟的杂志等等污染了市容，而农村的买书难问题尚未得到解决。多渠道的图书市场既丰富多彩，又光怪陆离，人们在长期禁锢之后，不可避免地出现文化饥饿现象，"读万卷书"的格言在今天有些人的心目中，它的含义已转换成"只读实用书"，而单纯以赢利为追求目的会助长片面追求销量的倾向，出现"出好书难，买好书难"的新问题。所以，这种不好的倾向会愈演愈烈，然而，人们接触俗文化，尽管有些无聊，但总比从事修坟造庙、迷信赌博等活动要好一些，接受大众文化就是同野蛮告别。他希望对像他这样的个体书刊经营者应该扶持，而不应禁绝，对广大读者也要善于引导。

经过这些年的摸爬滚打，他的生意越做越活，摊位前很是热闹，许多在新华书店买不到的书，却能在他这个书摊儿上买到。作为这条街上资深的个体书摊主，他已不满足于单纯的进书和卖书，卖些消闲性的杂志和报纸，又兼营租书和批发图书。书摊儿上出租的多为畅销书，每本押金在五至十元不等，每天租金一般是四角。因这些书大都没什么保存价值，读者觉得租来看看比买合算，而作为摊主来说，出租收入可比出售收入高出许多倍。

起初有一些人以为多看一眼个体书摊儿都会掉了读书人的身份。不料，它们给我们提供了极大的方便。听一位老师说，他一段时间内四处求购不得《鲁迅全集》，无意间在这小哥哥的书摊儿觅得，便稍稍增添了些好感。后来果真发现书摊儿的进书速度比国营书店快得多，且不乏精品。渐渐地，学校里的师生也都喜欢跑向这个个体小书摊儿了。

不只是我，这个城里爱书买书的人也都渐渐地喜欢上了这个书摊儿，视这个书摊儿及摊主为县城繁华路段的自然存在，自然地接受着它和他。

后来，我一直在外地工作，从老家来的人说，这个摊位还在，人们见到过那里增添了一位美貌勤快的姑娘在一起整理书摊儿，一直在帮那个小伙子打理书店，再后来两口子有了一个小女儿。

巷口的那个书摊儿啊，莫非真是书外也有颜如玉？

书香总飘顿悟处

> 渴望优秀，渴望长成想象中的样子，这都是好事。于是努力和勤奋就成了理所当然的事，一天又一天，一年又一年，萌芽总会等到阳光和雨露，勃发生长，向上而生。

听来的一个故事，是在大学任教期间，一位同事讲述的。她读书很上进，各门功课都很优秀，在中学时就已经入党，高考时是保送生，但还是进考场参加了考试，被录取上了军校。凭分数能考上第一批投档的院校，在她家所在的苏北的县城那时还是极为难得的。很多年她都是当地有名的"别人家的孩子"，她从小就被所有人称赞懂事，也是老师眼中的好学生。

她家住县文化站，同在文化站工作的她爸的同事老余非常羡慕她家有这样学业优秀的孩子，而老余的儿子算是马尾穿豆腐——提不起来。小余比她低三四个年级，上学以后一直让家长操心，课不好好听，作业不好好做，成绩不好，在家里的日子很难受，男子单打、女子单打和男女混合双打都领教过，但在学校，网罗一大批的同学围绕着他转，各种好玩儿的、开心的都去瞎捣鼓一通。而我的同事品学兼优、聪明活泼，越到后期成绩越好，上高中后全年级名列前茅，一下子抢走了所有大人的目光。学校各个年级的老师赞扬她成绩是那么拔尖儿，人又那么乖巧。小余纳闷："都住在一个院子里，也看不出她特别，究竟为什么她会比我更讨大人的欢心呢？"而老余看着孩子在年级倒数的成绩，急得气不打一处来。

我的同事在军医大学读了四年。临实习前，回家探亲与父母聊到小余，从妈妈口里了解到，小余考到了南方的一所科技大学，因为老余分到新房住到住宅新区去了，很久没见到孩子了，但近年来他的成绩突飞猛进，与从前大不一样了，这还是清楚的，在文化站的大人们都知道这一点。

我同事不大相信，为啥小余突然学习有长进了呢？中考时，县城中学的一中是上不了的，上二中都是勉强的，他中考成绩不够分数线，只因他爸爸按每分多花一千元钱总共交了近一万元才上成县城二中。他刚上高中没多久，一个在外地读大学已留校任教的小伙子回老家来办婚礼，这个小伙子就住在同一条街上，是邻院生产资料回收公司老周家的儿子，把自由恋爱的女友带回来，女友是他所读大学的教授的女儿，婚礼当天，小周牵着姑娘的手，郎才女貌，惹得男女老少都走出家门看热闹。正好在周末，小余带着一帮在一起玩儿大的同学跟在人群中扔鞭炮玩儿。婚车在县城转了一圈儿，到老周家住的回收公司家属院门前时，西装革履的新郎和身披婚纱的新娘在万众瞩目之下，款款地从车上下来，向路人撒着喜糖，朝大院门口走去。小余看呆了，一手捏着鞭炮，一手攥着打火机，怔在那儿，半天缓不过神来。他没见过如此优雅美貌、举止端庄的女性，瞧人家的笑容，瞧人家的步态，瞧人家的身材，宛若仙女下凡。他恍然大悟，原来到外地读大学，才能见到这般风景，才能结识如此素质的女性，才能过上令人仰慕和艳羡的生活啊？难怪大家都拼命地去考大学呢。只有考上大学去外地读书，才有这样的机会娶到漂亮的姑娘呀？！要娶就娶这般仙女！照自己现在这个样子，怕是大学的门都摸不着，只能娶个柴火妞吧。于是，他茅塞顿开，豁然开朗，痛改前非，当天下午就埋头学习、玩儿命读书。就这样，他的成绩停止下滑，开始扭转，渐渐地有起色，过了一学期后，就稳定地立于班级第一梯队了。颇有点儿浪子回头金不换的味道。这不，去年考上了重点大学，也成了远近闻名的"别人家的孩子"。只是不知道他到了大学后，是否牵到了外地美貌的姑娘。

在小余的心目中，那位教授女儿的存在是多么重要，是他生命中重要的人！小余应感谢她的存在。我的同事很欣喜这位小余的转变。不管小余发现外面世界人人是否真的都像教授女儿一样，但总有一天，小余会感谢这些年这位教授的女儿带给他的警醒、快乐以及给予他的激励。

所有人在孩童时代都逃不过"别人家孩子"的魔咒，而成长的过程，就是把自己从仰望"别人家孩子"，活成被人仰望的过程。成年人的世界说惯了性价比，所以"热爱""兴趣""自己的追求""真实的想法"显得那么不值一提，以至于会很不通情达理地把过高的要求强加到自己孩子身上。其实，我们每一个人，在别人眼中，都是"别人家孩子"，而在自己的眼中，就应是独一无二的孩子，我们不应活成别人的模样。大人常常没有试图去理解孩子，而是在按照自己的想法，去操纵孩子的人生。甚至他们不能倾听孩子的想法，总是觉得孩子都是幼稚且不成熟的。其实他们完全不知道，孩子在以自己的方式，包容初次任家长、有很多失误的他们。每个人都是从孩子开始慢慢长大的，很多事情当你长大就绝不可能再重新经历，做小孩子的那段时光是宝贵的，希望所有孩子都能够不被打扰地长大！

　　小余也许在无意之中表达了一种对知识的需求，验证了读书人的口味：读书是为了将来和你的爱人不只讨论柴米油盐酱醋茶，还可以谈论琴棋书画诗酒花。在阅读上度过光阴，即使物质上贫瘠，精神上却无比富饶，那样就可以与高雅之士结伴。后来回乡时发小儿聚会，小余对我的这位同事说："我那时猛然意识到，当看到天边飞鸟，我会说：'落霞与孤鹜齐飞，秋水共长天一色。'而不是再说：'哇，好多鸟。'当我失恋时我会低吟浅唱道：'人生若只如初见，何事秋风悲画扇。'而不是千万遍地悲喊：'倒霉、悲催、郁闷。'"读书会让我们成为一个有温度、有情趣、会思考、说话有的放矢的人。有一次我见有人在大楼一层打听何处能寻到卫生间，门厅处的保安告诉说："在楼上。"我的天啊，让人去几层？东头还是西头？上楼后左拐还是右拐？如果有过阅读时的逻辑思维训练，肯定不会让人一头雾水。

　　年少时，心中的理想、目标和所有的憧憬，可能会千奇百怪，但只要在自己的心中扎下根，它就会长出须来，犹如春风化雨，润物无声，对美好的向往会悄无声息地化作对未来的渴望。渴望优秀，渴望长成想象中的样子，这都是好事。于是努力和勤奋就成了理所当然的事，一天又一天，一年又一年，萌芽总会等到阳光和雨露，勃发生长，向上而生。虽然目标会有所不及，但总是令人高兴，因为走近了彼岸一步。告别原地多一步，心情就会安静一分，就会远

在路上　赵莹　绘制

离志忑一分，那颗小小的心就会越发变得沉稳有力。因为过得很忙碌、很充实。顿悟之时，总有书香飘来。

曾在网友中盛传一个故事：一位住校的高中生沉迷网络，时常半夜翻墙出校上网，一日照例翻墙，翻到一半就拔足狂奔而归，面色古怪，问之不语。从此认真读书，不再上网，学校同学窃窃私语以为他见鬼了。后来他考上名校，有人问起此事，他沉默良久说，那天父亲来送生活费，舍不得住旅馆，在墙下坐了一夜。

现实中的人，无不是活在目标中。

书香总飘有缘人！

书到用时也恨多

> 见不贤而内自省也。我时刻提醒自己：不要成为那样的人！只管干好工作，为了工作，可以没了工间休息，没了午间休息，没了周末休息，不能工作中出错。因为，行胜于言。

1987年夏天，我们医科大学学生开始了在临床医院为期一年的临床实习。轮转实习的第一站是外科，为期三个月。每周一早上是主任查房。几所学校的实习生、进修生和住院医生都跟着查房，实习生中除了几位医科大学的学生，还有中医学院、医专、卫校的同学，医专、卫校的实习生以前在基层医疗机构工作过，有临床实践经验，岁数也比我们大上五六岁，在我们这一群乳臭未干的学院式书生气明显的同学当中，他们几位很明显更老成、更有经验。查房时，护士长带一干护士也会参加进来。前前后后会有二十来人。

主任在查房时会针对病例的具体情况，简要地问一些理论上、学术上的问题，以考核同学们的掌握程度，也由此将会诊查房的思路聚焦和引向深入。我第一次见主任查房，他查看的第一位病人是壶腹部胰腺癌患者，病人已明显消瘦。主任走到病床前，听完床位主管医生的汇报、翻看完这位患者的病例之后，面向我们跟随者，用眼睛扫视一周，看样子是要找人提问。他指了指站在病人床头的医专实习同学说："你来回答，壶腹部在哪儿？这里的病变会造成肝胆什么样的改变？再发展的话会出现什么样的症状？"连珠炮似的三个问题一下砸向这位高年资同学，病房门内外的医护人员全都聚焦到这里。这位同学来外科实习比我们医科大的同学要早，已快有三个月了。在他们总共半年的实习时间里，只实习外科和内科，各三个月，他们的实习讲究实用性，目的是回去以后就能独当一面地开刀做手术，有时他们会请带教医生到外面下馆子，以便多争取几次上手术台的机会，家乡的土特产和烟酒也会时不时地奉送一些给带教老师和护士长。他们的操作能力也确实强，但基础理论显得有点儿薄弱，他们有时流露出看书学理论没有用的意思，说回到基层全凭开刀。

外科主任看这位同学有点儿啜嚅，就指向医专的第二位同学，第二位也回答不了，两位都脸红了。那个年代，防护措施比较粗放，即使在病房，常规的普通查房，人们也不戴口罩，并且那时口罩也是以纱布为多，没戴口罩脸红就挡不住。这下原先有点儿松散的人群集中了，人们驻足盯着这里，场面有点儿过于安静而尴尬。主任有点儿不悦，可能他心里在想，这两位都是老医生了，外科的轮转实习到下周都要结束了，就这样回乡给病人开刀吗？他等了片刻，看他俩没动静、没想起答案来，便走向下一个病床，想草草地结束对这位癌症患者的查房提问。在移步过程中，眼光扫到了跟在两位医专实习生后面的我，顺便开口问一句："你知道吗？回答一下！"我个子小，被前面挡了个差不多，只是透过缝隙看前面的查房情况，我的存在确实不醒目。

前面的人给我让了点儿道，我往前移了半步，众目睽睽之下开口回答："对第一个问题，胰腺壶腹部在十二指肠降部肠道内，是胆管与胰管共同开口处，肝胰壶腹部还称为 Vater（泛特）壶腹，胆总管斜穿十二指肠降部后内侧壁，与胰管汇合后共同形成一略膨大的壶腹状结构，最后开口于十二指肠大乳头。但是临床上肝胰壶腹部有时存在解剖变异，这就可能造成胆总管下段和胰管有可能分别开口于十二指肠。对第二个问题，由于肝胰壶腹部特殊的解剖结构，胆总管下段和胰头部的病变均可以影响到肝胰壶腹部，从而造成急性胆管炎、胆源性胰腺炎和梗阻性黄疸。对第三个问题，再发展的话病人会出现明显的腹部积水表现，这是比较难控制的，现在主要治疗方法有用利尿剂来控制，视白蛋白减少的情况还可以注射白蛋白控制腹水，如果用中药也有可以缓解一些腹水情况的。"

听过这些，主任面色缓和多了，但还是补充道："在医院里也可以抽取腹水来减轻病人的一些症状、提高生活品质、延长寿命的，当然你们不要忘记提醒患者要注意休息，保持心情舒畅，饮食要清淡。"主任又恢复了侃侃而谈，进行下一个床位患者的查房了。我心里想的是，我们实习生群体幸好把主任的提问给回答了，没有让在职的医护老师们觉得他们科室里的这些实习生、进修生都是来白吃饭的，这样想着我不自觉地有点儿舒服。

　　但这种舒服劲儿没能维持多久。查房结束后，我要听候带教老师下医嘱写病例，还没走回大办公室，那个第一位被点将的实习生就在走廊上用病历夹挡住我，低声而有力地说："就你会回答？你就不能说不知道？你把我们往哪里放？"说完他很快就走开了。我愣在那儿，蒙了，一脸愕然，有点儿手足无措。不知道怎么会这样，我也没冒犯他们呀，在主任提问他们的时候，我没吭一声啊！我在写医嘱开化验单时，渐渐地悟出一点儿来，与带教老师也聊了这个话题，他说："被人嫉妒是件好事啊！可能是因为你的回答把他们俩给比下去了，衬托出他们的差距吧，他们也太小心眼儿了吧。"可我百思不解，我如果不会回答也就罢了，可我知道答案，该如何处理呢，难道我也说我不会，主任岂不更生气了：三年制的医学生不会，五年制的医学生也不会，让我们怎么带教你们呀！这位外科主任还是我们大学的兼职教授呢，肯定不希望学生们个个都回答不上来。

　　后来我想了想，这里的"机关"对我们这些出校门进校门、没有心机的"江湖小白"年轻人来说，难度有点儿大，超出我所能理解的范围了。但那位实习生的举动和反问确实给我很大的震动，不容得我不思索，人性果真如此防不胜防、真与善真的就不能调和吗？我还是努力地去寻找事情之间的合理解释，明确一下这里存在的关联性和发展的逻辑性。

　　嫉妒是人类社会普遍存在的十分复杂的消极情绪，它是一种非常折磨人的感觉，像毒蛇在噬咬人的心。它是一种负面情绪，但又不同于悲伤、焦虑、愤怒、不安等，它是人们处于共同权益的竞争时，对相应的幸运者或潜在的幸运者怀有的一种冷漠、贬低、排斥，甚至是敌视的心理状态。因此，嫉妒是一种危险的情感，它会在青春期达到顶峰，它既能产生学业困扰，本身也是负性情绪问题，会对心理健康产生消极的影响。实习阶段的大学生正处于身心发展和学业的关键期，在这一时期自我意识和社会性加强，在与同龄人的比较中容易产生嫉妒心理。

嫉妒体验伴随的抑郁情绪和攻击行为对人们的生活、学习以及人际关系都会产生消极影响。有差异就会有攀比，有攀比就会滋生嫉妒。任何年龄、任何群体、任何职业都会有嫉妒心理的产生，如果能自我意识到，并进行自我调控，修为好的人就会将嫉妒的野马控制起来，修养不够的人则会让其生长，脱缰之后伤人害己。经济发展，时代进步，但攀比、嫉妒之心未见减弱，只要您在干事、在进步，就会发现随时会身处被嫉妒之中，耳边的风凉话不断。语言像是一个玻璃杯，情绪和心情像是杯子里的水，情绪是什么颜色，杯子就变成了什么颜色。

你把身边的人都看成宝，你被宝包围着，你就是"聚宝盆"。你把身边的人都看成草，你被草包围着，你就是草包。曾听过一位博士朋友说他见过一次成人间的霸凌，他的同事容不得别人比自己强。来自不同单位人员新组建的临时性工作环境中，见面不过一分钟，那位同事就对我的博士朋友说："要是在咱单位，你这个年龄的人早就不干活儿啦！"又说，"博士嘛，就是把所有的事都干了，不用我们干活儿，这才叫博士呢。"冷言冷语，冷嘲热讽，恨别人有、笑他人无，强烈的嫉妒心理在那人的心中燃烧。在乌鸦的世界里，天鹅都是有罪的。心思用在这里的人，在工作上便会自然地表现为挑肥拣瘦，言语上阴阳怪气、煽风点火，人际来往上说三道四、张家长李家短，眼里谁都没有、嘴里却谁都不放过，成为语言上的巨人、行动上的矮子。

居有恶邻，坐有损友，不可怕。借以检点自慎也好，那也是进德之资啊。那样的人没干几天活儿就不住地嚷着要吃散伙饭，见过那样的人，见荣誉好处就上，自己得到便是理所当然，而见责任就让，紧盯着去看别人有没有承担下任务。饭不用吃，因为这样的伙早就散了。人因不惜而散，心因不真而凉。

见不贤而内自省也。我时刻提醒自己：不要成为那样的人！只管干好工作，为了工作，可以没了工间休息，没了午间休息，没了周末休息，不能工作中出错。因为，行胜于言。须知：光说别人对错，原来自己也不完美；只道别人长短，原来自己也有缺陷；尽看别人是非，原来自己也不是圣人。一个好的对策就是多帮助别人，多夸赞别人，把别人当成自己的榜样，多看别人的长处，多用镜子照照自己。哪怕身边都是不端之人，也不能影响进德修身。环境并不能真正决定一个人，内心的境界，才是一个人最终的高度。环境也是通过人才发挥了作用的。

　　远的崇拜，近的嫉妒；够不着的崇拜，够得着的嫉妒；有利益冲突的嫉妒，没利益冲突的崇拜。不健康心理如果没有得到正确的调适和疏导，是具有很强的破坏性和毁灭性的，不利于在我们的心田装进知识。说说风凉话或指桑骂槐算是轻度的反应了，使绊子、报复、群殴等因嫉妒引致的恶性事件都时有发生。陕西师范大学2007年的一篇硕士论文《嫉妒及影响因素与心理健康的因果模型研究》（作者杨光艳），运用问卷调查法对共731名陕西7所普通高校的大学生和研究生进行问卷调查，考察嫉妒的现状后发现，嫉妒心理在学历、婚否、民族、家庭所在地、家庭经济、父母情况、童年主要抚养者等人口学变量上均不存在显著差异；非独生子女的嫉妒心理明显高于独生子女，文科类学生显著高于理工类学生。女性的嫉妒感高于男性。嫉妒心理与人格特征有关，外向型和社会朴实性水平高的个体较少体验到嫉妒心理的困扰，神经质倾向明显的个体容易产生嫉妒心理。精神质倾向明显的个体容易陷入人际关系的嫉妒，自尊越高其嫉妒的体验越弱。嫉妒心理与人际信任有关，人际信任水平高的个体受到嫉妒困扰的程度低。嫉妒心理与社会支持有关，得到总的社会支持、主观支持和客观支持越多的个体所体验到的人际关系嫉妒的程度越低。

　　嫉妒心理还与人们的应对方式有关，消极的应对方式与嫉妒心理关系密切，采用消极应对方式的个体容易产生嫉妒心理，积极的应对方式能够缓解人际关系嫉妒体验。嫉妒情绪较少的、外向的、经常采用积极应对方式的个体心理健康水平高，人际信任水平、自尊、社会支持、社会朴实性水平越高的个体，心理健康水平越高；嫉妒心理强烈、高神经质、精神质，经常采用消极应对方式的个体心理健康水平低。嫉妒心理严重的人可能存在各种心理症状和心理障碍。人格等因素对嫉妒有显著影响，嫉妒及其影响因素与心理健康关系密切，如果我们能注重心理素质的养成，对降低由嫉妒导致的恶性事件的发生会提供帮助。

　　发自己的光，不要吹灭别人的灯！修身养性很重要，它可不是一件小事，而是我们人生的大事，是贯穿着我们一生的修为。不惊扰别人的宁静，就是举手之劳；不伤害别人的自尊，就是与人为善。

开怀一笑天下事，闭口不论世上人。宋代高僧慈受禅师说："莫说他人短与长，说来说去自遭殃。若能闭口深藏舌，便是安身第一方。"与人相处，管好自己的嘴，不要随意谈论别人的是非对错。很多事情，旁观者不了解内情，没有资格评头论足。总是议论是非，反而会祸从口出，给自己带来不必要的麻烦。闲谈莫论人非，静坐常思己过，如果有看不透的事情，哈哈一笑让它过去便是。

有人会误把嫉妒当成上进，其实上进和嫉妒完全是两码事。有上进心是好事，但是嫉妒并不代表真的会上进。如果不能克服自己的嫉妒心理，因别人的成功或进步猜忌别人、诋毁别人，不但会影响相互间的友谊，还会形成自私、孤僻、多疑等性格。因此我们要有意识地引导情绪的发展，将嫉妒的感情内化成上进的动力。只有这样，才能形成积极向上的价值观、人生观，才能在今后的人生道路上取得成功。

有嫉妒心理并不可耻，但是要能够正视它、克服它，并将其转化为学习的动力，激励自己不断进步。我在上小学时，在知青房间里见到过一本《心理学》，当时想的是这是一门教人能掐会算、猜到他人心理的学问吧，翻看后发现里面原来有许多生理学上的知识，如感觉、知觉、情绪、意志等，还传授防范不良心理活动的策略，其中就包含有嫉妒。我心想，既然它不好，那我就努力摒弃它吧。当内心滋生出不良想法时，就意识到该把它们铲灭掉、克服掉，进行学习上的友好竞争，努力把自己打造成心理良好的人。当看到比自己优秀的人时，产生要努力地去愉快承认能力的差异，树立正确的竞争意识，端正学习态度，掌握正确的学习方法，增强自主学习意识，要明白：学习不是比聪明，而是比勤奋刻苦。知道天道酬勤的道理，认真的人、能回答出提问的人，在私下里是做出过很多努力的。

后来，我分析那件病房事件想到，那位同学与我处于共同利益体内，他不会去嫉妒一个跟他毫不相干的人，另外，他实习的时间长，比我们有优越感，而我们几位来到之后，他的这种优越感被破坏了，才会产生嫉妒的情绪。我遭到了他的嫉妒，提示我的工作领域内，在他们的眼里，我们是幸运儿或胜利者。否则，嫉妒何来？

　　自小我就力求杜绝书上说及的一些坏习惯，不以善小而不为，也不以恶小而为之。比如，可能是受家长教育的缘故，也可能是得益于书中学到的道理，不歧视落后生、不嫌弃家境贫穷的同学，不羡慕富裕人家的子弟，不挖苦不欺负别人，也不占别人或经济上的或口头上的便宜。当看到书上有"众口烁金，积毁销骨"时，我就想一定要实事求是，能成就别人最好，可不能在别人被打翻在地的时候再踏上一只脚。当看到书上有"谁人背后不被说，谁人背后不说人"时，我就力求成为人前人后不诬陷栽赃埋汰猜忌别人的人。当在书上看到"好事不出门，坏事传千里"这句话时，我就暗暗地提醒自己：对别人的好事我要多宣传多赞赏，对别人的糗事和失误我则要忘记。当同学学习进步取得名次时，我就真诚地为他们高兴。在多年的工作中，我形成了当同事获得荣誉取得进步时，就习惯地送去祝贺。我曾经听过北大文学院一位教授的一堂校内本科课，他说每当学校晋升职称而僧多粥少时，他所在系的老师们内心会为落选的人感到难受，也真诚地为他将来有好结果而祝愿，他说这是集体在长久过程中形成的良好风气。我想，这可能就是文学的力量，这也是阅读的人性增值。见贤思齐，方可从善如流。我左右不了别人在背后说我，但我要成为不背后说别人的人。我见过许多老学者听见周边的人嚼舌头时就不言语、不掺和，甚至还流露出很不自在、很紧张的神情，很不适应这种氛围，我觉得这是君子作风。在工作和生活中我也是力求这么做的，多言人长、不语人短，举手之劳的事多多地成人之美，助人为乐，这还真得给自己会省却很多麻烦。

　　故此，书到用时，你如果没有储备，没有学好，嫉恨自然易生，而我们正确的做法是只应好好地欣赏别人。多的不是人们的嫉恨，而应是我们读过的书。我的带教老师后来去上海进修前，跟我告别时说：保持好你的优势，要珍惜自己的优势！

　　嫉恨像杂草。我们应让心中芬芳起来，这样它就不容易长杂草。

　　把书读起来，把恨收起来，让心中长满鲜花吧！

儒林之外观儒林

> 读书人观读书人，有使命、有情怀、有担当、理解力越强的文人就会越痛苦，当然受益就会越多，就会越感受到吴敬梓的伟大。

我写下的这个题目中，"儒林之外"有三层含义：一是因当初在全椒读书时，嬉笑鼎沸的中学校园里，国光楼（一曰奎光楼）就矗立在身旁，大家和大作的耀眼光环，眩得我们学生不敢仰视，现在过去了近50年，回转身去再看看家乡的丰富文学遗产，仿佛其他一切均已褪去，方悔当初身在福中不知福。二是因当初看《儒林外史》，觉得写的就是文学作品中士人阶层令人不屑的种种不堪，让人忍俊不禁，后来走出书斋，方悟出哪里只是写的儒林之中事啊。三是因小说写的是八股取士制度下的士人以及官绅市井细民，吴敬梓笔下的社会离我们远去，可客观冷峻的笔触所描绘的众生相，依然是今天的我们超越文学范畴，从心理学和社会学角度看待当时、反观时下的全景速写图啊！

想要的东西都很贵，想去的地方都很远，只有不停地去努力，才能攒够足够的底气，去跨过人生的每一场冒险，以获得最终的成功。想必吴敬梓深知这一点。人的行为有赖于引发、推动、维持和调节，这样方可趋向目标，而这一心理过程或内在动力，即为动机。人的动机有自然动机和社会动机。人的自然动机是由人的自然属性、自然需要所引起，而人的社会动机则是由人的社会属性和社会需要所引起。社会动机是人的社会行为的直接原因。人的社会动机主要是社会学习的结果，每个人的社会动机与他所处的环境、社会文化等因素有密切关系。人的需要从未满足状态转变到满足状态，然后产生新的需要，这一循环过程就是动机过程。需要是动机产生的根据，外部的存在和刺激是动机形成的必要条件。创作动机是作者富有个性的精神需要与他所经历的现实生活的所有刺激碰撞而闪烁出的心理动力。内心的不平衡状态激发出需要，按照指向目标，有物质需要和精神需要。人的精神需要是多方面的。人的一生，有事业成功的渴望，有获得社会地位的愿望，也有扬名当时的欲望。

在吴敬梓的精神世界里，对科名的追求和对创作的酷爱，既同时存在，又彼此排斥，最后均指向《儒林外史》里的人物。在科举名利的驱策下，他不仅频频去敲击举人进士的大门，还幻想着用呈献辞赋给皇上的方式谋取"异路功名"。需要并未得到满足，在29岁时曾为了获取乡试资格，在科考时主考责难之际，竟然"匍匐乞收"。希望与失望，交替反复地横陈在他的人生道路之上。他有过遗世归隐的想法，但对科名又未完全心灰意冷。36岁应荐鸿博又因病辞试，在他的心理上算是一大转折。现实的冷酷与荒唐让他得出"功名无凭"的结论。这种认识，使他心中对科名的需要，由热衷转为淡泊，最后将它抛弃。多年的渴求并未能如愿以偿，他开始用一种批判的眼光重新审视自己那已成为过往和别人正沉溺其中的书生欲求，内心的需要压抑在心底，它淤积着多年失望之后的抑郁和愤懑。这种沉重而消极的情绪，催生出了一股强劲的情感驱力，于是创作出这部被撰写《吴敬梓年谱》的胡适先生认为在中国文学史上熠熠生辉的不朽文学巨作《儒林外史》。社会动机多种多样，我们如今阅读起来，可以从亲和动机、成就动机、权力动机、批判动机和利他动机等来看《儒林外史》的创作。

强烈的亲和动机，使作者长久被遗忘的自我有了发挥的空间，彰显出士人阶层生存状态的无奈和纠结。亲和动机是人际吸引的最低层次。亲和需要，引发出亲和动机，而亲和动机则导致亲和行为，这是当我们害怕孤独、希望与他人在一起、建立友好联系的一种心理倾向。人是社会性的动物，亲和起源于依恋。在面对外界压力的情境下，我们便会产生亲和的需要。压力越大，亲和动机越强，悲惨情境能加强人们的亲和动机。因科举的压力，长时间的独处，缺乏亲和，现实危险引起的恐惧和非现实危险引起的焦虑，都是心理和精神受压抑在情绪上的体验。

吴敬梓生活在康乾时期，理学地位逐渐得到巩固，八股制艺的强大控制力得到不断强化，文人从整体上来说，已经完全失去了与皇权对抗的能力，以及保持群体独立人格的锐气和动力。那时已进入了封建社会的末期，统治者在思想上的禁锢是相当严酷的，文人从属于政治，个性在这巨大的外力压制下无从谈起。文人个体意识，在受到八股取士、功名利禄的影响下，依附于政治，与统治阶级的主流意识趋于一致，需维护封建礼教，以保障封建国家的正常运转。

亲和，与人的情绪状态如恐惧和焦虑有着密切关系。恐惧是现实危险引起的情绪体验，恐惧情绪越强烈，亲和倾向越明显。而焦虑是非现实的危险所引起的情绪体验，高焦虑者亲和倾向较低，因为在焦虑状况下，与他人在一起不但不能减少焦虑，反而可能增加焦虑。创作，使长久被遗忘的自我有了发挥的机会，久旱逢甘霖的狂喜往往导致一种迷狂，即《儒林外史》中的痰迷心窍现象，便是对这许久淤积于心中的郁愤的一种宣泄。周进在贡院撞号板，范进闻中举而发疯，也几乎被那口痰夺去了性命。他们的个性可以依附于统治阶级，但自我意识的存在却是难以回避的。于是它必然要突破外在的压抑而凸现出来，从而也看到了士人阶层生存状态的无奈与必然。知识分子群体或曰读书人，包括那个时代的士人，是讲究"彬彬有礼"和"相敬如宾"的，亲和动机也更强烈，可这恰恰加剧了孤独、恐惧和愤懑，内敛与欲望的冲突在时机成熟时会在含蓄的外衣下寻找突破口，而此时的做法，相对于别人可是有过之而无不及，犹如火山爆发，此即为他们的个性和自我意识。

作者突破成就动机，借其作品中人物的命运来抒发胸臆，强化成对于现实世界的思索和抗争。在各种情境下，追求成功和成就的动机，便是成就动机，它是一种基本的社会动机，是我们追求自认为重要的有价值的工作并使之达到完善状态的动机。个体的发展，有赖于一定水平的成就动机。高成就动机，会使个体敢冒风险，勇于进取，最终取得较高水平的成就，迎来人生的高光时刻。而在主观层面上，在从事实际工作前对自己可能达到的成就目标的主观估计，就是抱负水平，它代表一种主观愿望，它与个体的实际成就可能会有差距。抱负水平的高低取决于其成就动机的强弱。抱负水平与个体已往的成败经验有关系，成功的经验可提高抱负水平，失败的经历则降低个体的抱负水平。

士人阶层作为时代与社会的精英分子，善于修身齐家、长于思索可谓其本色，可是处于乱世的文人，抱负、责任之心无处施展，自身价值难以实现，只能转向自省，转向个体人格的追求。如吴敬梓一样的中国历代知识分子一以贯之，都能自觉地在纷繁复杂的表象中意识到自我的存在，并把对自我的意识与对国家、社会的忧患与责任紧密联系在一起。科名成功的强烈欲望，对科举士子来说，是一股火热的心理激流，多少读书人为此皓首穷经，而吴敬梓比一般士子更为急迫而强烈。中国文人，那个时代的吴敬梓也不例外，修身齐家治国平天下的抱负非常强烈，只是不同人的方式各有不同。屈原可投江，李白可"借酒浇愁"，吴敬梓可借作品中人物的命运来抒发胸臆，自省和忧国忧民都是存在的，忧国忧民是作家的情怀，是一种目标指向，自省是一种读书人的自觉，是有情怀的作家的心理气质。

　　吴敬梓及其笔下的人物，突破了儒家规定的那般循规蹈矩、温文尔雅，充分体现了对个体人格的绝对自由的境界的向往与追求，凸显出士人自我意识和人格的独立性。六旬未进学、见了贡院门板便一头撞进去、满地哭滚的老童生周进，胡须花白才考中举人、欢喜致疯的范进，纯朴老实考上秀才后变得虚伪狡诈的匡超人，一心以举业为正途的迂腐信徒马纯上等，面对世之混浊，他们难以力挽狂澜，但对生活、生命都是有热爱之情的。他们将这种热爱转化为对于现实世界的一种抗争，他们以游戏的态度去观照和玩味生活，并思索作为自由人的价值。不能说《儒林外史》中人人皆是吴敬梓，但至少杜少卿和盖宽身上能见有作者的影子，且又绝不止他俩。换句话说，吴敬梓不是用一个人做自己的原型的，他的理想和主张，分散在许多人物身上。书中若干角色未因仕途和举业的受挫而荒废，矢志不渝、坚韧不拔，这是文人儒士强烈的忍、韧，也是对制度和世俗舆论的抗争，这本身就是一种人性的自由和随性，恰是对社会的回敬和回击。这种武器在手，使用起来，需要多大的自由啊！

　　解脱权力动机，在反抗旧礼教中发展出了自己的个性，就能发展为探求人生新境界的补偿。权力动机或权力欲是希望影响和控制他人的心理倾向。每个人都有影响或控制他人且不受他人控制的需要，权力需要是权力动机的决定因素。引发权力动机的因素一是社会控制的需要，若对他人和周围环境的控制水平越高，个体的优势越大，而社会生活中优势地位会使其具有安全感，能让他们取得更多的生存和发展的资源。二是对无能的恐惧，无能引起的自卑感，会促使个体设法去获得补偿，而对补偿的诉求易走向偏执，导致有异于常人的极端追求。

吴敬梓出身于缙绅世家，自幼聪颖异常。其父为人清正耿直，不以功名为重，这一点对其影响深刻，20岁中秀才，但性格豪纵，不善经营，将家产挥霍殆尽，后又屡试不第，饱尝世态炎凉，对现实有清醒的认识，在反抗旧礼教中发展出了自己的个性。那个时代，中举就是自我价值实现的标志，一朝中举，便一步登天。无论是作者还是他笔下的人物，在对现实失望后，便否定环境和解脱自我，以此作为对虚伪礼教的回击。

《儒林外史》描写了科举制度下读书人的荣辱升沉。虽然儒林中大多是失去自我、受理学严格控制的文人，但其中蕴含着吴敬梓本人以及以他为代表的那个时代许多士人如王冕、杜少卿及四个"市井奇人"那种以真儒名贤之理想提升人格品位、追求道德和才华互补兼济的人生境界的社会动机和人生理想，穷则独善其身，达则兼济天下。

作者蓄积了批判动机，充满着对于未来的一种无望的寻求，促使了文人责任意识的明显张扬。批判动机，就是社会心理学上讲的侵犯动机，这引起人们关注是因它所引导的行为及其后果，侵犯在此易于通俗理解为批判、反叛或攻击。侵犯可由侵犯动机所引起，它由伤害行为、侵犯动机和社会评价三方面的因素所构成。挫折—批判学说认为，挫折是阻碍个体达到目标的情境，批判是挫折的一种后果，批判行为的发生,总是以挫折的存在为条件，更完备的理解是，挫折也可以产生批判以外的结果，挫折导致的不是侵犯本身，而是侵犯的情绪准备状态即愤怒。如果社会对一种社会角色较为容忍，那么拥有这种社会角色的个体的批判性就会明显增加。

基于对现实批判的《儒林外史》主要是对当时八股取士制度的嘲讽，这样一流的优秀作品，虽产生于盛世，却充满着一种沉痛的末世的感觉，充满着对现实世界的有力批判和对于未来的一种期望而又无望的寻求。我们可以从许多角度研究个中原因，作家创作心理的演变，自我意识的高扬，文人个性的彰显，也是一个特殊的角度。吴敬梓笔下的王冕，看到画上的屈原衣冠，便用牛车载了母亲，戴了高帽，穿了阔衣，执着鞭子，口里唱着歌曲，在乡村镇上，以及湖边，到处玩耍，惹得乡下孩子三五成群跟着他笑，他也不在意，这里可见其卓尔不群、自恃高洁的屈子形象和走自己路的潇洒风采。而他笔下的另一形象杜少卿有一种惹得"背后三四个妇女嘻嘻笑笑跟着，两边看的人目眩神摇，不敢仰视"的超世俗的风流。这些行为都是与世俗的礼教相背离的。

批判动机或侵犯行为与去个性化有密切的联系。去个性化是一种自我意识下降、自我评价和自我控制能力降低的状态，去个性化状态下行为的责任意识明显丧失，人群会不分青红皂白地攻击目标，此时，人最大限度地降低了自我观察和自我评价的意识，降低了对社会评价的关注，通常的内疚、羞愧、恐惧和承诺等行为控制力量也都被削弱，从而使人们表现出通常社会不允许的行为，使人的侵犯行为增加。

作者持有的利他动机，浑然成文人展露才华的用武之地，成就了担当呐喊使命的合理途径。利他动机引致利他行为，利他行为是一种亲社会行为，有益于他人、公众和社会，不期待回报。利他行为比助人行为的层次更高，因为这种行为不企求回报。利他者认为帮助别人是其出自内心的义务。利他是一种社会交换，其收益是自我价值的提高和焦虑的减弱。人类利他行为的起源在于社会责任规范，社会在期待着人们帮助那些需要帮助的。

士人可能算是那个时代最有良心的阶层了。作者看了许多黑暗，但他心里始终保留着一片清明。《儒林外史》真实地反映了明成化末年到嘉靖末年这八十年间四代儒林士人，着力表现了科举制度下一代知识分子的悲剧，科举制度对士子们的精神戕害虽是如此之深，士子们灵魂的扭曲达到了令人发指的程度，但作者无意取笑于这些同门，显然是意在横眉冷对千夫指。这无疑是作者的文人使命和施展才华的用武之地。鲁迅先生评价说："机锋所向，尤在士林。"封建王朝的颓势没落，文强而武弱，从一定意义上来说，文人既是得益者，也是受害者，也可以说是难辞其咎，犹如鲁迅对包含这种群体在内"怒其不争，哀其不幸"。倘若万马齐喑的话，好在幸有吴敬梓、鲁迅等如是者，为士为民呐喊也。

我们读者所熟悉的典型角色，居乡儒士如严监生、严贡生之类，其一生行事所展现出来的形象是复杂的、具有矛盾的二重性，既是吝啬的，又是慷慨的，对己是吝啬，对人是大方的。其性格表现出多层次的特点，他惜钱如命，可又不得不如淌水般地花钱；他怨恨乃兄，可临终还是赠银赠衣；他疼爱幼子，可平时连猪肉也舍不得买给他吃，等等，这些看似矛盾的性格却自然地统一在吴敬梓笔下人物的一生中，这与作者生活的时代和中华民族特定的文化传统有关。集体无意识造就的典型人格，使我们看到，他们那一代人在压抑自己、虐待自己、刻薄自己，并且总是自然地在做，我们看到的是民族性格，但也许正是这个社会动机，成就了那个年代，成就了那些角色，成就了伟大的作品。

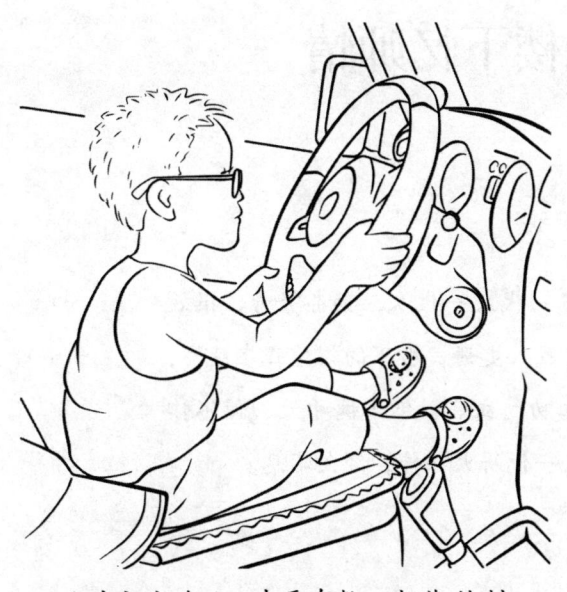

人生初上路，心中要有数　赵莹 绘制

儒林之人写儒林之事，儒林之外反观儒林，都难免以偏概全。我们不妨多角度关注作家创作时的心理动机，摒弃割裂人物与社会的单一化研究方法，力求在创作分析上全方位地把握作品的创作者及作品中的人物心理和时代特征。

鲁迅先生之所以崇拜吴敬梓，是因为《儒林外史》会让每一位有良知的文人汗流浃背、面红耳赤、心惊肉跳，然后获得灵魂上的升华并有一种重生的愉悦感。

读书人观读书人，有使命、有情怀、有担当、理解力越强的文人就会越痛苦，当然受益就会越多，就会越感受到吴敬梓的伟大。

鲁迅先生如是，胡适先生如是，会有越来越多的人如是。

国光楼下忆师情

> 国光楼下走出了一代又一代人,勤奋努力、报效祖国,曾经的辉煌将载入史册,当下的辉煌正在续写,求学报国,立德、立功、立言,仰不愧于天、俯不怍于人的精神,一代又一代薪火相传,经久不息。

阅读需要领路人。

我在全椒中学读过三年。安徽境内有"一桐城二全椒"之说。全椒自古文风鼎盛,文人学士代不乏人。最为著名的是吴敬梓和他的《儒林外史》。《儒林外史》开创了中国讽刺小说的先河,法国拉鲁斯大百科全书评价:"《儒林外史》是一部最优秀的讽刺小说。"鲁迅先生说:"讽刺小说从《儒林外史》而后,就可以谓之绝响。"

"在中国历来作讽刺小说者,再没有比他更好的了。"这是鲁迅先生对著名讽刺小说《儒林外史》作者吴敬梓的评语。二百多年来,这部长篇巨著,广为流传,深受广大中外读者的喜爱。它淋漓尽致地刻画了那些追逐功名、利欲熏心、虚伪丑恶的知识分子、大小官吏、地主豪绅的精神面貌,狠狠揭露了当时处在所谓"太平盛世"的清王朝的腐朽、黑暗,并对科举制度、封建礼教作了深刻的批判与嘲讽……《儒林外史》恰似一面镜子,准确地照映出中国封建末日的真实面貌。

全椒人儒雅谦和,尊师重教,民风淳朴,文风鼎盛,除吴敬梓之外,宋代宰相张洎、明代高僧憨山、清代文士薛时雨、民国文侠杨尘因也都成长在这块土地上,他们身体里蕴含着全椒人崇文重道的特质,张扬着全椒文化的永恒魅力。全椒的文化，文化的全椒，是这一方古老土地的鲜明色彩，是全椒人世代不愿放弃的生活主题。

全椒中学的前身是明代万历年间的"望阳书院"，清乾隆中期更名为"襄水书院"。1902年始创为现代意义的中学，1963年著名历史学家、文学家郭沫若先生为学校题写校名。

校园内有一所著名的国光楼，传说是吴敬梓读书写作的地方。此楼始建于明代隆庆六年（1572年），原名为尊经阁，清代康熙年间改称奎光楼，民国元年（1912年）改今名。国光楼由砖石垒成，高14米，楼身三层，筒瓦顶盖，重檐翘角，造型雄伟，面山濒水，十分壮观。最初是王阳明"心学"学派讲学的场所，后为全椒士人读书讲学和文人墨客吟咏之所。明代全椒人金滢然曾有《尊经阁》诗云："层层飞阁枕襄流，暇日登临此壮游。夹岸繁花撩客赏，隔林啼鸟破春愁。风移树影连波动，日带岚光向晚收。谁共倚栏看剑气，冥鸿千里思悠悠。"楼座中有东西走向的券门一道，券门上有"奎光"勒石一方，为清康熙四年（1665年）重修时所嵌，现今尚存。风雨剥蚀，几经重修，现仍完好地屹立在襄河岸边、全椒中学校园内。当年，吴敬梓常常到此闲游、畅饮，在他幼小的心里，留下深深的烙印。他在《儒林外史》中曾一再写到这里的风貌及文人在这里的轶事，书中所写的尊经阁，正是奎光楼。明万历十六年（1588年）、清顺治十年（1653年）、康熙四年（1665年）多次重修；清嘉庆年间（1796年—1820年）第四次重修时，更名奎光楼。辛亥革命后始名国光楼。曾被列为县重点文物保护单位，后于1998年被安徽省人民政府公布为省重点文物保护单位。

登楼四顾，可仰观南屏山色，俯视襄河媚姿。吴敬梓漫游乡里，踏春吟诗，曾作这样描绘："山凹晓日上三竿，兰渚停舆露未干。乍暖已教衣攘絮，哪知江店尚春寒。"吴敬梓青少年时代常登阁凭栏远眺，并在此与友人相聚，饮酒赋诗，读书论文。

经历了沧桑洗礼的国光楼，有过自己的辉煌。从楼下走出众多的寒门学子，让人们刮目相看，他们中有大学校长，有知名专家，有文化名流，有政坛伯乐。

我是1979年秋季从乡镇中学转来的。在这里的三年，老师们给我留下的印象都是温文尔雅、文质彬彬的谦谦君子，他们既有学养又有教养，如同那个时代的其他知识分子一样。他们在我们的求学路上影响深远，给我留下的印象也非常深刻。

我们学过的小学、中学、大学的教科书中有四篇与全椒密切相关的课文，让人耳熟能详。一是千古绝唱《寄全椒山中道士》，是唐朝著名诗人、滁州刺史韦应物所作，被近代人选入《唐诗三百首》，作者在诗中记述了对朋友的思念。二是《王冕学画》，诗中王冕画荷的"荷花塘"至今犹存。三是《范进中举》，它对"八股取士"的科举制度进行了入木三分的嘲讽。四是《两根灯草》，对吝啬鬼严监生的刻画惟妙惟肖，比巴尔扎克笔下的老葛朗台还要早一百年。很多年后，重温这些文章，能够领略到在课堂上初读课文的场景，它们能让我追忆起多年前的学生时光。

虽然我原在班上学习成绩靠前，但乡镇学校一个年级只有一个班，也只有三四十人，中考时全军覆没是常有的事，所以能转到县城接着读初中是非常幸运的事。这里初三就有7个班，比原先一个学校的班级数总和都多，这让我大开眼界，也知道山外有山，人外有人，心中更是经常响起"没有学问啰，无颜见爹娘"的旋律，因此多亏龚校长能开明地将一个考试进而转学的机会给我。

初三时，我在4班。我因等入学通知传到乡中学晚报到了几天。报到时，学校正在上课，我便在老师平房办公室前的橱窗前浏览墙报，看我瞅得近，班主任张维荣老师猜想我近视，安排我坐第一排，这正合我的意，倒不仅是因为我能看得清楚一点儿，更多的是我一直就想坐得靠前，能够上课不分神。后来的入团、中考都是张老师事无巨细地帮我们料理得清清爽爽。

初三的英语是马献谋老师教的，那时英语课还不受重视，加上任课老师不是班主任，课堂上同学们做做小动作时而有之。一次，尽管在老师的眼皮底下，我的同桌李同学仍不停地骚扰我。最后我实在无法忍受，猛地推了他一下以示制止。这时马老师转过身来，把教鞭往讲台上一掷，我赶紧低下头，只听他大声对同桌喝道："你自己不好好听课，弄来弄去，还影响别人专心听课？你再这样，自己到外面去捣去戳，不要影响别人！"我心里一怔，不仅是因为没挨批，还因为老师的秉持公道、正言厉色而暗生佩服。这位李同学初中毕业后参军入了伍,后来成了一名优秀军人。

高一时教英文的是丁老师,他是学期中途从行署所在地的一所师范学校调入的,为了照顾家庭回到了家乡。他担任4班的班主任,也给我们2班任课。他上课时的声情并茂、他的抑扬顿挫、他的激情飞扬,很快在校园里广为传颂。即使他离世很多年,他的教学风格、他的执着敬业精神,依然被津津乐道,那时英语科目尚未按满分被记入高考,但他能充分调动和激发同学们的兴趣,看来是很有功力的。

高二时的班主任是韩承赐老师,教政治科目。无论是唯物主义、辩证法,还是政治经济学方面的知识,我后来对这方面思维的积累和拓展,都是靠那时听韩老师的课,一句接一句跟着默诵而打下基础的。他授课有板有眼,节奏有张有弛,对规范学生的行为举止大有裨益。

在这里的三年,是紧张而充实的三年,是如饥似渴、遨游书海的三年,是仰慕师长风范、饱尝师情关爱的三年。当然,给我们滋养、给我们教育的远不止上述几位,我记忆中有深刻印象的还有很多。比如说教初三语文课的赵老师、物理方老师,高中教数学课的桂老师和许老师、物理陈老师、化学陈老师、英语袁老师、生物盛老师等等。我想可能正是有了这些具备点石成金功夫的工匠们,教育事业才能健康蓬勃,持续发展,学生们才能成群结队地破茧化蝶,飞得更高,飞得更远。

古人云:"知恩图报,善莫大焉。"校园内的纪念石上刻有"勿忘筌",意为永不忘祖、记念恩师。学子们以此作为标杆,铭记对人对事均施之以诚、对先贤对长辈施之以孝、尽跪乳之恩、行反哺之义。

国光楼虽然斑驳,但国光楼下走出了一代又一代人,勤奋努力、报效祖国,曾经的辉煌将载入史册,当下的辉煌正在续写,求学报国,立德、立功、立言,仰不愧于天、俯不怍于人的精神,一代又一代薪火相传,经久不息。

有用的碎片阅读

> 碎片化的时间不一定导致碎片化的阅读。关键是我们能否把碎片时间有效地利用起来。要利用碎片化的时间规划出整体化的阅读，就像一片片的玉石可以串起金缕玉衣一样，碎片化的时间也可以实现完美的阅读人生。

有两种小卡片，在我的阅读中帮助很大。一种是大家所熟悉的，即文摘卡片；另一种是书店里的新书预约卡片。

读初中时，我在任课老师的办公桌上见到文摘卡片后，发现阅读书籍时，不光笔是读书的好帮手，可以随时准备着写写画画，还可以多准备一样秘密武器，就是这种文摘小卡片。可别小瞧这巴掌大的"碎片"，记下字里行间的好词好句和触动内心的段落篇章，或者趁灵光乍现，只言片语记录下内心的感受。一篇文章读下来，一本书读下来，一年读下来，小卡片会累积成阅读宝库。

也许人们会认为文摘小卡片不起眼，小角色，没啥了不起的。你还真是甭小瞧了这张小小的卡片，它有助于知识在我们的大脑里形成体系。

在面向小朋友讲座时，面对这样的问题"你最熟悉哪类文章？""最擅长哪类文章的写作？"很多同学都开始支支吾吾，好像哪种类型的文章都接触过，但每一种都浅尝辄止，说不出个所以然来。为什么我们总是被动地输出知识，给老师一点儿，给考试一点儿，面对阅读从来都是慌手慌脚。因为知识没有在我们的大脑里形成体系，没有做好随时应战的状态。不要担心，小小卡片有用场。

我前前后后记录过约有上万张卡片。那时电脑还没有出现在日常的学习中，使用卡片是最习以为常的了；没有正规的卡片，就用边角纸条代替。待用上电脑而又没有普及时，觉得还是卡片较为方便，不受拘束；到后来，电脑普及，各种电子产品层出不穷，我们的使用能力也得以提升，这时，用电子卡片或其他种种方式的便捷性凸显出来之后，文摘卡片的风光不再了。但我依然觉得，现在的孩子们如果能学得制作卡片，形成梳理知识、整理思维的习惯和能力，也是很好的阅读基本功啊！

梁启超先生曾热情地向人们推荐过一种读书方法。他谦逊而又诙谐地将这种方法称为是极陈旧的，极笨、极麻烦的，然而是极必要的。他指的就是做录抄或做笔记。要想做好读书摘录，通常要注意：一是选准目标，定向积累。也就是说，要根据自己的工作实际，有目的地集中摘录有关的文献资料。二是持之以恒，养成习惯。"一日一根线，十年织成缎。"摘录全靠点滴积累。只有不断地记，不要由于偷懒、忙碌和忘记而一日中断，这样的记事簿，才能使你得到益处。我们不要因为工作忙、时间紧，就三天打鱼两天晒网；或者只从兴趣出发，高兴则记，扫兴则弃，防止记记停停。知识的积累，就在我们持之以恒的努力之中。三是经常翻阅，善于运用。经常翻阅、运用，才能巩固记忆，把摘下的知识不断化为己有；经常翻阅、运用，才能温故而知新，举一反三，学到更多的东西。四是做好分类，便于查找和补充。我们经常做摘录，时间久了，就会有十几万、二十几万，甚至数百万字的资料。如果这些摘录不进行科学的分类，就会变成杂乱无章的资料堆。五是做卡片式摘录为宜。通常来说，书本式和卡片式两者中以卡片式摘录为宜。这是因为：卡片式便于分类，便于翻阅，便于补充，便于整理，便于收藏。

再来说说如今更不常见的新书卡片。新书卡片有两种，一个是图书馆使用的新书目录卡片，另一个是新华书店使用的新书预约卡片。

上了大学，去图书馆成了校园内五点（教室、实验室、图书馆、宿舍、食堂）一线的重点场所，开放式、大容量、全天候，是以前任一阶段都无法比拟的。要查阅借阅图书，利用率较高的就是穿孔的新书目录卡片。新书目录卡片上载有新资料的书名、著者、出版地、出版年代（日期）、版次……还可以直接觅得到索书号，方便按需选择利用，用此检索新书文献比在目录柜里查寻省时、省力、快捷、简便得多了。大学图书馆多角度多方位展示新书馆藏，不仅为我们设立了新书专架，还发挥新书目录卡片的作用设立目录展览橱窗，来进行展示。新书目录以分类为序摆放在目录橱窗里。卡片陈列分批分期进行，从橱窗中被更替出来的目录单独保存。这样连续不断地剔旧换新，积极地推动了对新书的推介，为查找适用的文献资料提供导向。新书目录卡片按类编排，把分散在各学科的文献集中在一起展示、宣传、报道，有专业性、直观性、多元性和适应性等特征。新书目录卡片针对性强，促进新书利用率的提高，加速信息传递发挥图书的时效，内容新颖捕捉信息快，易被索取利用，有利于发挥新书突出利用的时效。

新书预约卡片是我上大学后去位于合肥市中心的新华书店购书时见到的新鲜事物。我现在所去的书店好像都没见有这种形式了。大学五年间，我几乎每周末都会去市新华书店和外文书店。

我对图书馆和书店有好感，是因为在求学的过程中，很多经历都与书有关。在县城读中学时，我几乎每周末都去光顾县城唯一的书店。读大学后，我对那些喜欢聊阅读的老师情有独钟，每每他们在课上提到什么新书或奇书，下课后我都会直奔图书馆或书店，一睹为快。大学在省城求学的那几年，我踏遍了合肥市的大小书店和地下书摊儿。后来出差，最喜欢去的也是与书有关的地方。在上海读书时，晚餐后乘着暮色到江湾五角场地摊儿上挑选《五角丛书》《世界之窗》和《英语学习》，也喜欢在各地去图书馆、各式各样的书店逛逛，那种温馨与喜悦，总让我悠然神闲。有大学同学说，进大学后是他们有生以来第一次见图书馆和书店，都感觉很美好，知道在闲暇或难受的时候还有一个好去处可供他们稍作停靠，排解忧愁。

合肥市新华书店印发的"社科新书目""科技新书目"张贴在一层大厅的醒目处，读者看一下书目，便可以知道将有哪些新书面世，不同学科专业有哪些适合的书，在补充读物时可得到可靠的信息。利用这些书目，将需要的书名登记留存在书店的服务台处。当新书到店后，书店会将新书预订卡寄到学校告知我"新书到店啦"，这就是当时的"新书有售信息速递"，我拿着当初自己填过的并由书店已盖"到书"戳的卡片，就可以抽空去购买了。凭这张预订卡，不用担心书店已卖光。我在大学期间，几乎每两周都要去位于市中心的新华书店一趟，这个频率正好是书店更换新书预订卡的频率。五年的大学生涯，通过这种形式，我大约预购了三百本各类书籍。先睹为快、保证获得、约知服务，我觉得这些是新书预订卡给予我的三大好处。现在偶然翻阅近四十年前购得的书，还能从中见到夹于书页之间的新书预订卡，卡片经年历月，已很有年代感了，但在心中，它依然焕发出新意和新颜。

现在人们阅读很少用卡片了，但卡片的作用还是挺好的。人们容易将电子阅读笼统称为碎片化阅读，实际上，碎片化阅读并非有百害而无一益，更不能谈"片"色变。

碎片化阅读古已有之。古人有"三上"读书的说法，"坐则读经史，卧则读小说，上厕则阅小辞"。上厕所属于"碎片化的时间"；"小辞"即短小的诗词，属于"微阅读"，碎得掉渣儿了。欧阳修提出过"读书三上"论，也就是枕上、厕上、车上都在阅读。可见碎片化阅读、微阅读并不可怕。在如今这个技术发达的时代，"读书三上"论也是值得肯定的。不要因为其"微""浅""碎片化"，就加以否定。

碎片化的时间不一定导致碎片化的阅读。关键是我们能否把碎片时间有效地利用起来。随着生活节奏的加快和生活方式的多样化，时间被分割的情况越来越普遍，其颗粒度越来越小，原来用年、月、日来安排时间，现在则按日、时、分来规划行动。要利用碎片化的时间规划出整体化的阅读，就像一片片的玉石可以串起金缕玉衣一样，碎片化的时间也可以实现完美的阅读人生。

以阅读作品的长短作为是否是微阅读的标准存在很大的误区，古代的诗词歌赋大都短小，《道德经》不过5000字，总不能因其短小字少就把读此类作品也归为微阅读吧。是否是微阅读，不应以阅读载体形式与阅读内容长短来划分，而应该以阅读的内容进行区别。无论是碎片化阅读还是微阅读，都可以提高阅读能力、提高欣赏水平、提高知识水平。因此说，手机阅读、网络阅读等数字阅读与纸质阅读没有优劣之分，只是阅读习惯不同。阅读小卡片，是有用的碎片阅读。古语说：手不释卷。现在仍可以说：阅读有益。

浅尝辄止何以过滩渡险

> 我脑袋里坚信天无绝人之路，肯定会有一个有效的逃生办法。迅速想到的就是要跳出老思路，既然水平方向行不通，纵向的呢？立体的呢？于是我想到的是向深度突围，离开波来浪去，唯有向水的深处进发。

阅读时，浅尝辄止也许适合孩子，或者是在阅读难度过浅、过深的读物时。如果一直浅尝辄止则难于涉滩渡险。古人关于读书有许多格言，《论语》有言："子曰：夏礼吾能言之，杞不足徵也；殷礼吾能言之，宋不足徵也。文献不足故也，足则吾能徵之矣。"《易·大畜·象》有言："君子多识前言往行，以畜其德。"唐皇甫湜有言："书不千轴，不可以语化；文不百代，不可以知变。"宋黄庭坚有言："士大夫三日不读书，则义理不交于胸中，对镜觉面目可憎，向人亦语言无味。"宋苏轼有言："旧书不厌百回读，熟读深思子自知。"宋杨万里有言："学有思而获，亦有触而获。"但古人并不主张读死书，子路曾说："有民人焉，有社稷焉，何必读书，然后为学？"

古人关于深度阅读的诊断也有许多对我们有启示。南朝的颜廷之有言："观书贵要，观要贵博，博而知要，万流可一。"是说读书是要在大量知识之中得到精要。南朝刘勰在《文心雕龙》中有言："夫缀文者情动而辞发，观文者披文以入情。沿波讨源，虽幽必显。世远莫见其面，觇文辄见其心。岂成篇之足深，患识照之自浅耳。夫志在山水，琴表其情，况形之笔端，理将焉匿？故心之照理，譬目之照形，目了则形无不分，心敏则理无不达。"

对于同一种书，我喜欢买上不同的版本，有的是不同出版社的书，有的是不同年代的书，读起来都很舒服，因为能看到不同的面貌，如同从前山和后山，或拾阶而上，或乘索道缆车，看的都是黄山，但看到的是不同的风景。

我在20世纪80年代末，准备考研究生在复习英语时，找来单位同事的专业英语书，如铸工英语、冶金英语、工业英语、水利英语、建筑英语、设计英语、营销英语、财会英语、电子英语等教材，全都系统地学习一遍，有的甚至好几遍，甚至还阅读了几本给外国人教汉语的英语书籍。我在大学上专业英语课的时候，接触的是医学英语，这方面自然不陌生，但光会这一个领域的单词和知识面就太窄了，英语的使用和接收肯定不会因为我们的专业而限定，而是要依对方的需要而输出。比如，在医学推广会上，我们医学专业的人如果没有商贸方面的英语知识背景，就会两眼一抹黑，只能浅尝辄止。学完各专业英语之后，我自费订阅了一份 China Daily，上面的英语知识更是丰富，各版面涉及的内容方方面面，我从中学到体育、艺术、考古、时政等方面大量不易见到的词汇。因为，我想到的是必须鼓起风帆，东野圭吾就说：若不趁起风时扬帆，船是不会前进的。

兼收并蓄，既是一种广度，也是一种深度。在广泛阅读之中，深度也在不断加深，并且在这个过程中才能偶遇经典。过去我们认为现代是一个缺乏经典的时代、一个读不懂经典的时代、一个需要经典的时代、一个需要经典还原的时代。现在情况大有改观。书香中国已经悄然而至，全民阅读正在蔚然成风。

我对广度与深度关系的这种理解，对我阅读有帮助，对我其他方面也很有帮助，有一次甚至助我避难脱险。

1984年夏天，我读完大一学年，放暑假回到家中，18岁。南方天气潮热，我像往年的夏天一样，下午最热的那会儿，到滁河里游泳，泡在黄黄的水里，尽管上面一层热乎乎的，但河面下还是凉爽滋润的。河面有五六十米宽，从镇上的河堤中间处的码头顺着青石板台阶下去，镇上的大姑小婶的在这儿浣衣淘米洗菜，一些年轻人就在这里不远处嬉戏玩闹，年纪大的胆子大的就尝试着往远处游。靠我们镇上一侧的河床水位要浅要缓，坡面要长，也安全许多，河的对面是较陡直的河堤，没有河滩，山体直接插入水中，有的地方还是陡峭的岩面。纤夫们裸露着肩背，绳索深深地陷入肩胛沟中，在崖壁上寻路前行，尽管纤夫拉船越来越少见了，但如果是一列由十来艘机帆船连在一起的船队开过来，因负荷重吃水深，还需纤夫在岸上使劲儿。对侧的水很深，相对也干净，温度低。船会在这个深水区行驶。

我游到河中央时，觉得远处的船离我还比较远，就随意地游来游去。当十来艘装有沙石的机帆船由一艘水泥大船牵着列队开过来时，推过来的浪巨大，我本想快速游向码头，但回不去了。大浪退回时会把我妥妥地朝船的方向拽，巨浪与船体相撞后，剧烈的反弹力量使得河水又将巨浪推送走到远处。我不能撞到船上，不然就会被撞得遍体鳞伤，只能奋力地向浅滩方向游开。但由不得自己，试着游了几米，又被波浪吸回到船体方向，我就像算盘上的珠子，被拨过来迅即又被拨了去。后面的船只还有很长的队列。我得另辟蹊径，不能再用这个方法了，这样是不能脱离漩涡的。怎么办？我脑袋里坚信天无绝人之路，肯定会有一个有效的逃生办法，迅速想到的就是要跳出老思路，既然水平方向行不通，纵向的呢？立体的呢？于是我想到的是向深度突围，离开波来浪去，唯有向水的深处进发。而河滩这一侧水太浅，河水的上下全被巨浪掀着跟着走，在这一侧会毫无出路，只有向对岸一侧的深水区游去。主意一定，我就立刻深吸一口气扎起了猛子，先垂直地沉下去，再向船底方向游去。我猜想，按机帆船的这个速度若在水里划拉我一下，不仅我被剐伤，船体紧紧地吸附着我，全然由不得我，我还会被拖着走，这样就非常糟糕了，不可想象。我凭着估算，接近船体底部时，只有再往深处扎，同时向对岸划去。因为我也不知船的真正吃水深度，唯有更深，没有最深。终于游到船的最底部了，因为感受到了背部有船底擦过去的一阵摩挲，奋力再向深部向对岸方向游去，不能与船底有任何的瓜葛。深部的水很凉，也比较平静，还干净了许多。对侧的水流就没有那么湍急了，较为平缓。我向山崖方向靠近，水的波浪没那么强的地方，我向上漂浮起来，露出了水面，手掌扶着河堤侧壁上的一块石头歇了歇，喘着大气。待运输船队开走、水面恢复平静时，我彻底地无忧了。

终于脱险了。这是我向深部进发而脱险的成功尝试。这一次的举动，我当时没声张，因为我怕被家人说成是太冒险太有危险了，招致他们担忧。只是后来我在读博士听外教英语课要口头作文时，我将18年前的这一段经历用英语说出来，大家觉得有意思，同学们和老师没觉得这种做法有何不妥。我没觉得有什么特别，这一晃又是20年过去了，在2021年的"世界图书日"活动中，我在书香驿站给陶然亭街道的小朋友和他们的家长讲这段"勇敢故事"，激励他们从红色书籍中找出能帮助自己解决实际问题的志气。

面对如今在书海里遨游的孩子们，我知道，阅读是一项非常个性化的自由的行为。对于独立健康的成年人来说，阅读很可能已成为他们日常生活中不可或缺的一部分，而对于成长中的儿童来说，阅读是需要鼓励、需要引导的。不过，对于青少年群体而言，阅读又是关系到国家、民族，提高全民素质、提高民族凝聚力的大事了。一个国家、一个民族与阅读的亲近程度，关键看下一代，这决定着这个国家、这个民族的前途与命运。阅读，就是要深入到下一代。

阅读中的深，是螺旋式的深度加工。所以，说到这儿，我们知道，从深水中脱险，到深入收集资料，到深度理解和思考，再到对后来进行宣讲和阅读的开发，联想到我们人类微观到粒子、量子、纳米的研究，宏观到对宇宙的探索，无不是在向深度进发。

练就一身深扎书海的本领，不惧过滩渡险　赵莹　绘制

春山有路
谢绍佳 题

转

书山有路

每天都能看书，每天都能看成书

读书是慢功夫，需要持之以恒。读一本书、十本书可能效果不明显，坚持读下去，慢慢地，周围人就会发现你已经与众不同了。人的气质里，藏着你读过的书、走过的路，藏着你的见识、境界和格调。读书丰富了我们的精神世界，但不能停留在具体的一本书、一次读书就会令我们的精神多么丰盈。

苏轼有诗句："宁可食无肉，不可居无竹。"这是他的名句。而对于读书人，多崇奉"可以食无肉，不可居无书"。多读书，能够获得许多有益的知识，还能摆脱平庸，古人说："人不读书，则尘俗生其间，照镜则面目可憎，对人则语言无味。"只有读书能够将无数的丑陋、愚昧、美好与智慧展现在我们眼前，将生命飘零的信息传递给我们，将漫长的时间与无际的空间浇灌给我们。

有朋友觉得，自己有的是时间，啥时看书不行？自己有的是健康，啥时锻炼不行？自己有的是书本，哪天捧起来读不行？闲暇时间有的是，何愁没有时间来读书呢？从我自身体验和观察别人来看，还真不是啥时都能看成书的。你本认为哪天都能看书，其实你哪天也没能看成。也有的人觉得没时间看书，抽不出空来。列出宏大计划，要读下多少多少本书，可时间耗完了，书本没看进去一页。

"哪天都能看书，哪天都没能看成书"的例子，在我身上就发生过。大学期间放寒暑假，我把行李里塞满了没来得及看完的教科书，还有从学校图书馆借来或在新华书店买来的各种书籍，立下宏志，"这一个假期我一定要把一学期的课程复习一遍!"可假期快要结束了,才发现那些书还静静地躺在行李里。我们缺的不是书,也不是时间,而是把书抽出拿到眼前的"那些假装"动作。不去操作,便很难实现。

读书的时间是挤出来的。古代就有"读书三余"论,也就是"阴雨者,时之余;夜者,日之余;冬者,岁之余"。在电子阅读时代,"读书三余"论似有过之而无不及了,人们无不捧着手机在看。挤时间读书学习的精神是值得推崇的,只怕许多捧着看的是无益的或者是低效的,有人在"连连看",有人是电子购物狂,有人在进行无效社交。读书是一种幸福的生活方式、一种诗意的生存状态、一种温暖的生命体验!与书为友,和书为伴,会让我们奔向崇高!

我在读大学时,每日的课后或周末,打球、跑步、上街或者上自习过后,看到我捧着书在看,同学会问"不累呀,也不歇歇呀"或者说"你没有休息的法子吗",他们认为,读书不应成为休息的方式。我觉得很纳闷,我只有读书久了、累了、困了,才会用其他办法来调剂,而读书是最美的事,读书就是我的休息,它怎么会成为累赘,成为别的事的附庸和点缀呢?

有些人会说,休息时间用来读书是否太浪费了?实际上,读书是一种休息,一种优雅、恬静的休息,它还是一种享受,一种高雅的心旷神怡的享受。读书的享受,不只体现在阅读自然科学、文学名著时,还会体现在阅读文献史料、政治理论,甚至是各科的教材、企业发展介绍、景点手册时,只要读书,总能够得到心灵上的愉悦。陆游写道:"官身常欠读书债,禄米不供沽酒资。剩喜今朝寂无事,焚香

在书房内拼图 赵莹 绘制

闲看玉溪诗。"丁玲写道："读书是一种享受，读书有一种很高的味道，能够忘却一切的味道。"享受的方式有很多种，有些人喜欢上网享受，有些人喜欢旅游享受，有些人喜欢听觉享受，而读书又何尝不是一种享受呢？

读书就得用脑，脑筋会越用越有用，不会"上锈"，因此，读书能够健心健脑。经常读书，脑细胞就会不断更新，在阅读过程中，大脑中会产生一种奇特的、能够提升人类创造力、思维力与联想力的物质，有益于人类的身心健康，有利于陶冶情操，让人类的注意力更加集中，此时能够获得心理与生理上的轻松感，让注意力更加集中。通过读书，能够让人类的经脉更加通畅，有助于消除心理障碍，开阔人的心胸。

有些年轻人给自己读书尚少找理由：没有时间，没有空闲。鲁迅先生说："时间就像海绵里的水，只要愿挤，总还是有的。"只要你有读书的渴望，一心想读书，时间是可以"挤"出来的。我们要明白：阅读是最重要的，我们要抓紧分分秒秒的时间阅读。青少年不要贪玩儿，要少看电视少玩儿游戏，把玩儿游戏和看无聊电视节目的时间投入到阅读中。

养成阅读的好习惯，多花时间来读书，不但能够保养身体、陶冶情操，还能够磨炼意志、学到知识，这种休闲方式到哪里去寻找？人的一生短短数十年，通过阅读，也能经天纬地，穿越古今、驰骋中外。读书还要深思熟用。读专业书、读经典，应及时反思。不时地写写体会、感言，以加深回味、理解，和自己的工作、生活实践结合起来，学以致用。把好书用到好地方，才能让我们站在巨人的肩膀上飞翔，让我们自身好起来。

人类书籍浩如烟海，汗牛充栋，每当我进入巍峨的图书馆，仰望顶天立地的书架，常有失去自我之感。古人说的读书破万卷，这万卷的量，有人统计，约相当于一部《古今图书集成》的容量，或者1.2亿字的书。如果每天读6000字，两天便是一卷，一年180卷，约55年读完。如若手不释卷，"万卷"尚有读完之日，世间的事恐怕就贵在一个"恒"字。

活在当下，不知不觉又迎来了传说中的大数据时代，过上了数字化生活。年轻人更喜爱电脑、手机等阅读方式，这没有什么不好。互联网就像水、空气一样，成为无处不在的生活必需品。数字生活改变了我们的阅读方式，但我们做好阅读的选择，选择有品位、内容丰富的图书来读，内心就会充实许多，这样也会远离手机依赖症。

　　读书是慢功夫，需要持之以恒。读一本书、十本书可能效果不明显，坚持读下去，慢慢地，周围人就会发现你已经与众不同了。人的气质里，藏着你读过的书、走过的路，藏着你的见识、境界和格调。读书丰富了我们的精神世界，但不能停留在具体的一本书、一次读书就会令我们的精神多么丰盈。养成博览群书的习惯，就会发现，读一本好书就是和一个高尚的人谈话。

　　我不光枕边、床上一直放有书，就是出差、旅游，也会在行李里带上书。上下班乘公交时也手不离书，城市交通能给我们许多安静等候上车、等候启动的时刻，在站台或在车上看上几页书，一周下来也能看下一两本书了。五年医科大学生活，从二年级有意向要考研开始，我就自行取消了午睡，一个人的教室安谧、静好，那个大学期间睡虫恣肆的时段，也没有人会理解我为何大量涉猎国内外的医学专著和相关交叉学科、前沿学科的书籍。偶尔手倦抛书，埋头稍歇，醒则继续。下午没有实验课时，就去图书馆阅读各种文学期刊，读 *China Daily*，读医学伦理，读生物工程，读分子遗传，读人文哲学，读《柳叶刀》，读《斯堪的纳维亚医学杂志》……饱我视野，暖我心窝，每次都能感觉充实痛快。

　　自考取军校读研究生开始，我有 20 年在军营的生涯。这里的闲暇时间则如钢笔里的水，怎么挤就那么一点儿，军事训练、上课教书、政治教育、行政会议、站岗巡逻值班，排满了每日每夜的角角落落。能有闲时瞅一眼合自己口味的书，那感觉让人喜极，简直就是美妙的瞬间。部队生活本身就是条条框框规范的，越是紧张，越能催人奋进。为抓紧时间，我每天脚步匆匆，一有安静处，便一言不发，自个儿钟情于书了。

　　所以，我们不要走进"哪天都能看书，哪天都没能看成书"的怪圈，努力地做到"每天都能看书，每天都能看成书"。时间再紧，也要读书；交情再浅，也要聊书，让"好读书"成为我们的一道必需佳肴、生命常青的特质和社会交往的基本素养。

因书有"三避"

待我再一次值班时，对病区的环境也熟悉了，当天早上去值班室查看一下，顺便过去放书，发现房间干净了，床铺也是叠放整齐的，地上也没有实习同学所说的曾经的瓜子壳水果皮碎纸屑什么的。而从那时起，我是一个"值班看书不睡觉的夜猫子"的雅号就为众人所知了。

世上任何的路都不是平坦的，读书的路也会很艰辛。但在读书过程中，有令我意外地避开了麻烦、困难、灾祸的几次经历。

读大学的最后一年是实习期，在医院里轮流转科。第一站便是外科。这是一个大科，即重要的实习课目，时间与大内科一样长，而在医院里，内科通常会分成几个各自独立科室，这样就不会在同一个科室待很长时间，而这里的普外科是大外科，将所有的与外科相关的业务如烧伤科、脑外科合在一起，骨科、泌尿外科已是独立于普外科的小科室，在三个月之外只安排每个小外科各有半个月的实习时间。

外科的重要性让我上第一个夜班时战战兢兢。20世纪80年代那家医院刚作为实习基地没多久，许多临床科室还正在摸索带教的流程和经验，许多人对此还比较生疏。实习了一周后，我开始跟着值实习夜班。带教医生和几个进修生不知去向了。夜渐深了，走廊上安静了，护士趴在桌子上打着盹儿，只有顶上的灯光在无声地值守。我不知道医生值班室在何处，护士长白天没告诉我。写完当天的病历小结后，连猜带蒙地在走廊尽头找到一间虚掩着门的房间，黑

救死扶伤 赵莹 绘制

着灯，从窗外和走廊透过来的光亮分辨这个有几张床铺的地方可能就是医生值班室，有些凌乱，也空无一人。我也没法确定哪张床是我们实习生可以用的，索性就在医生值班室里看书，看英语书，做英语题，在为考研究生做准备。为了阻止瞌睡虫，我写写画画，再抄上几个段落，背几小段英文，就这样，不知不觉地过了一宿。晨曦降临，病区苏醒了，此起彼伏地开始出现各种声音，渐渐地，天也亮透了，声音也越来越响了，医生护士都赶来上班了。

医生办公室又恢复了忙碌。一见带教老师，我就跟他说了值班看书的事。他只笑了笑，辅导我下医嘱。早上医护大交班一结束，护士长就穿过一众白大褂径直走向我："你也不收拾床铺打扫房间？至少得叠被子啊！"我把头从病历夹中抬起来，问："什么地方？"护士长接着说："值班室里呀！"我明白了，值班室果真是我昨晚踩点见到的房间，便答道："我昨晚没睡觉。"她一下愣住了，停了一下，估计这个答复或这种不睡觉的情形是她前所未有、压根没有预料到的，嘴唇嗫嚅了一下，嘟囔道："还有不睡觉的？！"然后走开了，说着"不睡觉，那在哪儿待着的呢"就走远了。带教老师朝她的背影说一句："就在这儿看书呢！"

待我再一次值班时，对病区的环境也熟悉了，当天早上去值班室查看一下，顺便过去放书，发现房间干净了，床铺也是叠放整齐的，地上也没有实习同学所说的曾经的瓜子壳水果皮碎纸屑什么的。而从那时起，我是一个"值班看书不睡觉的夜猫子"的雅号就为众人所知了。

现在来说一说曾经读过的书、记住的诗帮了我一个忙的事。有一次去江西南昌开会，让我有所念想的是想借开会之余一睹滕王阁的尊容，那是慕王勃在26岁的年纪临场即兴发挥所作骈文《滕王阁序》的大名。滕王阁的美景在王勃笔下，如同一幅缓缓展开的画卷。没有任何形容美的词汇，但只要读起《滕王阁序》，那种美的感觉在悄无声息间便沁透了心灵。在被誉为"千古第一骈文"的《滕王阁序》中，王勃凭借短短 773 个字，化用了 46 个典故、名句，并且还原创了 29 个成语。王勃，写下了不逊色任何人的《滕王阁序》！一天、一月、一年，乃至穷极一生，你换任何一个人来，也再不可能写出比王勃更精妙的《滕王阁序》！

  诗圣杜甫赞扬"初唐四杰"之首的王勃的才思。他在《戏为六绝句·其二》中做出了这样的评价："王杨卢骆当时体，轻薄为文哂未休。尔曹身与名俱灭，不废江河万古流。"意思是：王勃、杨炯、卢照邻、骆宾王开创初唐一代诗风、文体，只有学识浅薄的人才会对他们讥笑不休。哪怕等到尔等化为尘土时，也不妨碍他们如滚滚江水一般万古流芳。

  会议日程的最后半天是机动时间，我从住宿的酒店赶到滕王阁景点时已是下午 2 点半。走下会议的通勤车时才发现钱包放在酒店没有带在身上。这可怎么购票进去呢？一时没辙了，离通勤车返回还有三个来小时呢。我向景区大门口走去，随意转转，见售票口外的墙上贴有购票须知。景区刚推行一项新举措，就是对当场背诵王勃的《滕王阁序》全文的旅客实行免费。

  咦，这倒是新鲜事儿！检票口一侧已排出一支队伍在依次等候背诵，有的旅客没能过关悻悻地退了出来。我自忖不知还能不能背下来，毕竟是很久以前背诵过的作品，相隔太久了。我在心中快速地默诵一遍，感觉还能连贯地记住，于是我也参加到这个队伍中。队伍前进得很快，因为景区工作人员在小亭子里也不是让每个人背诵全文，当我走进去背诵到"……物华天宝，龙光射牛斗之墟；人杰地灵，徐孺下陈蕃之榻"时，她便说："……落霞与孤鹜齐飞，……"我接着说："……落霞与孤鹜齐飞，秋水共长天一色。渔舟唱晚，响穷彭蠡之滨；雁阵惊寒，声断衡阳之浦……"她最后一次说："……时运不齐，命途多舛……"我便接下去："……冯唐易老，李广难封。屈贾谊于长沙，非无圣主；窜梁鸿于海曲，岂乏明时？所赖君子见机，达人知命。老当益壮，宁移白首之心？穷且益坚，不坠青云之志。酌贪泉而觉爽，处涸辙以犹欢。北海虽赊，扶摇可接；东隅已逝，桑榆非晚。孟尝高洁，空余报国之情；阮籍猖狂，……"就这样又背了十多句后，她拖了一个长音说："走！……"于是我得到一张过关的小条，到窗口换票，便进得了滕王阁景区。游览完滕王阁后，出了景区，不多一会儿，会议的通勤车过来了，正巧返回会议驻地。就这样，曾经读过的书帮我解了围，圆了我的登阁之愿。

再说阅读避祸的事。一次下班后，按照原先之约，要去一个酒馆与几位乡友小聚。可工作事务太忙，答应一家报纸专栏写一篇心理书评的稿约一直拖了下来，当天是交稿的期限，还要再系统地重看一遍那本心理书，时间显然太仓促，不容我分身，于是我辞了应酬。

加了一个通宵的班，仔细地浏览全书，做出重点笔记，从读者角度列出可能提出问题的提纲，拿出前几日写好的阅读体会，结合起来，猛写一通，再反复修改，删掉不符合报社要求的写作风格和问答句式，终于在次日上班前，把稿子修改得妥妥帖帖，上班后通过电子邮件发了出去。大功告成，万事大吉了。

恰在这时，从一位乡友家属的来电中得知，昨晚去酒馆喝酒吃饭的那几位，提醒邻桌已有醉意的壮汉声音轻点儿，却招惹一位膀大腰圆的红脸汉子起身过来，手持酒瓶，嘴里嚷嚷着："咋的了？！不服咋的？！"一边双手猛地向乡友的桌子上砸下去，两团水柱冒着水汽顿时弥散在桌子上空和各位食客的全身上下。乡友中有一位立即将桌子掀向红脸汉子，火锅、饭菜洒落一地，杯盘摔碎在四处，一片狼藉。双方更加猛烈地交战在一起。店家报了警。现在全部人员都还没被放出来。警方通知家属，忙活了一宿之后，这位老乡的家属给我来电讲述了昨晚的详情。我赶忙帮他们筹钱，同时也心生庆幸，照我这样的"三尺微命，一介书生"，昨晚若在现场，既震慑不了谁，也说服不了这些灌醉了酒的谁，到头来，不是挨打就是挨罚。这往后，我的这几位乡友在外面吃饭喝酒赶庙会，都轻声轻语低调多了。

随意地撷取读书生涯中因书而清净省事、逢危解难、祛灾避祸的几桩小例子，我想，这可能并不是书的功能，古人因识文知书而招祸的例子也不少，也不是阅读的幸事，不然为何现在不时有"读书无用"的调子，想靠读书作护身符逢凶化吉未免异想天开了，但我想书中自有安身处，还是应该站得住脚的。

那些看上去无用的知识，支撑我们认识到知识并非无用。

对，书中自有安身处！

珠归珠来椟归椟

> 我的书失而复得，受点儿损失都没落在书上。我得到了我不想失去的，他得到了他所需的，他不需的最终也不会归他。各取所需，各归其所。

读书人与非读书人，可能会有诸多相异之处，但有一样是共同的，就是他们可以各取所需，互不相扰，不会因书而打得不可开交。这倒是幸运的事，路归路来桥归桥。我有过一次这样的经历，一波三折，我的书失而复得，真是令人意外。

1987年11月底，我在读大学的最后一年，在一家医院实习。一天下午，在学校里准备齐研究生的各项报名资料之后，校招生办已下班，无法递交，故趁天色尚早，抓紧骑车返回临床实习医院。

从学校到医院的路线，是一条从东向西再折向南的反7字形路径，其实在7字形道路拐弯处，是一个丁字形路口。我在向南拐弯进入路中央准备驶入右侧自行车道时，夹在车后书包架上的书包"啪"的一声猛响，掉落在马路上。这里车来车往，是机动车道，不能就此停下来，我只能缓缓地骑到人行道上，停到南向西侧的马路牙子边上。支起车，欲去取包，一辆大卡车正从西边开过来，拐弯往南开去，遮挡了我，只好等卡车开过。待车开走，回身一望，顿时傻了眼，书包不见了，那地方干干净净的。我不相信这是真的，仿佛是在梦里，明明自己刚才听见书包落地的声音，才持续数秒钟，怎么突然之间就没有了呢，人间蒸发了吗？我觉得时间凝固了。书包里面有我的学生证、医院及大学食堂的饭菜票和现金，关键是我报考的全套材料，还有考试需要复习的几本专业书籍。莫非我的包是掉在其他地方了，我刚才的判断有误？但目光环顾，所及之处均无踪迹，一丝的希望也破灭了。

是不是有人目击到刚才的一幕呢？我抓紧向路边小卖部的主人打听。他说，刚才这一会儿，这路口南来北往的车辆挺多的，确实没见到书包掉地啊，不过，你过来时，倒有一辆外地的长途大卡车经过这儿。他又帮忙问了问左邻右舍的几位生意人，都说没看见书包，更没看见有人捡起。几个人都在猜测：是不是那辆大卡车捡走了？肯定是不停车用弯腰捞东西的姿势捡走了，香港功夫片枪战片里不就是这样的吗，外地的车嘛，捡走东西也不会担心留后患啊。对，就是那辆大卡车！

于是，我飞快地追赶，幸亏城市交通有红绿灯路口，大卡车有时会在前方被红灯逼停。待我追赶了将近四五里路，看见它近在咫尺时，那辆车轰隆隆地还在往前疾驶着。追近那辆车时，我已气喘吁吁，大汗淋漓，实在没有力气骑到车子前方拦车了，只好拍击车子后侧板。

终于在前方一个红绿灯路口时，车子停下了，在等绿灯。我到驾驶室门外，拍打车门，高高的驾驶室里探出两个猜疑的脑袋，外地人，乡下人，一脸纯朴的好奇样子："干吗呀？"我上气不接下气地央求道："还我书包！"

"咦，什么包？我们什么时候有你书包，我们哪有你什么书包？"我一下子愣住了，太意外了，我追了这么远，你们还想昧下我的书包？但我还得讲道理："你们刚才不是经过一个丁字路口的嘛，我书包掉在路口中央的，你们捡走了，还想不还？！"

"我们咋了？不想还你书包？！可我们没有拿你书包，拿什么还呀？不信，你上来搜？我们要书包能干什么用啊？"于是，他们打开车门让我登车。看到他们敢让人搜查的底气，我又担心起来，跟书包比起来，人身安全更重要，我觉得还是没必要跟他们硬扛。更何况，此时，坐在长途卡车驾驶室第二排的一个小伙子说："我是看到那个路口有一个东西在路中央，我们车子没停呀，我也不能确定是不是书包。"

这时，绿灯亮了，卡车得起动了。我将信将疑地推车离开了，到底是不是他们这一伙子干的呢，我也没准了。现在若再返回刚才那个路口，什么证据肯定都没了，也就无法回去再找了。这一切就像是一场噩梦。但一切也无法逆转了，只得接受现状，只得面对现实，一切只得从头再来。

于是，值完夜班后，我第二天抓紧回学校，找年级辅导员、找系办公室、找学校招生办，重新报名，又填写了报名申请，补办了准考证底版。饭菜票和现金没了就没了，全然可以不顾，报考资料、身份证和学生证也可以申请补办，无非需要粘贴的照片需到照相馆再次冲洗，可那几本金贵的教材和复习资料，可是很宝贝的呀。上面记满了我的笔记、备注，以及相应位置内容对应的问题，是我平时利用实习间隙跑回学校看书旁听补课时的笔记，以及长久积累的可出题处的标注。虽然它们的包浆很厚很亮了，颜色很深，但它们可是崭新金灿灿的书不能比拟的。

我迅速抹平这件事带来的震动、不平，投入到紧张的复习之中。过了一个冬天，笔试、春节、值班又一个值班、大地回春了、等候分数、等候复试通知，就这样，日子平静地一天接一天地过着。

有一天，值完夜班回到宿舍，院保卫干事通知我：晚上八点去市机床厂一趟，到厂门卫处找保卫人员。我一头雾水，挨不上边的关系，怎么让我去市机床厂？还是晚上八点？那时候的城市远郊厂区夜间非常冷清，也没什么公共交通了，不知这是何故，也怀疑内中会不会有诈。对于出校门进校门、一直在书斋中的我来说，确实超出了我应有的胆量。而当时在外求学，谁都是自己独立处理自己所遇到的事情，没有凡事向远在家乡的家长求援的习惯。我在宿舍里跟同样与我没经世事的同学们商量，他们都表示要非常谨慎才行，这事有蹊跷！于是，我邀一位同学一起宽余很长时间乘车过去，提前一站下车，步行到达机床厂大门口附近，在马路对面徘徊察看一会儿，这一切都是为了"踩点"。

我们两位提前五分钟到门卫岗哨，说明来意，值班人员让我们到院内一栋楼的地下室厂保卫处办公室。曲里拐弯之中，我们察看了一下地形，看有无便捷的逃出路径，并且力求找到几条道路。因为直到此刻，我也不知让我过来是要干什么。找到办公室，见有一大块头穿着黄警服的保卫干部在吃着泡面，他让我们等他吃完。他吃饱了、擦完嘴、洗好筷子后，吸上烟，跷着二郎腿，剔着牙，问我是不是丢过什么东西。我一下恍然大悟，明白了，肯定是丢书包的事儿。

向大个子保卫讲了四五个月前的事情经过，他听后说："偷你书包的人找着了！"原来，厂里有一位青年工人偷同事和工厂的物品被查获，保卫处干部在搜查他的宿舍时，发现了众多的赃物，不属于他私人物品的东西都被定为偷窃之物，其中就发现了书包、书本、大学食堂和医院食堂的饭菜票、学生证、身份证等，厂子要依据他的盗窃数额来定罚，于是通知我来认领并估值。我提出来："书包是掉在路上的，他这算是捡后不还，不算偷吧？"大个子保卫抬手在空中一挥："他是惯贼，不是他的东西在他那儿，就是偷！饭菜票都被他跑到学校食堂吃了不少，所剩无几了。你说多少就是多少！"我想，复习资料、书包、文具什么的都找回来了，那就只有现金被他花掉了，饭菜票又没多少损失，无非损失几顿饭钱，算了吧。大个子催急了："快报损失！没有损失，我们还白抓小偷啦？"我说："那就十块钱的饭菜票吧。"大个子让我在记录单子上签字，还带上一张单子要回到学校盖章寄回去。于是，我拿起书包和同学抓紧离开了。我们步行一段距离才乘公交车，到中途故意换乘一趟车才回到实习医院，意思是想甩掉"尾巴"。事情的轨迹又回到了原点，一切都复归平静，失而复得，还算圆满，似乎可以重新开始了。

然而，故事还没完。

第二天晚饭后，我刚回到宿舍，听同学说有人在找我，看是一个陌生人，听完来意方知他就是机床厂的那位"小偷"，个头儿高，块头大，有点儿憨，进城农民的装束，有点儿不知所措。从他的讲述中，我们全宿舍的同学都知道了事情的经过：我在经过丁字路口向南拐弯时，他骑车与大卡车同向，也是从西右拐往南，只不过他最初是在西边路的北侧要拐往南边，这样，他在大卡车左侧机动车道上，待卡车进入南向主车道时，他要渐渐靠边进入自行车道。正在这时，他看到路中央的书包，便车不停驶侧身捞起书包放在胸前一路骑走了，依他的身材、干农活儿工厂活出身的体质，再加上厂保卫干事说的他所具有的"特殊本领"，干这样的事不难。待我停好自行车看见卡车开走时，他早已不在我的视线当中，也没被路边几个摊主所在意。

我在街上骑车的过程中，也曾掉过其他物品，比如就是在大学与实习之间的这条路上，我掉过一串钥匙，可能钥匙环在骑行的颠簸过程中从裤腰扣带上脱落了，落在街面上，但很快有行人喊住我，提醒我返回捡拾。

他来找我的用意是，不要将他的问题说严重，不要把损失说大了，并说他拖家带口，家里有多么困难，当场跪了下去，痛哭流涕。这场景把我弄蒙了。我赶快拽他起来，聊天中，得知他的老家离我爷爷逃荒要饭离开的祖籍地不远，算是同一个大的村庄里的。我告诉他，一没认为是他偷了书包，二我没损失多少，书籍都归还回来了，报考资料都过期了，我也重新准备过了，试都考过了，书找回来我也就知足了。厂保卫处给我找学校盖章的回执单，我会抽空回学校办理完寄回厂里去。他千谢万谢，满意地告辞了。

我没想到事情发展会有如此插曲。怎么一个丢书包的事，还生出这么多情节来？心想，这样也就罢了吧，这下该消停了吧。

没承想，过了一个多月，在我的实习进入尾声，收拾行装行将返回校部时，还是在一个晚上，很晚了，同学们都快睡觉了，那位小伙子又来到了我的宿舍，摆出一副凶神恶煞的面孔，喷着酒气嚷道："我才不是偷呢，我没把你的饭菜票吃完呢，东西都还给你了呢。"我是丈二和尚摸不着头脑，不知所措。他让我赔他，说自己就因这么一点儿小事情被关了一个月，还被停了工资、罚赔了很多钱，太亏啦！同学喊我到一边，紧急耳语了一番，同学说："还是赶快把他打发走为好。"于是，我给了他三十块钱，他便乐滋滋地离开了，还主动保证说以后不会再来干扰了。

我的心脏持续地扑腾了好长时间。这件事情算是为不久后走向社会的一场预演吧。这场预演也与书有关。这件意外事，真是预料之外，但也在情理之中。

我的书失而复得，受点儿损失都没落在书上。我得到了我不想失去的，他得到了他所需的，他不需的最终也不会归他。各取所需，各归其所。我想到了一句成语：买椟还珠。

这真是珠归珠来，椟归椟。

购买与阅读，隔有多远的距离？

> 许多书，不见得当时会看，或许永久也不见得去阅读它。但我想，这些书就像种子，再有多少土壤，没有种子也不行，喜爱读书的人没有书籍也干着急啊，书就如同命根子。

常有人问："买这么多的书，你都看过吗？"

我对阅读情有独钟，对书籍爱不释手，对书店流连忘返，喜欢泡在书店，甚于去超市、菜场和百货店。但买回来的书籍，也并非每一本都看过，也常有包装未打开、塑封没拆开的书籍躺在架子上好久。看见我藏有这么多的书，会有人说：除了书店和图书馆，你这里是我见过书最多的了。

买这么多的书，我都看过吗？买回家的书，的确我没有都看过。但无论是在书店，还是从网上，有时也会在图书博览会、书市上，每当见到我想买的书，会毫不犹豫地将它买下来。可能不止于我，书架上的书越来越多，却多是只看了开头几页就束之高阁的大有人在。有人说："书不看等于无。"我倒觉得，书的存在就是一种风景，更何况保不齐有派上用场的时候呢，不是有句话叫作"养兵千日，用兵一时"嘛。

在小镇上，只有供销社里，穿越锅碗瓢盆和衣被布匹到最远处不显眼的一角，长长的玻璃柜台末端放有几本诸如《四角号码新词典》《哥达纲领批判》《扫盲读物》和《农村养猪小常识》等，同钢笔、墨水摆在一起卖。离开家乡小镇到县城读书，终于见到了一个像样的新华书店。这么大的新华书店，书架都有十几个，书被分门别类摆在书架上和柜台里的台板上，有农林类，有医学类，有机械类，有教育类，有小说类，有政治类，有生活类。每到星期日我都要去一趟书店充充电。那时候，还不能经常购买，只是非常需要、非常渴望的书，才会买下来。来得次数多了，这一周有什么新书上柜上架，什么书被人买走不在了，都一清二楚。

　　大学毕业后，我分配回到老家工作，在县城又待了两年。那时是80年代末。1989年，刚过完春节，在城郊一个大路口的空置新商铺门口，有一次我看见贴有一张告示，预告不久在这里将销售本县新华书店低价处理的书籍，两天时间里将视书籍不同分别依一至四折出售。告示中说，将备有上万册图书，并欢迎各界朋友选购。现在想来，当初为何书店要大张旗鼓地预告，可能是要清理库存，书店心里没底。在城里没有足够大的地方让读者选购，估计使用新商铺是要支付费用的，书店得尽快出手。并且人们对书的购买欲望也不强烈，更多的人还在追求温饱的路上，忙着摆摊儿支灶炸油条卖馄饨呢。不然，县里的书店也不会富余出这么多的书来。

　　我思忖到日子肯定来看看，也要买上几本。但依什么样的购买规模，心中拿不定，书款耗费大大地受购买力的影响，是能不买就不买还是能买就买呢？是非必需不购买还是感兴趣就下手呢？这两者的书款耗费会大不一样。一本书可能只需要几角钱，十本书也才只需几元钱。书店的书常年都是老面孔，人们单册一次性购买许多，书市可是书店不能比拟的，而书市量大时间短，许多旧书就是单册，容不得你犹豫。折价销售，但架不住如果喜欢这里大量的书呢，总价也不菲啊。那时我每月的工资是50元，有限的收入得筹划着用。就在犹豫的那段时间里，我妈妈从老家镇上到县城来，我跟她说了县城要办书市卖过期书的消息。她可能听出了我心中的徘徊不定，就说："买吧，留着钱能干什么用？只有知识才是活的呀！"对啊！书价是死的，把书用活就值了。妈妈临走时给我留下一百元钱。

　　灯明始见一缕尘，夜暗方显万颗星。她的一句"书是死的，只有用了它就活了"点醒了我，令我豁然开朗。后来书市开张时，是一个工作日，第一天我挤出中午的时间蹬着自行车赶过去。果真来挑书的人不多，零星的，六七个人吧。人们买得也不多。下午下班后我又过去，把全天购得的书一次驮回集体宿舍。

第二天也是如此。两天里，我买了两大麻袋子好几百本书，总共一百二十多元。没感觉花出了钱，而是感觉自己像补充了很多营养、增添了许多力气。尽管这批买来的书被工厂的青工同事各取所需都拿走几乎所剩无几了，加上我又考走去读研究生要集中精力开辟另一个专业的阅读领域，对这些书籍不再急需，但在那个阶段它们给我的力量不可低估，给我的营养更是让我受益一生。

在挑拣书时，地上的书籍码放得已不整齐了，只得挨个地抽起来看。抽到一本书，看到的书名是《赛金花本事》，依我当时的阅读面，不知道赛金花是什么花。没读过此类的书，也不知在这里的"本事"二字是何含义，是像武林高手的身怀绝技，还是指本来的事实真相呢？正在踌躇间，合上书，欲将书放下时，一位老同志走过来低着头瞥一眼书名后问："这本书你要下了么？"咦，这本书还这么紧俏？原本要放下的这本书，此刻被我毫不犹豫真真切切地放进了囊中。这本书与其他许多书一样，我也很久没空去阅读，后来放在宿舍里它们都被无名氏一次一次地"借阅"光了。

直到2021年我要做党史学习教育"百年党史故事"宣讲，关注晚清及民国那段历史时，看到有关赛金花的记述，才找出相关的赛金花书籍看起来。我想，当初那本《赛金花本事》，它的价值也许就体现在能够在三十多年后提醒我曾经有过擦肩而过的相遇。

许多书，不见得当时会看，或许永久也不见得去阅读它。但我想，这些书就像种子，再有多少土壤，没有种子也不行，喜爱读的人没有书籍也干着急啊，书就如同命根子。

书，会让我们告别"无米之炊"。我们不能被书价所累。我们不能只看书价，要看书的值价，也就是书所值的价钱，或者说质价，即它所含质量的价钱，我们通过它能创造出来价值，它就值钱了。这就是我妈妈所说的，书不怕多，不怕等待，用了就值钱。书是死的，阅读才能让它活起来。

后来在我筹划让孩子学钢琴时，还没有报名，我率先就将钢琴给买了回来，尽管后来他学了一段时间也没学成，但我想，我的做法可能就是因为思维深处潜伏着"先埋下种子，没准总能等到开花时"所致。将来某个时候，他若能吼两嗓子，不至于像我这般五音不全，会不会就是得益于曾经接触过钢琴、识过五线谱呢？

购买与阅读，隔有多远的距离？我想，使用不使用，就是它们之间的距离；使用起来，就能消弭它们之间的距离。我后来还有几次迅速增加藏书的机缘，似都与处理旧书有关。在读研究生时，大学的专业图书馆处理一批旧书，但专业的书太陈旧过时，没法做研究参考用，宿舍没太大空间，放不了太多；在大学做老师时，学校的综合图书馆廉价处理过图书，这次大众图书较多，加之自己有了单间宿舍，故购进量较大；工作期间，单位的一处办公地点要撤并，长期关闭的地下图书室将不复存在，单位领导在把里面的藏书当垃圾卖掉之前，想起让我选一些，因他在部队转业前曾在军事百科编辑室工作过，有一点儿"宝剑送英雄，笔墨送文人"的浅显意识，我方第一次见到这间长期闭锁的房间，原来是图书室，准确地说是藏书室，门窗都已锈迹斑斑，这些书是六七十年代的"三红一创""青山保林"之类，我没有挑选，觉得每本书都值得阅读，一下子捆了五六捆搬回办公室，书上的灰土把双手都染黑了，但我心里就像吃了蜜似的，后来陆续有同事和单位的工人来我办公室取走一些他们感兴趣的书，我一概应允，但我所得的还有很多，我很知足；另外，得到较多书的时刻就是自己参加过的读书会，无论是作为观众、读者，还是作为讲者、编者、评论者、阅读推广人之后，自己无偿送给别人很多书，别人也送给我很多书。与人共享比自个儿独享要幸福、踏实得多啊！

读书虽是一个老生常谈的话题，却未必人人会读。读书不是把书中文字看

把书用活就值了　赵莹　绘制

完即可，而应是一种读者与文字、与作者交流沟通的对话活动。

有的人看了许多书，却不能将书中的道理引为己用；有的人读完一本书之后，却未必能理解书中的意义；有的人只关注阅读的量，而忽视了阅读的质……这些都是不会读书的表现。读书讲究一个"活"字。何谓"活"？"活"就是不把书当作摆设和炫耀的资本，而是深入到书中，体会文字的内蕴和作者的感情，把它读通读熟，且能活学活用，这才算会读了、读懂了。那么，我们该如何把书读"活"？最优秀的学习，不仅要有学习的积极性，还要有学习的方法；最有效的阅读，不仅要学习书本的知识，更要"复活"书中的智慧。

我们如何"复活"书中的智慧？边读边思考是最有效的途径。正如孔子所言："学而不思则罔，思而不学则殆。"思考是我们走进书中世界、走进作者内心的路径。这并不是一朝一夕的事，需要我们做长时间的训练，才能逐渐形成自己的思考能力。阅读，起始于读，着眼于思，落脚于懂，发展为会。其中的思是把书读活的关键。

书价是死的，是有限的，把它用活就值了！

手捧自己出版的新书　王升摄

让书漂流，它总会遇见英俊少年

> 还是把书当成鲜花吧，更多的人赏花闻香，让这个世界充满干净的气味，不好吗？我的书，别人也喜欢，岂不表明这个世界里我们的共通性还是挺多的嘛。

20世纪90年代，我在大学任教，当时还担任学校的学报编委会委员和学术委员会委员，要经常审阅和评议各种学术成果。学报编辑部收到学术论文来稿，会给相关专业领域的委员审阅，每期新刊印刷出来后，也会先给我们委员每人一份先睹为快，我们委员们收到的新刊要比通过正常流程发到各教研室和专家们手上的早。有一次，学报新鲜出炉，我没看完就匆匆赶去教室上课，待再回到办公室时，学报已不翼而飞了。

课间出入教学大楼的通常只会是教职员工，而这个群体的素质应是无可挑剔的才是，因为毕竟是在校园里，周边接触的都是将我们称为"为人师表"的学生们，我们的行为规范总得要做出榜样来吧。可就是在这样的环境里，我的刊物竟然丢了，也问不出去处。这期杂志里刊载了一篇研究者的论著，是经我修改审阅过多遍的，很想看看最终刊登的是什么模样。这可给我郁闷坏了！

在校园里，路上碰见学报编辑部主任，我跟他说了这事，也好向他顺便索要一本。他可能看出我为此事有少许不悦，听完便说："好啊！这说明我们的学报还有人爱看、爱收藏，好事儿，以后再丢失了，就尽管跟我来要，欢迎大家来'偷'我们的学报啊。学报被'偷'，总比放在那儿没人问津要强！"我听了后，心里好受多了。经他这么一说，我转念一想，能多一个人阅读到这本刊物，得知里面的科研成果，包括我们编委会委员审稿、改稿的劳动成果，也不是坏事嘛!

　　自此以后，我再丢失书籍，或有人明为借、实为不还时，心里就不像过去那么不畅快了。印象中，我能说出书名的那些至今依然没有还回来的书籍，约有六十来本，有教科书，有工具书，有习题集，也有还没来得及自己看的新书。但我心中不为失书而耿耿于怀。不仅如此，我还经常地乐意送给别人一些读物。书，是最好的礼物。

　　既然有人暗地里喜欢书籍，那就成人之美吧。有人会专门在书房贴上字条"书不外借"，我想，还是把书当成鲜花吧，更多的人赏花闻香，让这个世界充满干净的气味，不好吗？我的书，别人也喜欢，岂不表明这个世界里我们的共通性还是挺多的嘛。

　　当然，编辑部主任希望更多的人能阅读到学报，希望人们是怀着良好的动机去占有别人的学报汲取知识，他并不是鼓励吃嗟来之食，不希望剽窃、偷盗，或者移花接木，或者学生考试时的作弊，或者学者的学术不端。

　　静下心来想，有些人为什么要偷书？可能出于这样几种情况：一种是特别喜爱，而自己没有支付能力，即买不起；二是特别喜欢，买得起但没有机会获取，即有能力买却不知道上哪儿能得到，因为有些材料并非是唾手可得、有钱就能买得到的；三是即使能买得起，但也不想支付，哪怕最低廉的支付也想给省了。对于像学报遗失，学校可以多承担一份责任，设置传阅本或赠阅本。当然现在方便多了，可以将电子版在微信群或邮箱里发送一下，但那时，条件不允许，即使想多印几本，经费也是非常困难的。

　　我在1982年秋天上高考补习班的时候，有一次利用下午自习课的间隙去同城的另一所学校办理转移团组织关系手续，等一节课的工夫之后再回到课堂里时，放在课桌上的新语文书不见了，也找不着了，只好悻悻地去找学校里熟悉的老师托人再买一本。

　　当时我在紧张地复习备考，一百来人的补习教室里，能买到教材的只有一半多，僧多粥少，没有主人守着的课本如同把小羊羔放在狼窝里呀。但找不到书，我也只得放弃寻找、放弃生气、放弃心急火燎，必须立刻返回到临考迎战状态，被迫达到物我两忘的那种境界。

书籍和报刊的紧缺是一方面，但我们的思维不能紧缺。像编辑部主任的开明思路很值得夸赞。他的思路是让书籍漂流起来。在20世纪60年代，从欧洲开始，书友开始兴起将自己拥有的阅读过的书籍在贴上特定的标签后，投放到校园、咖啡馆，或放置在公园长凳、博物馆走廊、图书馆楼梯等公共场所，无偿地提供给需要的人拾取、阅读。他人阅读后，依据标签上的提示，以同样的方式将书再投到公共环境中去，如此这般，不断地链接传阅下去，图书就漂流起来了。这是显性的漂流，也是良性的漂流。

占为己有并且不敢再示于众，这样的恶行便将漂流之旅阻断了，是不足取的，严格地说，算是盗窃了。鲁迅笔下的孔乙己有言："窃书不算偷……读书人的事，怎么能算偷呢？"这话，在知识产权观念深入人心的今天看来，不值一哂，但传统社会里，很多人潜意识里会借这句话来原谅自己，甚至还被人传颂。远有唐太宗派遣萧翼去偷《兰亭集序》，近有康有为"盗取"卧龙寺的《大藏经》。据刘成禺《世载堂杂忆》载，国学大师黄侃，看到好书后或借而不还，或直接拿走。

但我也发现，那些看别人学报的人最终还是成不了编委，被偷的人即使看不了一本两本学报，依然还是编委。偷来的毕竟不是自来香，爱书若到了需要偷的地步，到底还是会被限制了阅读。被偷窃的书，每一本可能都是对阅读控制的反抗，使得阅读失去了自由的心境，自然也就快乐不起来。

有人说，那些偷着读的书总是记得特别牢。依我看，记得牢的恐怕还是那偷书的事，里面的内容怕早被吓跑了，未必之后就能成就学问。倒是为此耽误了人生的人却不少。20世纪90年代，位于北京市五棵松的军事医学科学院图书馆成立没多久，我办过这里的图书证，有时会去查阅资料或复印文章。见到门外的报刊橱窗里，常有在阅览室里挖损污坏或盗窃图书受到惩戒的信息公示，有他们悔过的自我检查，配有照片，有被污损图书的样本，还公布有他们的单位和身份信息。有肿瘤方面的医学书籍遭到撕页，有中医疗法方面的资料被窃走，等等，但都被发现了、受到罚款了、公布了。很是令人震撼。在当时，这样的查处力度是很大的，可一茬又一茬的新信息公之于众，层出不穷。我纳闷，后来的阅览者进馆时没有注意到橱窗公示栏里的警示吗？

有一年探亲，我带一本书《两性囚徒》在路上打发时间。回家后，同学聚会，这本书被一位在中学当老师的同学借去。过了若干年，也没见还，又一年回老家，我去这位同学家，他没在家，可他儿子在家，我眼见那本书还赫然立在书架上。但借阅者当场不在家，我就不能不告而径自取走呀。于是，我只得空手而返。后来，一次同学聚会见到这位同学时，我提到"有一本书借在你那儿呢，好几年啦！"旁边的另一位同学问是什么书，听过我的回答后，这位同学说："就一本书，算了吧！"我不明白，就一本书，那还问书名干啥呢。在一旁借书的同学没吭声，也没言语要还。就这样，这本书的漂流被人为地截断、阻碍了。

我们提倡善意的、可延续的漂流，也可接受不伤害他人、不损害公德的"偷"书，但我们不要让漂流在自己的手上截断、断流。

近些年，我除了常送一些书给亲朋好友和读者听众外，还牵线搭桥收集书籍，给外地乡村的中小学生寄去，在一些地方设置图书室、读书屋。最初，在问小朋友"你拥有自己的课外书吗？""你每天花多少时间阅读课外书？""你有没有做读书笔记的习惯？"时发现，拥有课外书的学生较少，每天阅读课外书的时间不多，阅读效果也不尽如人意。当地根本没有书店，学生想买课外书得进城，父母们大多都外出打工谋生，许多学生跟随自己年迈的爷爷奶奶一起生活，这些出生在20世纪新中国成立初期的老人们，文盲为多。他们都希望自己的子孙拥有知识，有好的成绩，但乡村的经济状况决定了他们不会去买书。丰富多彩的课外活动吸引着学生，课余时间，学生宁愿去操场上打球、跳绳、踢毽，也不愿意静下心来阅读。教育效果考核迫使老师们把压力强加给了学生，成堆的作业完成后又是强身健体的体育活动或家务活儿，加之学生在阅读课外书的时候没有养成做笔记的习惯。归根结底，孩子们读书少，接触书的机会少。

于是，"让他们有更多的书！"是我为他们攒书、送书、捐书的初衷和原动力。希望能成为一个火种，使他们的家长对孩子的要求从"不准孩子读"到"鼓励孩子读"，再到"和孩子一起读"，最后"放手让孩子自己读"，发生一个小转变。这种转变哪怕很小，那我也心满意足，相信聚来的一团火迟早会散成满天星。

让书漂流吧，让它也去遇见不同的风景！

从烂笔头到好记性

烂笔头最终还是需要跃入脑海中才可。我就已经很长时间在尝试听报告、听讲座、听课时，努力地不作记录了，使自己听讲时保持高度的专注，全神贯注地捕捉每一个传递的信息，力求海绵吸水般即时强化记忆，迅速地进行编码，不为后面的回想添加麻烦。

工欲善其事，必先利其器。

自上学起，老师和家长就会不停地叮嘱孩子："要学会上课时做笔记，好记性不如烂笔头啊！"我也是被这么叮嘱的。找出我的小学课本，发现书页的边角都记满了蝇头小字，已不能辨认是不是当初自己所写。

最好的记忆，强不过最淡的墨水。笨人的笔记，往往比聪明人的脑子可靠。清代著名诗人龚自珍用竹篓储放自己的作品，他的笔记也因此被称为"竹篓笔记"。1839年，龚自珍辞官回到故乡杭州，在南方逗留一段时间后又返回北方，其间行程九千余里。旅途中，他每有诗作，便写在纸上投入竹篓中。旅行结束后，他打开竹篓，整理诗作，共315首，这就是在我国诗歌史上占有重要地位的著名的《己亥杂诗》。他具有强烈的爱国主义思想，主张改革内政，抵抗外国侵略。他大多借题发挥，多用象征隐喻，想象丰富、奇特，写景抒情，写了平生出处、著述、交游等，或议时政，或述见闻，或思往事，题材十分广泛。组诗艺术风格多样，有雄奇又有哀艳。这组自叙诗中的批判、呼唤、期望，集中反映了他高度关注民族和国家命运的爱国激情、对清朝政府不重视筹划的痛心疾首，言语之间多是关系到国计民生的盐铁生计堪危，表达了变革社会的强烈愿望。

钱钟书的博学,与他的勤奋有密切关系。钱钟书在牛津大学图书馆读书,历时十余年的时间,养成了做笔记的习惯。他的全部外文笔记本共一百七十八册,还有打字稿若干页,全部外文笔记共三万四千多页。中文笔记和外文笔记的数量,大致不相上下。钱钟书的读书心得"日札"共23册,两千多页,分802则。如果按每页300字计算,钱钟书读书笔记的总字数达2100万;如果按每页400字计算,总字数将达2800万以上,可谓是创造人类做笔记文字量的纪录了。

　　他们尚且如此,我们又有何理由绝对地无纸化工作和生活呢?把所有的事情都记在脑海里是不现实的,唯有记录下来,以备不时之需,这是最有效率的工作方法。学生是为了记忆所学的知识而记笔记,而职场人是为了不遗忘正确做事而记笔记。成功的人之所以成功,一定有他成功的道理。或许我们没有他们那样的好运气,但是养成记笔记的好习惯,没有身份之别,我们的桌上通常都会放有一本笔记本。笔记中的内容只有成为指导我们工作实践的理论武器才是真正意义上的笔记。或许一本工作笔记就是打开我们成功之门的金钥匙。把将要做的工作先写在上面,不至于过后遗忘。工作成果以及工作中的灵感也可以运用同样的方法来存储。涉及写作,体会更是如此。写作是需要积累的,一定要把真心喜欢的词句,通过某种方式积累下来,最直白的方法就是摘录。记忆力再强,时间长了,总会遗忘一些。精彩的语句、生动的描写、深刻的观点、活泼的对话乃至优美的词语,都可以分类摘录。如果你一边读书,一边把认为很提神的内容摘录下来,不仅能时时翻阅,加深记忆,而且可以前后联想,融会贯通。

　　但对做笔记也不能完全苟同。身处繁忙工作之中的我们,是否有过这样的时刻,自己的工作日志写得像教科书一样丰富,但事到临头就是找不到需要查看的那一条。人人都知道好记性不如烂笔头,花钱大手大脚的学生用它控制支出,立誓瘦身的女孩儿用它记录每天所吃的食物结构,办公室的职员用它检查已经完成的事项,而事实上,笔记本的应用范围和程度远比我们想到的更广、更高,当你将它用作手写的电脑硬盘,把活页、便利贴、留言条收集起来,这就可能已经超越了整理笔记的范畴。于是乎,就有人一旦看到了重要的事物,就表现出敬业精神来。听到了重要的信息，就要迅速打开笔记本记下来，或用手机拍下来。尤其是在聆听上级要求时，有闻必录以保证执行中不走样，也显示对上司的尊重。其实很多材料过后就丢到爪哇国去了。

然而，记在纸上终觉浅。把它们记在脑海里才是最终去处。这就需要抄读、摘录，更需要动手去创作。明末著名的文学家张溥因收入《古文观止》中的名篇《五人墓碑记》而被选编者评为"当与史公伯夷、屈原二传并垂不朽"。张溥读书的方法其实就是抄读法，口读与手抄相结合的读书方法。相传宋代大文豪苏轼读《汉书》时就抄过三次。清朝有个叫唐彪的学者曾提出"四别读书法"——目治之书、口治之书、心治之书、手治之书，其中的手治之书就是抄书的读书方法。梁启超在《治国学杂话》中说："若问读书方法，我想向诸君上一个条陈……什么方法呢？是抄录或笔记……这种工作，笨是笨极了，苦是苦极了。但真正做学问的人，总离不了这条路。"鲁迅曾经提出"读书三法"——背书法、抄书法、设问法，其中也有抄书法。鲁迅先生自己就是一个不辞辛劳抄书的读书人。鲁迅日记里有关抄书的记载很多。为了撰写《古小说钩沉》一书，鲁迅从各种文献和著述中抄写的珍贵材料卡片有多张。当然，还是勤于动笔要靠谱儿。需要记录的更应有自己的所见所闻和亲历之事，以及脑袋里源源不断的灵感。记下来，略作整理，就会让你惊喜万分。

其实，我更想说的是，烂笔头最终还是需要跃入脑海中才可。我就已经很长时间在尝试听报告、听讲座、听课时，努力地不作记录了，使自己听讲时保持高度的专注，全神贯注地捕捉每一个传递的信息，力求海绵吸水般即时强化记忆，迅速地进行编码，不为后面的回想添加麻烦。因为我知道，信息提取时，肯定会打折扣，所以只有聚精会神，竭力在编码、储存时不要遗漏、不要分心，才能不依赖烂笔头。

想不依赖烂笔头，我们得想办法。像聚在一起谈观看《觉醒年代》感想时，年轻人说分不清陈延年、陈乔年谁长谁幼。我告诉他们，在观看时就抓紧编码"延年益寿"，延长嘛，陈延年自然年长些，则不会混淆了。还有，在少年宫给中小学生做宣讲时，发现孩子们对国学的相关知识诸如"四书"包含哪些书籍名称记不住，说不清楚。我看着他们桌子上的书目单，给他们指出，按"大学、中学、小学的孩子们都要学语文"来记"大中子语",则可知道"四书"含有《大学》《中庸》《孟子》《论语》。他们接着又追问"五经"有哪些书。正好当时是立冬过后,我先问他们现在是什么季节,然后又问上周是什么季节,在他们正确地回答之后中,我便告诉他们按照"上周是秋季"就能记住"五书"包括有《尚书》《周易》《诗经》《春秋》《礼记》这五本经典著作了。孩子们觉得很有趣,家长们也觉得这样非常管用。尽管他们还读不了这些经典,但在脑袋里面种下这些书目的种子,保不齐哪一天会发芽呢。

我向他们表达的意思是:知识不变成自己的工具而只是纸上所属,还是等于零;最靠得住的是自己,只有把知识注进自己的脑海里,才最靠得住;还有,越是多练大脑,记忆越好,脑袋越不易上锈。给自己一个暗示,没有笔头可以依赖,那就全力以赴地记住听到的、看到的每一句话、每一个场景、每一句嘱咐、每一声寄托。牢记它,去行动,而不是成为复印机。

我并非不信作笔记,其实,谁的大脑也会犯错,对于记忆也不能全信,更何况我们的记忆丢三落四是常有的事。科学知识是无限的,而人的记忆是有限的,人单凭记忆是不可能将所学知识完全记住的。只不过无论是作笔记还是用脑筋去记,我们都得合理地将它们用好,使它们相得益彰,不能偏废。我们不是要把笔记做成文字实录,停留在纸上本子里,让它整天静静地躺在那儿,而是要让它们活起来,从故纸堆里走出来。我们也不能一直停留在做学生做记录员的生涯中,我们还要学会去做教员、做老师,让知识传播下去。这是不是就是古人说的"学而时习之"的初衷呢。

图书馆是我流连忘返之处　赵莹 绘制

咬定青山不放松

> 心态阳光的人，或许不能飞黄腾达，大富大贵，
> 但是日子相濡以沫、安心踏实、活出自我，不留悔恨
> 和灾殃，不辱奋斗之志。

我几次升学考试都经历曲折，但事后想起来，这些曲折遭遇未必不是我人生的财富。与现今不同的是，那时起决定作用的第一关不是考试本身，而是是否能获取去参加考试的机会。也就是说，让不让你有考试的资格，能否拿到考试的准许券，那才是最为关键的第一道门槛呢。

1988年，我在大学毕业前参加第一次考研，学校制订了考研的条件，考研的同学是在校期间成绩佼佼者，取得报考资格对于长期有意向考研的人来说不是难事，只不过我经历了一次丢失报考资料的周折，而那一年的笔试分数线比往年提高了35分，大多数同学因此折戟沉沙。我工作两年后，参加研究生入学考试，原先还是想报考当初同一所学校同一位老师，南京医科大学心血管药理专业的我国著名的药理学专家饶曼人教授，因那一年的招考政策发生变化，江苏的省属高校不向外省招收硕士生，所以我只好报考与饶教授同一城市的另外一位硕士生导师所在的军校，军校的招录是没有省域限制的。因这一年的省域政策，致使后来越走越远，终究未能读成饶教授的博士生。

那时，许多能招硕士的导师还不能招博士，且军校毕业的研究生先得有接收单位，由接收单位批准才行。这样，没料想，就有了从1990年读硕士到2002年读博士长达一个生肖轮回的漫长历程。

到每年报考季，我需要先向工作部门提交申请。此时，单位认定需要申请

时工作已满3年而不是到考取时满3年。第一次符合条件可以提出申请报考时，新领导刚上任不到一个月，看着递到桌子上的报考申请书，抬起头直瞪着双眼说："见我来就要走哇？"我赶紧说："不能指定考取呢，只是争取一个报名机会去试试。"领导接着说："就这么不愿意辅助我一把？"听到这儿，我立马拿回了申请书，没啥可说的，话说到这份儿上，如果死活再要争取去报考，肯定不会有好结果。那就好好工作吧。到了第二年，服从工作调动，到大学任教去了。

刚到新单位新岗位，自然不便于提出去报考。两年后，提出报考时，一路畅通，上面的大单位已经同意去报考，只等备齐各种手续就可以报名了。恰在这时，一位硕士毕业较晚的同事杀出来提出要去报考博士，领导认为他虽然入伍时间晚、硕士毕业晚，但因是初中毕业在地方读的中专，工作时间早，年龄大，觉得不能堵住他的升学愿望，因此，重新考虑后收回我的报名资格，领导掷地有声地说，那位同事也就这一次报名机会了，以后怎么也会轮到你了。这位同事在获得准考资格后，全国统一报名的时间段里并没有去报名，他答复领导说当年没有准备好，不去报名考试了。领导认为这是自己个人的事务，不便干涉。

又坚持了两年，复习的劲头始终不敢放松。到了考试报名提交申请的时候，放眼望去，没有谁还能比我更符合条件了。领导把我的申请逐级递交上去了。在截止申请的关口，突然有一位同事递交了报考申请书。领导考虑他是战士出身，入伍后考学读书一路上来的，军龄长，在单位的时间长，这样就理所当然地由这位年轻的"老同志"去使用这个报名资格。这就又没辙了。

尽管很郁闷，但也得好好工作。没多久，原单位裁撤之前，我被调到新的单位。南征北战忙忙碌碌之中，不知不觉地又过了三个年头，领导终于觉得又可以启动升学考试资格认证了。在毫无争议、毫无悬念之下，我的名字被报上去了，就等上级政治部批准了。在这个节骨眼儿上，一位"程咬金"冒了出来，他不是战士出身的老资格，也不是中专起步的高年资，就是本科毕业要考硕士。单位认为不能同时送两位去读书（领导默认报名就视为考取），考硕士可以被认为是合理需求，是可以接受的，而去读博士则是锦上添花的事，不能顾此失彼。因此，又错失良机。

就这样，花开花落中，12年过去了。在诸如"我们值班人手将会太少了""这是要给外单位培养输送人才啊"等等一片质疑声中，首长一锤定音：单位的人才就是国家的人才，我们培养不了人才，还输送不了人嘛？！就这样，历经12年，我争取到了2002年申请报名资格，赶紧报名在玉泉路举办的考前辅导，在那里的研究生院招待所住了下来，过五关斩六将，经过笔试、复试、译试、面试、政审、体检，终于收到了录取通知书，并按导师要求提前三个月进入课题组开展研究。

其实，人生的路程并不长，12年也只是弹指一挥间，我倒把这种蛰伏的时光用于积累积淀上。如果没有充足的储备，可能并不会一考就中，即使考上了，也许厚度不够，做学问搞研究可能就没有后劲儿没有创造力了。当然，一切不是绝对的，重要的是要善于把不利因素转化成有利因素。有本事不在于抓到一副好牌，而在于善于打好一副差牌。唯有不急不躁，才有可能利用好战机，赢得胜利。

人生的沮丧，大多是为了得到一种得不到的，失去所拥有的。许多人过分追求安逸而过早地失去积累，过分追求躺平而过早地失去磨难，过分追求财富而过早地失去健康。我们要寻找内心的一种安宁、和睦、淳朴、善良、自然，坚守道德、礼仪、仁义，浮华不羡、名利不求，寻找淡泊宁静，不贪图物质享受，和人相处真心相待，幸福自然来。心态阳光的人，或许不能飞黄腾达，大富大贵，但是日子相濡以沫、安心踏实、活出自我，不留悔恨和灾殃，不辱奋斗之志。

能否正确对待合理选择，无疑还是取决于我们的立场、角度、眼光、心态和思想格调。其实，我很庆幸自己有这样一番经历，因为，至少它会延缓我的衰老吧，使我还能够保持旺盛的斗志和昂扬的精神。如果过早实现目标，也许我就会很早地在精神上衰老了。

一个人拥有了年轻的心态，就等于在一定程度上拥有了健康的人生观、价值观和世界观，能正确地面对成功与失败、地位与财富、过往与未来，从而乐观、自信地生活。如果年轻是一种拼搏、历练，是一种碰碰撞撞的成熟，中年是厚重的付出和等待，是一种走向辉煌的愉悦，老年就一定会迎来风平浪静的恬静、安宁和祥和。我们不是在年龄上畏惧变老，而是我们可以想到办法来年轻我们的精神状态。

笑迎一切苦厄，青山才会茂盛绽放。

闻书有香，出其包浆

> 读书是以一个生命来激活另一个生命的过程。书之为物，不仅仅是冷冰冰的墨迹和纸张，它有体温，渗透着昔者或彼者的生命体验和智慧表达。

书是有年轮的。我手头上有一些读过的书，瞅上一眼，就见其侧面书的边线处颜色灰暗，侧边中间处翻动频繁的地方甚至呈褐色。上学时用过的教科书、《新华字典》、经典文学作品、大众类的期刊和老版本的《新英汉词典》算是最为典型，在中学、大学期间给我留下的印象也最为深刻。唐朝大诗人杜甫说"读书破万卷，下笔如有神"，这个"破"字，意思是要把书读熟、读尽、读遍，消化吸收。胸罗万卷，下笔时就会得心应手，像有神助一般。

正如文物古玩，在玩家手上，越珍贵，越把玩得充分，其包浆也就越饱满丰富。天真烂漫的少年儿童，像一张白纸，世界在他们幼小的心灵涂抹上什么，他们就是什么，这或美或丑的画卷，终其一生很难改变，因此，少年儿童的教育，在一生的发展过程中至关重要。除了专门的学校教育和课间娱乐，少年儿童的读书就显得很重要了，而读物的正确选择，更是重中之重，好的读物让人好学不倦。

在我们孩提时代，好的读物外观上的特征就是看书页的右下角便可得知，因为书页都被我们翻得卷了角。我儿童时期看过的《十万个为什么》和《数理化自学丛书》，就是这样的好书。

好书有什么特点呢？年少时好奇，喜欢模仿，心智尚未成熟，这种特点成了学习大量知识的良好基础，用真、善、美、乐的标准来选择书，就能在拓宽视野、增长知识、提高兴趣中感受到阅读的乐趣，让今后的人生更精彩。我十来岁时看过《雷锋日记》，就自己也写日记；看过《雷锋的故事》，就像模像样地拿出一个新本子，在上面写小说《赵明的故事》，写了几页纸，终因缺乏素材，生活阅历积累不够，写不下去了。

岭深常得蛟龙在，梧高自有凤凰栖。

好书一定是"真"的。如科普类书籍，用简洁生动的文字，讲解奇妙的科学知识，增长孩子们的知识，扩大孩子们的视野，培养孩子们科学探索的精神；科幻类书籍里的想法、做法看起来不现实，但是，仍然基于现实，只不过是从另外的角度来思考、解决问题，尽管这些方法现在或许还不能实现，但是，可能会有实现的那一天，这类作品能激发儿童强烈的探索欲和丰富的想象力。

好书应是"善"的。传统美德类以及童话、神话类书籍，以感人的故事出发，宣扬热心助人、与人为善、勤劳勇敢等人类道德行为中的正面形象，从而让孩子们潜移默化地受到思想教育。这类作品让孩子们有更好的心态，从中学会友爱、互助、独立，形成一种和谐共存的人生观和价值观。军事、历史类书籍让孩子们懂得珍惜来之不易的和平，甘为人类和平、幸福做出巨大的牺牲。

好书也是"美"的。绘本、游记中美丽的风景、名胜，诗词、儿歌中动人的音韵与词句，英雄人物史诗般的经历，无不给人以优美、壮美的体验，孩子们读这样的书陶冶了情操，也养成了正确的审美情趣。

适合孩子们的好书更是"乐"的。对孩子们的阅读来说，快乐是前提，好的儿童作品，也必定充满趣味性，让儿童看后有种快乐的体验，有助于形成良好的心态，养成乐于阅读的习惯。一些人物传奇、曲折的经历，一个个未知世界的探究让孩子们充满了好奇，孩子们在阅读中汲取了营养，增长了知识，也体验了快乐。

需要提防的是，打着科学旗号却宣扬恐怖、暴力的书，虽然也"真"，但是对于尚未形成正确"三观"的儿童来说却少了"善"，有害无益；打着科学旗号宣扬封建迷信、鬼怪的作品，其实是伪科学，更会误导儿童；而符合少年儿童的年龄特点，宣扬恐怖和性的书，也属读物中的毒品了。

宋代大文豪苏东坡年少时天资聪明，博览诗书，自书一副联：识遍天下字，

书山有路

独处修心关上门窗
读书犹在深山隐居

书中自有桃花源　王玉君 绘制

读尽人间书。没想到，几天后有一老者拿着一本书向他请教，他竟一个字也不认识。遂将对联改成：发愤识遍天下字，立志读尽人间书。宋朝大儒朱熹在庐山白鹿洞书院题联云：日月两轮天地眼，诗书万卷圣贤心。他认为读书可以达到圣贤境界。民族英雄郑成功酷爱读书，他的自勉读书联寓意深刻：养心莫若寡欲，至乐无如读书。文学家、画家郑板桥在自己的书斋题有一副幽默的对联：咬定几句有用书，可忘饮食；养成数竿新生竹，直似儿孙。孙中山先生曾手书一联云：愿乘风破万里浪，甘面壁读十年书。一副联语，两用典故，出句写志向，伟人气魄，对句写读书，学者风范。毛泽东在湖南第一师范学校学习期间，曾写一副对联：贵有恒，何必三更起五更眠；最无益，只怕一日曝十日寒。"书山有路勤为径，学海无涯苦作舟"是20世纪30年代《大公报》年轻编辑王芸生所写，后人就常用这副对联来勉励读书。"有关国家书常读，无益身心事莫为"。徐特立老先生的这副对联浅明亲切，语重心长，对今天的青年人仍然有着深远的影响。

读书不是读一阵子，而是读一生。书要读出包浆来，不光凭兴趣，也要凭需求；不是读软文，而是深阅读。要通读、精读，不只真正"读进去"，还要"读出来"。若还能读导读和解读方面的相关书籍会很有启发作用，有效地避免了望文生义、人云亦云、不着边际、泛泛而谈。

出包浆的书，是有价值的书，值得人们反复把玩和研读，不嫌其旧。"衣不如新，人不如旧"，常人于书，大多是喜欢新的，但爱旧书之人，就是因为书的内容和对此书所持有的那种特有的旧情味。1942年，茅盾曾总结过他的"三遍读书法"，第一遍最好很快就读完，这好比坐飞机鸟瞰桂林全景；第二遍要慢慢读，注意各章各段的结构；第三遍要注意到它的炼字炼句。归结起来，这三遍就是鸟瞰式以求得初步印象、精读式以品味作品妙处、消化式以吸收各种精华。书读百遍，其义自见，此时不愁不出包浆。

进行有温度的阅读，就是让书读出包浆，让书籍穿上"衣裳"。读书是以一个生命来激活另一个生命的过程。书之为物，不仅仅是冷冰冰的墨迹和纸张，它有体温，渗透着昔者或彼者的生命体验和智慧表达。英国诗人弥尔顿说过："书籍绝不是没有生命的东西，它包含着生命的结晶，包含着像他们的子孙后代一样活生生的灵魂；不仅如此，它还像一个小瓶子，里面储存着那些撰写它们的活着的智者最纯粹的结晶和精华。"正是有这种书中生命的存在，我们才有根据相信英国哲学家培根的话："读史使人明智，读诗使人灵秀，数学使人周密，自然哲学使人精邃，伦理学使人庄重，逻辑修辞学使人善辩。"

正是因为书中蕴藏的生命形式，激发与之对应的我们阅读者的生命潜能，读书也就成了在字里行间发现自我、丰富自我、调节自我的心理过程。不只大部头、典藏之书才是像样的、才有底气拿出来示众，其实，连环画、小人儿书、绘本、教科书、家书、信笺等等，也都有读头。保持童心，无所顾忌，探索不已，以年轻的心态与姿态挑战各种有形无形的高高在上的权威，包括难以逾越的学科边界，这才是对我们有意义的阅读趣味。

我们温暖书籍，也让书籍温暖我们。好在，书籍有包浆。

书，无处不有

> 读书的人不会孤独。这个世界上，寻求热闹的人常常会觉得孤单，精神贫乏的人常常会觉得孤独。一个人在自我精神世界里，能够始终恬淡愉悦，一定是一本本的书为他的心灵亮起了明灯。

在北京工作，常要参加一些重大活动的保障任务。2015年9月3日纪念中国人民抗日战争暨世界反法西斯战争胜利70周年阅兵式在天安门广场举行，这是中国政府为纪念中国人民抗日战争暨世界反法西斯战争胜利70周年而开展的众多纪念活动中的一项。这是新中国历史上第一次在非国庆节举行的大阅兵。当日及之前的一段时间里，我随单位被安排在长椿街西口附近值守。2019年10月1日庆祝中华人民共和国成立70周年庆祝大会和大阅兵在天安门广场举行，我依然被安排在长椿街西口附近进行安全保障值守，在这个位置要待上好几次，只要当参加广场活动的人员合练时，我们就得上岗。路口保障人员怎么打发空闲时间呢，有人看手机，这显然行不通，很快上面来通知不让看手机；有人三五成群地闲聊，这显然也不行，通知要求各自都要回到自己的岗哨上。在2014年参加"党的群众路线教育实践活动"北京市西城区委专班，2020年参加疫情防控心理援助共10期的热线值守，2021年党史学习教育专班以及2022年北京冬奥会期间下沉到白纸坊街道右安门内后身社区值班，往返的路上，都有大把的闲暇时间。这时，许多人就不知道应该干点儿什么好了。

于无字处读书。我的做法是，提前就从家中带来铅笔和本子。其实，有纸就可以，但因我提前想到了这样的活动少不了会多次参加，就专门准备好了一个本子，每次也好找。我在岗位上空闲的时候，就坐在小马扎上，拿出本子和笔，抬眼都是素材，任意取景，可以画大楼，可以画车辆，可以画身边的小草，可以画天空上的飞机。其实不需要功底，照葫芦画瓢还不会吗。不愿意画也没关系，你可以将目之所及写下来，可以是景物，可以是心情，可以描写进不了小区回不了家的居民模样，可以揣摩外地力量调来援助警戒的大学生感受。也就是，从无字处读书。谁荒废了时间，时间便会把谁荒废。谁虚度时光，时光便会把谁虚度。书，读自无字处！

  在一次培训课上，老师为了想阐明人离不开社会，举了一个例子：如果把谁放到孤岛上，有吃有喝，但没有电视，没有报刊，没有他人相伴，离不了三天便会难受，要不了多久便会发疯。听后我心里发笑，他说得没错，人需要社会性刺激，但鲁滨逊们是因没找到自救的方法，若能有意识地在心中自我营造出一个小社会，毋言三天，就是三个月，也可以存活，并且可以精神富足地生活。读书可以治疗孤独。正如我们吃过很多食物，现在已经记不起来吃过什么了，但可以肯定的是，它们中的一部分已经长成我们的骨头和血肉，已成为身体的一部分。爱书读书的人，在心灵深处必定不缺少忠实的朋友、良好的老师、可爱的伴侣、优雅的安慰者，即使他人全然缺席，最后的良友、良师、良伴，就是自己，就是得靠自己。读书，能解决孤岛上的迷茫，秀才不出门，也知天下事。

  孤从何来，可能困在岛上无路可走才能引发。孤岛状态不受环境影响。在与世隔绝的环境中，你得创造出心中的小世界出来，比如，写回忆录、自己设问与抢答、每天早晚赋诗岛与海，每时每刻将所做事的动作变成语言和文字，写下过去记忆的姓名、文章、景物、事件和心里的各种感受，给历史人物和一切能想到的人物写信，给未来写感言，与草对话，向天唱歌，用水作墨。我们的心中是藏有一个巨大的世界的！当然，这种做法是针对已有相当经验积累、知识储备和生活积淀的成人，且万不得已到了假设中的孤岛这个场景而言的。这也并不能表明我们就应拒绝各种感觉刺激的主动的接受和被动的接收。丰富的世界场景，包括从书中阅读而获知的，就是为了充实我们的心灵，以防落入形形色色的孤岛上的。

  读书的人不会孤独。这个世界上，寻求热闹的人常常会觉得孤单，精神贫乏的人常常会觉得孤独。一个人在自我精神世界里，能够始终恬淡愉悦，一定是一本本的书为他的心灵亮起了明灯，保持时时清醒、步步睿智，最终走出完美人生。

《宋史·欧阳修传》中记载欧阳修的成长情况："家贫，至以荻画地学书。"是说欧阳修小时候因为家里穷，没有钱买笔墨纸砚，他妈妈用芦苇在地上书画，教育儿子读书。周恩来同志在天津南开学校读书时写的一副自勉联："与有肝胆人共事，从无字句处读书。"歌德说："经验丰富的人读书时用两只眼睛去看，一只眼睛看到字上面的文字，另一只眼睛看到纸背面。"通过字面读出文字里包含的弦外之音。我们不能只停留在"有字"，要善于挖掘空白，既要有中见无，更要学会无中生有。

每个人的工作和生活就是一本百味俱陈的无字书，既丰富多彩，又奥妙无穷，充满学问和哲理，令人回味。要读懂、读透，需要我们在生活中细心观察，在经历中慢慢品味，在教训中不断积累。从无字句处读书，包含了许多深奥的道理和做人、做事的学问。读懂其中的内涵，把握其中的精华，就能在各种诱惑面前保持本色不动心，在复杂的形势面前坚持原则不失节。

读书随处净土，闭门即是深山。读书重要，从无字句处读书更为重要。要从无字句处读书，不断奋斗，不断创业，不断忧患，不断自醒，不断学习，不断创新，善读无字之书。唐朝的司空图说："不著一字，尽得风流。"皎然说："但见性情，不睹文字。"我们要超越文字之外去悟出建设者有可能都不曾意料到的新的意义。

人活的是一种心境。陶渊明在《饮酒》诗中写道："结庐在人境，而无车马喧。问君何能尔，心远地自偏。"心不静，即使身处桃源，也照样忧愁烦恼。心静了，哪怕身处闹市，也能悠然自得，不为世俗所累。真正的平静，不是避开车马喧嚣，而是在心中修篱种菊。面对万事万物，保持心澄意静的心境，不受外物所动。手握一卷好书，所待之处就是一方净土；关上门窗，独处修心，也便如在深山隐居。

世界美丽固然表现在它的山水、建筑和绿化上，但真正的美，还在于这个世界里的人的品位和气质。人的品位和气质是怎么来的？最优秀的地方就应该拥有最善于阅读的市民。一个城市最美丽的风景应该是阅读的风景，一个文明的城市应该是学习型的城市。多一些读书之人的城市，其美丽不在于外在的山水树木、街道建筑的感官之美，而在于内在的思想之美、文化之美，这种美丽在于有着自我超越的市民、催人上进的组织、简单宁静的生活和自觉创新的文化。

所以说，除了看得见的书本，我们还要有思考，有创造，去形成新的书籍、新的精神产品。人类的历史有很多的精神丰碑，要达到或者超越那些精神高峰，阅读和经过阅读后的思考是必须走过的路径。只有通过阅读和思考，通过与孔子、孟子等先贤达人的对话，才能达到他们那个时代的精神高度；只有通过阅读和思考，通过和文艺复兴时期大师们交流，才能达到他们那个时代的思想境界。人类精神的阶梯就这样随着重复阅读和思考不断延伸，再去产生新的知识产品。如果没有这样的重复，人类的精神就会退化，就会衰落。没有阅读、思考、创作，后人的精神境界就可能会落后于前人，这是多么可怕的事。

谁谓一室小，宽如天地间。读天、读地、读自己。没有阅读就不可能有个体心灵的成长，不可能有个体精神的完整发育。通过思考，我们不一定变得更加富有，但一定可以变得更加智慧。通过阅读，我们不一定能改变我们的长相，但一定可以改变我们的品位和气象。有些人相貌普普通通，但，听君一席话，胜读十年书，令人如沐春风，你会觉得他深邃厚重，觉得自己得到很多启迪。人的相貌基于遗传无法改变，但是人的精神可以通过阅读而从容，而气象万千。

1912年，年轻的陈寅恪拜访夏曾佑先生，夏先生跟陈寅恪感慨道，自己不会洋文，只会看中国书，结果近来已觉得没有书可读了。陈寅恪当时对夏曾佑先生"书读完了"的感慨十分吃惊，直到几十年后，陈寅恪自己也到无书可读的境界时，终于理解了先生当年的话。这段轶事被金克木先生记在他出的一个集子《书读完了》里。金先生与季羡林、张中行、邓广铭一起被称为"燕园四老"，系一代学人，梵学研究、印度文化研究家，学贯中西，知兼古今，以小学学历而卓然成家。启功先生曾自撰楹联：饮余有兴徐添酒，读日无多慎买书。其中可能就有夏曾佑"书读完了"的心思。通过慎买书，才有可能实现"书读完了"。

陈寅恪先生年老时，曾对有着两代姻亲、三代世交、七年同学的表弟俞大维说，他觉得中国书虽多，不过基本几十种而已，其他书不过翻来覆去，东抄西抄。中国古书不过那几十种，是读得完的。金先生说，所谓的"书读完了"，其实是说读书要得法，分得清书的高下轻重，读那些不得不读的文化经典。每个民族文化的核心经典。不过数十部而已！延续人类文明的就那么为数不多的几本。虽然选择因人而异，但通过这个假设我们发现，这世界上无数的书，其实总是能够找到根源的，而作为根源的那些经典，是不能不读的，也当是"慎买书"的题中之义。也就是说，书最终是要传承的，是要通过人来实现其意义的。

真正的书在自己心中、眼里。你腹中藏有诗书，你眼里就能有书。1912年，50岁的夏曾佑说："中国书都看完了，现已无书可看了。"1949年，60岁的陈寅恪说："中国书虽多，不过基本几十种而已。"1984年，72岁的金克木则找到了"书读完了"的"密码本"。

阅读，管不了吃，管不了穿，不如钓鱼，不如带货，我们不一定能延长我们生命的长度，但通过思考，可以改变我们生命的宽度，增加我们生命的厚度。人的生命长度有基因等先天因素在起作用，而后天阅读可以让我们的精神世界更加宽阔而充实。不论你是否为识文断字之人，敬书而不唯书、惜书而不信书，才是王道，我们可以在有限的生命当中欣赏无限的美景，体验精彩人生。我们不一定能实现人生梦想，但通过思考，对个体的精神成长至关重要，一定可以帮助我们更接近我们的人生梦想，而思考对整个民族举足轻重，它关乎民族的未来。我等读书人，真该勤勉发奋、深思悟想才是。

书虽无处不在，但阅读不可被视为限于个体的行为。对各种形式的书，都应取有选择的态度，不可全当成珍品一揽子地食用。如今有不少格调不健康乃至腐朽的垃圾文化，不仅在有形的书本中有，甚至堂而皇之地麇集在屏幕、街头和娱乐场所。对于这类垃圾知识，我们以及我们的孩子也许还不能够一下子完全加以清除，但我们一定要有一个清晰的分辨和正当的选择。对于垃圾，只能识其形，知其味，察其质。绝不能因有邪味的垃圾，就无视了大量好书仍在闪着不泯的光。

不依附于其他书籍又为其他书籍所依附的必读书，其重要性在于原创，它们的作者是没有前人书可传可读的。金克木先生认为，这样的书有《易》《诗》《书》《春秋左传》《礼记》《论语》《孟子》《荀子》《老子》《庄子》，这些就是中国文化史上不依附其他而为其他所依附的书，也是中国书籍史上的源头之书或众书之书，它是汉代之后的蒙学之路绕不开的。金克木先生说过，这十部书若不知道，唐朝的韩愈、宋朝的朱熹、明朝的王阳明的书都无法读，连《镜花缘》《红楼梦》《西厢记》《牡丹亭》里许多地方的词句和用意也难以体会。

楼宇烈先生将能把握中国传统文化的基本内容和基本精神的九本"根源性典籍"，用"三、四、五"三个数字来概括，即三玄、四书、五经。去掉《周易》和从《礼记》中选出的《大学》《中庸》重复的三本，共九本书。从春秋战国一直到20世纪初的新文化运动，这九本书是中国文化内容的根源。不管是论述哲学思想，还是论述文学历史；不管是讲政治、经济、法律，还是讲农、工、医、科技，都离不开这几部典籍的根本理念和价值观念，引经据典都不会超出这九本书。

经典性、原创性和集大成性，是它们的魅力。希望有一天，面对浩如烟海的书籍，可以自豪地说："外面的书读完了。再要有书，就在自己脑袋里！"靠自学而成才的卢梭，把自己的读书方法归结为三个步骤：储存—比较—批判。储存就是完全接受所读每本书的观点，不掺入自己的观点，也不和作者争论，意在积累知识；比较就是在旅行或办事不能阅读书籍时，在脑子里复习并和以前学过的东西比较，用理智的天平来判断每一个问题；而批判就是弃其糟粕，取其精华。

只要生命在，书就不能不读，既读有字书，也读无字书。有形的书有时会缺位，这就需要我们对知识的认识不断地积累与更新。凡属有益的信息就是生命的鳞爪，都是我们创作的源泉和养料，汲取有益的养分愈多，启人前行的脚步就迈得愈坚实。

于无字处读书，超出字里行间，读出意外之声，便能使平淡无奇的阅读变得生机盎然，让思维枯竭的大脑迸发出思维的火花。

书，多从无字处读起！

寒士欢颜在天下

> 从"居者有其屋",到"住者有所居",看似简单的一字之变,其实是人们内心的一种恬静、悠然、和谐,以及一种全新的工作追求、生活态度和社会关系。

汗牛充栋、书香门第、悬梁刺股、凿壁偷光、闭户读书、仰屋著书,这些讲书的成语,都用与房相关联的词语来进行描述。对于读书人而言,聊以自慰的是:室小乾坤大,寸心天地宽。

中考过后,我升入了本校的高中部。高一学生开始能够安排住校了,学生宿舍床位紧张,只能安排从乡下初中升学上来的同学入住,而县城的学生一律不能住校。因为我是从本校的初三升入的,因此,视同为家住县城,也不能住校。而我在读初三时借宿的那位远房亲戚,他也只是另一所学校校办印刷厂的工人,只有防震棚,又面临结婚,需要腾空房间。故我的高中学习生活,从一开始,就进入了"无房户""流浪者"的行列。每天放学后,真正地"无家可归"了。

现在也只是想起这事时才记起这样的情节来,其实,心里早已没留下什么较深的印象,更没有什么对此耿耿于怀的。因为,当时,心里对这事浑然不在乎。照常听课,照样玩耍,没有把居无定所当成多大的事儿。心中遵循着的一直就是学习上高标准、生活上低要求的信条,同时也与那个年代普遍生活水准都差、不去计较舒适度的价值观有关。不像现在,即使旅行、探亲,"粮草先行",都会提前将车票、酒店一齐预订好。1980年的秋季,还在实行票证供应制度,也没有形成房屋出租这个市场呢。每天晚上,下自习后,我就跟着同学们回到集体大宿舍里,今天看这个同学去城里的姐姐家床铺空着,我就睡过去，明天看那位同学生病住院我就睡上去。更多的时候，我就今天与这位同学挤一挤，明天就到那个同学的铺上凑合一下。我个子小，同学们也不计较，我只要避开高个子、大块头，不去找他们挤，就好办，成功率也高。那个年代，同学们大都皮包骨，面黄肌瘦的多，这类事好解决。尤其是那个时代的同学们不讲究，对挤睡在一起没觉得有何不妥。不知不觉中，两年就这样过去了，丝毫没有受苦受累的感觉。后来看到资料说，下乡知青中，这种现象也是司空见惯的。以至于后来，我对拥有房屋真得无所谓，提不起兴趣，只要有得住，就万事大吉了。像在车站码头的候车室里打盹、睡一宿，在无座车厢甚而无票站着一路，这都不是事。因为我想，我出行的目的是要到路的远方，到目的地，而不是停留在路途，这里只是驿站，只能在此休整。也因此，我对这些年来百姓与房子的关系一直较为关注。

　　居者应有什么？不言自明，人们会脱口而出："当然居者有其屋嘛！"是的，居者应有其屋，可这只是政府的目标，而不能成为百姓生活的唯一居住标准和方式。我在16年前做政治工作学博士后工作时，思考和撰写过的一个话题是，应改变"居者有其屋"的提法为倡导"住者有所居"理念，曾就此写过议案递交过，也写成文章投过稿，那时刻时机尚不成熟，各地还在紧盯土地财政和房地产开发，这种提法自然泥牛入海。直到若干年之后，才在政策层面提倡幼有所育、学有所教、劳有所得、病有所医、老有所养、弱有所扶的同时，认可住有所居。

　　就人们的居住要求而言，居有处所才是天经地义的。但居有处所，不等同于居有房屋。房屋是私有固定物产，而处所可购来、可租得，可永久占有、可临时使用，甚或可赊、可借。住是一种生活必需，如同睡眠；屋是一件生活载体，好比席梦思床。

　　住者有所居，不仅是政府应大力倡导，对于民众也应深入人心。用英文中的词可形象地帮助理解就是，"住者有所居"不是突显在让人们皆有 house，而是让人们能够 housing。让居者有其住，才更符合社会和谐的本义，如果一味地鼓动"居者有其屋"，岂不既脱离了现实的可能性，又导致了需求与供给之间矛盾的拉大和加剧么？

若视"居者有其屋"为个体的首要居住行为要素，这是将政府的行为目标拿来作为个体自身的行动追求，是一种混淆，自然是不妥的。让居者有其屋，是政府应有的肩承之担当，但若因此而将有其屋转化成为居者的必然诉求，则有失合理。如果政府做到了"居者有其屋"，那是百姓的福祉；如果政府没有做到"居者有其屋"，说明还有努力的空间，那是政府的执政方向。

如果百姓已经"住者有其居"，想必已经形成了符合社会、符合国情、符合个体需要、符合内心认知承受的相对居住平衡态势，则百姓莫大幸焉，这又关乎"屋"什么？何足挂念"屋"来着？

变"居者有其屋"为"住者有所居"或者说"居者有其住"，可适时地调节市场的供需关系，以正确的心态看待收入、房产行情和自己的居住能力。若拿最终目标的价值即"居者有其屋"，来类比自身的购买力，这显然是在找堵。用不足的财力去迎合庞大的房款，自己帮忙将房地产市场炒"烫"，促使房价飙升，只会要么使房价注水和自己的购买力贬值，平添自不量力，要么会打击自己的信心，望洋兴叹！收入是你劳动价值的一定体现，而非你需求的必然。收入与人的工作付出是追求等价的，而非与"居者有其屋"的这种生活结果相等价。不只政府要鼓励居者的流动和居住方式的多元化，百姓自身也应学会和认可"量力而住""适住而安"。

许多人看着不多的薪水单，慨叹收入太少，常言"这还不够买卫生间的呢！""这怎么养老婆孩子呀？"云云。其实，无论何种职业，所付酬劳肯定不会包含让你养妻儿老小的费用，或打入了计划让你多久能买得起何种房子的薪水。你的工资就是你的工资，不然，另外一位同事孩子多，或五世同堂，他因此拿着多你数倍的收入，你会善罢甘休吗？现在不少家庭，孩子的收入高于父母很多，其中自然也不包括单位让他去养老的付出，至于他从中拿出多少来赡养老人，这不是工资的内涵。工资也不是福利，更不是慈善。对于高薪者，不仅可以"居者有其屋"甚而可以"居者优其屋"，甚至"白居也易"，那也是他开源抑或节流的结果，但绝不是他用此来要挟资方的理由。

市场机制和政府调控的"两手抓"都需要坚持，特别是强化政府公共服务职能，形成面向高中低不同收入群体的多层次、差异化住房政策体系，就是要做到"低端有保障，中端有支持，高端有市场"。"低端有保障"，就是通过保障性住房建设解决低收入群体的基本住房需求。低收入群体由于自身经济条件的限制，没有能力进入市场，只能依靠政府保障解决住房问题。各级政府必须加大住房保障力度，逐步改善这部分困难群众的居住条件。"中端有支持"，就是采取措施支持中等收入群体解决住房问题。中等收入特别是中等偏下群体既享受不了政府提供的保障性住房，又难以承担价格高昂的商品房，被通俗地称为"夹心层"。对这部分群体，应通过加大经济适用住房建设力度，适当扩大经济适用住房供应范围，加快建设限价商品房、公共租赁住房等方式，积极帮助他们解决住房困难。"高端有市场"，就是支持有支付能力的群体通过市场解决住房问题。逐步完善房地产市场体系，加强宏观调控，规范市场秩序，促进房地产市场持续、稳定、健康发展，使其在满足高收入群体多样化的住房需求、促进经济发展方面发挥更大作用。

实现"住有所居"，也要求普通群众转变住房观念，从国情出发，树立适度、合理、节约的住房消费观念，不要盲目攀比，放大自己的住房预期。尤其是对很多年轻人来说，可以考虑先租房，或者买小户型住房，随着经济实力增加，逐步改善住房条件。随着经济社会不断发展和住房制度改革不断深化，通过各方面坚持不懈的努力，住房问题得到并将继续得到更好的解决，"住者有所居"的目标将在每一个家庭包括每一个读书人一步一步地变为现实。

诚如杜甫所叹"安得广厦千万间，大庇天下寒士俱欢颜"，古往今来，住房始终倾注着人们许多的希冀与憧憬。他所叹的也

孩子已能独立地选择阅读空间　王一牛 摄

是如何使天下寒士居于千万间广厦之中，而非要一士拥一厦之房产矣！更非他自己成为房地产商！让我们从房地产商的眼色中解脱出来，难道不好么？

他说他的理念、造他的屋去吧，我住我的地儿，有何不好？由房地产商赚他们所想赚的吧，商人追求利益的最大化，无可厚非！

从"居者有其屋"，到"住者有所居"，看似简单的一字之变，其实是人们内心的一种恬静、悠然、和谐，以及一种全新的工作追求、生活态度和社会关系。

清代诗人黄景仁在《杂感》中写道："十有九人堪白眼，百无一用是书生。莫因诗卷愁成谶，春鸟秋虫自作声。"把眼光从一个节点拉到一段窗口，新中国成立已有70余年，特别是改革开放40多年来，国家的面貌发生了翻天覆地的变化。然而，有些人的精神并没有因为物质生活的改善而随之充实，心胸没有因为住房日益宽敞明亮而随之开阔。君不见，为买房竞相攀比的有之，豪华装修的有之，亲人之间争夺房产的有之，囤积炒作的亦有之。

心体光明，暗室中有青天。历史与现实，有明镜也有笑柄。房子住得宽，并不代表心宽、幸福指数高；心若得安，即使住在斗室，也会觉得天地之宽。如今，包括住房在内的生活条件大为改善，我们都是其中的受益者，我们当怀感恩之心，对自己的物质生活要知足，对自己的本职工作要知不足，对为人民做好事、谋福利要不知足。要不忘初心、牢记使命，永葆本色、恪尽职守，把人民群众的安危冷暖挂在心头，多为群众排忧解难，少为名利分心走神。

谁谓一室小？宽如天地间！

書山有路

林书杰 题

有了电子阅读，纸书还香么？

阅读有浅有深是一种正常的现象，有的内容需要深度阅读，以汲取更多的营养或更多的享受，有的内容浏览知晓即可，不必浪费过多的时间。

常听到一些青少年的家长向我提出担忧：孩子们看手机，这还不给毁了？手机真是害死人啊！离开了书，电子阅读还算是阅读吗？

怎么看待这样的问题呢？且听我慢慢说来。

新冠疫情流行期间，北京启动突发公共卫生事件一级响应伊始，我参加疫情防控心理热线值守，那里也需要撰写一些科普文章，给百姓戴上"心理口罩"。针对疫情期间大家的迫切需求，我在"书香驿站"开展家庭关系心理直播公益讲座，宣讲良好家庭关系营造的"赏心乐事谁家院"、夫妇关系维系与保鲜的"执手相看两不厌"、隔代关系家庭处理的"良辰美景奈何天"、新型婆媳关系建立与营造的"不向深闺学针缕"等，这都要用到网络多媒体技术，课程吸引各地的网民收听收看，还能进行回放，这种方式受到广泛欢迎，若在以前，譬如在 SARS 期间，要想让民众迅速地掌握心理调适方法，就明显地让人感到力不从心。能明显地感觉到，这期间，从纸质媒体的传播和阅读，一下子扩增到电子阅读，微阅读的覆盖面迅速扩大。

微阅读集短信、网文、博文为一体，有手机阅读和网络阅读等不同形式，手机报、手机短信、网络微博、博客都是微阅读的源泉。微阅读在疫情防控期间，居家上网课的青少年和居家防疫的各界人士对此很是欢迎。微阅读总比不阅读强，这是好现象，应该提倡，有人认为，这比以前只看电视不看书或什么都不看要好。也有人认为，微阅读正在败坏阅读风气。尽管看法不一，各持己见，但微阅读作为一种全新的阅读方式将会被越来越多的未成年人接受，埋头于手机或其他移动终端的移动阅读"低头一族"越来越壮大，这是可以预见的。这难免令人担忧：手机阅读带来的快餐文化使人更加浮躁，大量时间花在手机阅读上容易引发"手机病"。

手机阅读最早从日本开始，2004年8月，中国第一部手机小说《城外》推出后，我国的手机阅读开始起步。随着科学技术的发展，手机阅读的吸引力和表现力逐步增强，开始拥有传统媒体无法比拟的优势。越来越多人选择手机阅读，可见其是有优点的。手机阅读和这个时代有契合性，其随时随地阅读的便捷、可以"博览群书"的大容量、声音画面结合的吸引力……这些都是纸质图书无法比拟的。不赞成孩子用手机的家长恐怕也无法回避手机的好处，恐怕自己也无法与手机绝缘。

数字化技术发展，知识迅猛增长、不断更新，未来学生是否具备自我学习、自我更新的能力决定他的发展潜力。孩子的第一老师会是种类繁多、功能各异的工具性书籍；是百度、搜狐等信息量巨大、无所不包的搜索引擎；是随时可以为他们提供时代前沿资讯、最新科研成果的互联网；是他们腕上的手环手表，是他们口袋里的智能手机，是他们身体里植入的芯片，是他们鼻梁上架着的电子眼镜。

将来我们的任务可能主要就是需要为孩子提供必要的学习途径和工具，以供他们随时查阅。我们以任务驱动的方式，让他们按照主题自主搜集信息，开展合作交流学习。其他的，我们可能真是不要太干涉，或许我们也是无能为力的。

2021年3月27日，为"新华小记者"的同学们分享"我的童年与鲁迅相遇" 王升 摄

虽然互联网让人们的交流变得便捷，但是文字和语言本身的交流却无法传递出准确的情绪，如何理解文字和语言往往和信息接收者的心境有着很大的关系。所以如果有时间，还是要面对面或视频交流，这样才能直接表达和理解对方的心意。

我们见有相当多的纸质出版物都进行了数字化加工，产生了可以在手机、平板电脑等终端阅读的数字作品。有些作品没有进行数字化，还不能进行数字化阅读。数字内容有源于传统出版的部分，更有网络原创的内容，而网络原创的作品远远多于数字化的传统出版作品，因此手机阅读、网络阅读等数字化的阅读比纸质阅读内容更加丰富，这是技术发展的必然。若干年后，数字化阅读会成为与纸质阅读同等重要的阅读方式，甚至超越纸质阅读。

手机时代无法逆转，能做的就是如何让手机阅读更有益，比如正确地使用手机阅读、控制手机阅读的时间和内容等等。接纳进入我们生活的微阅读、浅阅读、碎片化阅读，不要轻易否定之。

根据自己的喜爱所选择的简单的浅阅读方式的群体多为知道分子，最深的往往只能读到杂志、报纸这一层上，对于那些大部头的名著，他们完全没有心情或精力去认真精读。有关浅阅读的话题，由一本《好玩阅读》而引起人们的广泛关注并引起人们的深入思考，一项调查发现，有近一半的人在数月之内都不曾读过一部完整的图书，这种文化现象的出现反映了信息爆炸及平面化导致知识不会纵深发展，人们不是对知识权威性的追求，而是对权力、经济实用主义的崇拜。

无论是微阅读、浅阅读、碎片化阅读，还是深阅读，终归还是阅读，与什么都不阅读的人比起来，哪怕是"微""浅""碎片化"等，都是值得提倡的。关键是看其阅读的内容是什么。现在，数字化和网络化为内容的生产插上了飞天的翅膀，可以用极大丰富来形容。现在我国每年的新书出版数量就超过新中国成立前2000多年的总量，这还不包括报刊及网络作品。真正是海量生产。在这庞大的内容当中，特别是网络作品，不乏精品也不乏糟粕，更多的可能是平庸之作。如何能够让读者亲近精品，远离平庸，拒绝糟粕，是值得特别关注的。

数字化时代，我们的阅读方式遭遇变革：不再是单一的传统文本阅读方式，而是使用电子阅读、网络超文本阅读、手机阅读等数字化阅读方式，阅读内涵也随之发生改变。影响阅读的因素也在不断地发生变化。微阅读环境的氛围越来越深厚，微阅读的出现使我们接受信息的渠道更加方便快捷。

但也要看到出现的诸多问题：消遣性阅读和深度阅读多于知识学习性阅读；很多人没想到去提升阅读素养，养成良好的阅读习惯，如做好微写作、边读边做摘要笔记、培养阅读兴趣、对阅读内容加以分级筛选、注重多样性趣味性、调动和激发自身的表达欲望、提高阅读积极性，从而提升阅读素养。电子书便于携带不说，它还随身可取，自有光亮度，无灯光照明之需，这种对持有者的吸引力便易致物极必反。

不过，手机阅读再优异，都不能取代纸质图书的地位。历史长河中遗留下的经典需要细细品读。随着人们生活节奏和生活方式的变化，纸质图书阅读方式也该随之升级。书店开进咖啡馆、书店开进医院，这些都不失为让阅读这件事变得更普遍的新的尝试，对于忙碌的现代人来说，这也让读书更容易做到。否则，束之高阁还不如增加手机阅读。万变不离其宗，阅读的内容比阅读的方式更值得关注。

数字阅读设备的使用为选择提供了更加便利、快捷的条件。但是浅阅读并不是数字阅读的必然结果，而是读者面对数量庞大、缺乏吸引力的内容的必然选择。在阅读上，我们不应排斥、否定浅阅读。浅阅读是一种自我保护。现在的内容太丰富了，都深阅读，累死了也看不完，所以需要浅阅读。过去看电视，就一两个频道，所以经常是一个频道从开播看到说"再见"，无可选择。现在电视少说几十个频道，多的几百个，但是许多节目雷同，吸引不住眼球，所以就不停地换台，这也是一种浅阅读。阅读有浅有深是一种正常的现象，有的内容需要深度阅读，以汲取更多的营养或更多的享受，有的内容浏览知晓即可，不必浪费过多的时间。

当然，我们提倡深度阅读、提倡精读的侧重点，应关注在我们的阅读能力上，提升我们即使面对碎片、微资料也能进行深加工的能力，正谐有度，张弛适当，应对自如，不被忽悠，这才是根本之道。

剥开幸福的洋葱皮

> 幸福需要有较好的精神状态。良好的精神状态是做好一切工作的重要前提。

映入眼帘的这张证书是10年前获得的。那是2012年，国家建立干部离退休制度30周年，中组部老干部局在全国开展30年来老干部工作理论研讨活动以示纪念。那时，我转业做老干部工作已一年有余，一是需要对所从事的工作有一个角色转换上的盘点和认知上的总结，二是需要利用此节点对老干部工作特点有一个精准的把握便于做好工作，三是需要对自初到之后周边一直有的关切有一个回应，于是，我便有了写一写工作方面的话题以参加理论研讨征文的想法了。

我查阅了相关文献，收集了近两百篇(部)学术研究论文和著作慢慢研读，经过1个多月的酝酿，迎来了春节放假，我终于可以利用这个宝贵的时间段开写了。那时的办公场所是在阜成门的小区里，假期里安静，没有干扰，甚至连就餐都免了。凌晨来、夜晚回，两头不见光，在这里可以凝神聚气地专心思考、专门创作了。节后的一天，一大早，凛冽的寒风刺骨，下了公交，在前往办公室的路上，专注思考提纲，一头撞在了电线杆的电匣子上，额头顿时流出了血，还好，擦一擦不疼了，看来也不影响写作，就继续去单位坐在办公桌前只顾潜心笔耕了。在书写之余的片刻歇息时，方注意到不远处会传来鞭炮声。初稿有15000字，显然超出了5000字的征文要求。经过三番五次的修改，到元宵节前后，稿子已有了较为完整的模样，可以示人请教指正了，字数也压缩到12000字。

到了2月底，前后约修改了十来次，字数压缩到8000字，尽管超了字数，感觉再改就会影响文章思路的完整性，也就住手，交给了局里，与全区其他征文一并发给市局，如同送孩子进赛场，任务完成了，该歇口气不理不会，是骡子是马由不得自己了。

到了6月上旬，接到通知让我参加中组部组织召开的总结干部离退休制度建立30年来老干部工作座谈会。这时得知，在全市各单位递交的400篇征文中，市局筛选出32篇报送给中组部。在全国的千余篇征文中，我的论文列北京市两篇获奖文章中的一篇，获二等奖。像我这样来自基层的能参加中组部老干部局组织的会议，机会还真是不多，于我是一种荣幸，更是一种使命。

在2012年7月17日的《中国老年报》头版头条上，刊载了我的文章《奉献成就不凡，岗位体现价值——老干部工作者队伍建设走向规范化制度化》，这是获奖征文的缩编版，新题目也是编辑老师给起的，一下就改去了原题的理论研讨味，使之生动活泼了起来。

古语有言："讷于言，敏于行。"在言和行方面，我可是都很"讷"，既讷于言也讷于行，着着实实地就像我的名字一样。但我很为自己的名字和这个"讷"的特点自喜，因为，讷在心理学上有一个行为特点就是：嘴跟不上心。这样，心也就伤不着人。沉下心来阅读，沉下心来做事，沉下心来思考，这是非常幸福的事。

人们常说学历不代表能力，所以我就努力地用工作来提升我的能力。人们又说：文凭不代表水平，所以我就聚精会神地工作来弥补我的水平。通过积极参与各方面的工作以得到启发，无论是得也好、失也罢，无论是启发自己还是启发他人，都是收获。其实，在我心里，时常有这样几位人物在我的小宇宙里驰骋，是他们给了我无穷的力量。

一位是人生能有几回搏的容国团，他是中国乒乓球坛的开路人、中国乒乓球乃至中国体育界的第一个世界冠军。容国团有一句格言："人生能有几回搏，此时不搏何时搏"，这已成为中国广大体育健儿的座右铭，也自小就刻在我的心里。容国团不单单是一个运动员，他的精神世界很丰富，知识面也非常宽广。有一次他出国访问，向一个意大利人讲起了意大利的民族英雄加里波第打仗时的战略战术和为人品质，这位意大利人很是感慨："你比我这个意大利人更了解他。"精神世界的丰富与孜孜以求的精神是相辅相成的。

另一位是被誉为"有声片时代最出色的女演员"的舒绣文，她是杰出的话剧、电影表演艺术家、中国第一位女配音演员，为了表现人物的性格和内在的思想感情，她靠的是勤奋和努力，做到耳语也要让最后一排观众听得见。有一次，在人艺的话剧舞台上，刚来到北京的她为争取一个角色，要求什么角色都行，只要能上舞台。演出结束时，一位艺术家回答导演对哪位演员评价最好时问道：刚才在台上扮演哑女侍妇的是谁？其实那个角色就是由已在上海拥趸无数的舒绣文扮演的，全场没一句台词，只是在台上打字，但她就是靠"耳语也要让最后一排观众听得见"的精益求精的敬业精神和对观众负责的态度而取得成功的。她说："演员要演好一个角色，必须熟悉角色的生活，了解她的职业，否则上台一举一动、一招一式都会透着假，那称什么演员！"她曾对儿子说："我给你留下的不是金钱，不是地位，也不是荣誉，而是刻苦学习的精神、忘我的精神、奋斗的精神，总之，一句话，就是为人民服务的精神。"

还有一位便是出人出戏出理论的女剧作家何冀平，她曾先后获得中国首届"文华奖"、中国政府"五个一工程奖"并荣获"北京市劳动模范"称号。她在创作话剧《天下第一楼》时，为了体验生活，先考下厨师证，在"全聚德"几个月待下来，已然能将做烤鸭的步骤了然于心，按盘中五味写到人生五味，并将烤鸭店的秘诀"站碎方砖，靠倒明柱"的精神作为在人艺排练该戏的标语。取得厨师证，只是一个形式和副产品，她是想让自己的创作站在更高的层面上展开。实践无止境，理论创新也无止境。世界每时每刻都在发生变化，工作并非一成不变，我们必须在理论上跟上时代，科学的理论才能指导科学的实践。

最终她的话剧大获成功，讲的是北京一家烤鸭店里的酸甜苦辣，是《茶馆》之后又一部描摹人物群像、体现时代变迁非常成功的剧作。出人出戏出理论，是她成功的收获，也是她付出的本钱。

我时常被一些人感动。值得一提的是在我创作过程中，给予创作思路和材料收集上很大帮助的卢国瑞老局长，他曾任中共北京市西城区委组织部副部长。他淡泊个人名利，一心为他人张罗。他家离我的办公场所很近，经常来值班室联络老同志，一来二去，我们成了忘年交。他对老干部工作者的酸甜苦辣颇有感触，在职时为老干部、为在职人员不辞辛劳，一心扑在为老服务上，算得上是那个年代"淡泊个人名与利，两袖清风不沾尘"的好干部典型了。面对晋升副局职的机会，他把能为老干部服务看得比什么都重要，果断地辞去升职的机会。退休后他尽管行走出入有所不便，但依然为老干部们的事情热心地张罗着，帮助老同志们解决了数不清的大事小情。得知我在写中组部老干部局的征文，那一年的春节期间，他经常过来出谋划策、提供素材。他向我提供的"橡皮脑袋兔子腿，蛤蟆肚子婆婆嘴"就很形象地概括了老干部工作者不畏烦琐、忍受

幸福就是持有一种较好的精神状态　赵莹　绘制

委屈、沟通劝解的处境、困惑、素质和精神。正是像他们这样一代又一代的老领导老党员，成为联系党和老同志的重要纽带，成为我们构建和谐社会最坚实的基层力量。

当然，给我精神滋养、思想启迪的远不止上述几位，我记忆中有深刻印象的还有很多。我想，可能正是我们的头脑里有了这些具备点石成金功夫的工匠们，我们的品质才能健康、协调地持续发展。唯有如此，人们才能成群结队地破茧化蝶，飞得更高、飞得更远。

我们生在一个好的时代，要相信这个时代。我们看到的世界，是我们选择看到的样子。相信努力，就会发现努力是一种享受；相信美好，就会发现不计回报的付出也是一种美好。我们不能人云亦云，也不能得过且过，因此，选对方向、做对事情、把事情做出来、做正确，其他任由后人评说。

我们所处的时代就是我们的命运。命运之绳要永远攥在自己的手中。干一行就得爱一行、钻一行，既来之则安之，既安之则行之，既行之则善之。亲历亲为，方可避免眼高手低。陶行知说，靠人靠天靠祖上都不算好汉。所以，这个时代的事，我们不做，指望谁来做？最好的发声方式，就是全心做事。

幸福需要不断地学习，形成大格局。工作中，需要不断地充实，学习是一个途径，为的是见贤思齐和从善如流。越学习，越有敬畏感，越觉得自己的无知和见识不够，不敢放肆和信口开河，从而也就越需要学习。鲁迅说："那里有天才，我是把别人喝咖啡的工夫都用在工作上的。"我们无法改变他人的品性和素质，但庆幸的是，我们有选择塑造自己品性和素质的权利。

幸福需要坚持不懈地守望与追求。我们提倡低调做人，高调做事，既要敢于担当责任，又要有真才实学，低调不是低能，高调不是跑调。作为一名老干部工作者，应守住心里的那份光与热。沉醉在温柔乡里，最终会丧失一切的，包括温柔。在有些单位，有些人很会算成本，按照"精致的利己主义者"的盘算，看到参加诸如此类的活动出力不讨好、付出很多又没有什么工作显示度，遇到演讲、征文等一些活动就绕着走。而有些单位像演讲比赛活动、主题征文活动，每次都超额完成指标。

幸福需要有较好的精神状态。良好的精神状态是做好一切工作的重要前提。

在工作中，我反复地在思考这个问题：如何防止精神懈怠，保持良好精神状态？

精神是一种信仰。《习近平的七年知青岁月》里讲了一个故事，农民大婶在迎接入村工作队时，煮糊糊突然间没柴火了，情急之下把自己的一双布鞋扔进了灶膛。

做一个简单的人，思维简单的人、生活简单的人，我力求这样做，我的工作收获也很简单，完全可以复制。经验只有一条，那就是：一切值得做的事情，都值得做好；一切值得做好的事情，都值得做得开心。

没伞的孩子，唯有奔跑，即使患有脚跟痛。

人生自有诗意

> 读书可以培养儒雅的气度。莫道弦歌愁远谪,青山明月不曾空。你若读书,风雅自来!书籍博采百家之灵气,荟萃文化之精髓,古今中外,万千气象,云集其中。书足以陶冶人的情操,历练人的性情,厚实人的底蕴,纯粹人的精神,完美人的灵魂。

一个从未谋面的人说过的一句话,我印象深刻。

那是我转业后经政府计划安置,分配到一家体制内的单位去工作。单位的女司机回家后告诉家人说:来咱单位工作的有一个是博士后呢。她在读大学的闺女说:那对你们单位有好处呀,单位不会再生那么多事了。次日这位同事说了这话,大家觉得她孩子看事情说问题真是有的放矢、一语道破。单位以前接到上级通知,要派人员参加上级组织的比赛或者是演讲,左动员右说服,就是没人报名,快退休的人说不动,年轻的人又说不了。若要布置写征文、写体会,也是百般组织动员,最后只好按名单轮流或采用抓阄儿的办法。而年底评优评奖时,有的人常常是到场人数的满票,并且票数总集中在几个"会来事"的人头上。干的不如看的,看的不如捣蛋的,很有市场。

不久,我就赶上上级机关下发征文通知,还要求各单位报名参加演讲,我没有左顾右盼,前等后靠,也没有经过动员,看到通知后第一个报了名,两天后在单位试讲时,是唯一的脱稿演讲者。其他几位小我20多岁的小伙子小姑娘,躲闪不过,勉强报名参加,且看着稿试讲。我的工作态度和状态可能对他们而言或者对在场的领导都有很大的触动。随后的各级各类征文通知和调研工作、信息报送，均大体如此。有时，要找合作者，也非常难。入职半年后，我接到征集"干部离退休制度30周年"理论研讨征文通知，长期工作的同志没人愿写，新手又少思未悟写不出，我酝酿之后，跟领导谈了想法，并利用寒假去图书馆查阅文献，到办公室写征文，请几位老领导和局领导批批改改，前后四周时间，打磨好后通过单位上交，4个月后，中组部评此文为二等奖，北京市有两篇文章获奖。获奖论文被收录于中组部出版的论文汇编中。创作要靠心血，宣讲要靠奉献，形象要靠塑造，名声要靠德行。

人为什么要读书？传统中最正确的答案，便是读书明理。

明理，是先要明白做人的道理。如果要问中华民族、中国人素来的教育目的，我们就是为了"做人"，而不是为了"生活"。修心在于承受，只有不断地承受，才会走向成熟，才会彰显出生命的精彩。人生的道路毕竟是曲折坎坷的，会有狂风暴雨的摧残，也有艳阳高照的沐浴。一次次的打击，依然能选择坚定地走下去，用坚强的心、坚实的脚步，走出属于自己的道路，活出别样的人生。越到艰涩难懂时，驻足欣赏生命驿站的每一处风景，看风雨纷飞，看远山含笑，让每一个书页心情明媚、笑颜灿烂。

读书可以培养儒雅的气度。莫道弦歌愁远谪，青山明月不曾空。你若读书，风雅自来！书籍博采百家之灵气，荟萃文化之精髓，古今中外，万千气象，云集其中。书足以陶冶人的情操，历练人的性情，厚实人的底蕴，纯粹人的精神，完美人的灵魂。经常读书的人，锦心绣口，一言一行，一颦一笑，都受书的熏陶浸染。所谓"是真名士自风流"，其实就是指书的灵透、书的雅致、书的睿智，穿透岁月的尘烟，浸润到读书人的心底里，由内及外，附着于举手投足做人处世之中，从而形成一种翩然风度，一种迷离气质，超凡脱俗，卓尔不群。

在红色旅游的路上，一行人参观那座参与历史、融入现在，成为所有具红色情结游客不得不去的庐山会议旧址之后，我即兴在餐厅用餐巾纸记录下此刻的心情，赋诗《雨中庐山》一首。

    庐山烟雨声渐沥，

    笼云走雾心潮急。

    迷眼回望天桥影，

筚路蓝缕留启迪。
仙人洞外仙人无，
含鄱口上向鄱湖。
雨露洗荡新生气，
晴阳洒来换天地。

　　一本本书，就是一个个心灵之友，在独酌的时候它会与你同饮，在孤寂的时候它会静坐在你的对面。时光流逝，岁月不言，生命一天天在书香濡染中，会变得愈加醇厚耐品，一种灵魂的香味，自然就会生发出来，飘逸四散，浑然成仙！

　　把书作为生活的常态，是生命最美好的习惯。如果手头、桌头、床头总有悦心的书陪伴，是幸事。书在左右，或信手闲翻，或倾心细读，或一笑看过，或反复品赏。浮云吹作雪，世味煮成茶。芬芳盈口，满心余香。

　　从春花读到秋月，从夜雪初霁读到朝辉甫上，在春秋默然交替里，在岁月寂然运行中。心灵因书，时而大恸，时而微喜，时而寒霜彻骨，时而微风拂面……

　　在全国政协2021新年茶话会及中共中央、国务院举行春节团拜会上，习近平总书记发表热情洋溢的讲话，两次都意味深长地强调要发扬"三牛精神"，这就是为民服务孺子牛、创新发展拓荒牛、艰苦奋斗老黄牛的精神。"三牛精神"内涵深刻，砥砺人心，具有极其重要的思想价值，是对中国儿女自强不息艰苦奋斗的生动诠释。我写了一首诗《孺子

三牛精神　付连春 题

牛》，诗是这样写的：

> 缓步来世间
> 满地皆铺草茵茵
> 天涯路连天
>
> 埋首步万千
> 无暇憩息问新鲜
> 只顾犁向前
>
> 牧童短笛鞭
> 一任负身繁闹喧
> 却留勤在先

  在农耕文明时代，有一个词恰可将劳作和读书结合在一起的，就是晴耕雨读。这正好说明了读书人的品格，像牛一样，在字里行间里犁田耙地。时代发展了，做学问的人对这种精神依然要秉持，既要有"筚路蓝缕、以启山林"的实干品质，也要有"心有大我、至诚报国"的奉献品格，更要有"前仆后继、滴水穿石"的历史担当，以坚如磐石的信心、只争朝夕的干劲、坚忍不拔的毅力，一步一个脚印，努力克服前进道路上遇到的一切艰难险阻。

  登高尽览山川秀，作赋方扪奥妙深。2021年6月初的一天，北京还处于后疫情时期，我去清华大学的路上，在海淀黄庄地铁站里换乘，身旁匆匆而过的乘客与同伴对话间飘来一句：不要让我又扑空了哟！忽然，我脑海里突发奇想，觉得"扑空"是一个颇有诗意和内涵的作品用词，我若以此为题作一首诗，会如何呢？于是便提示自己牢牢地记住它，不要分神，便加快脚步，进入车厢后迅速拿出手机，把思路写下来，稍加整理，调整一下用词的顺序和韵脚。前后大约20来分钟，诗稿初成。我心里没底，不知道这样能否被人接受。于是，给北京大学新闻与传播学院张教授发过去，请他指教。他很快回复6个字：很好！空而不空！这给了我很大的信心。后来也征求过其他一些朋友和老师的意见，我每次都有收获。前后修改了十多次，我把《扑空》打磨成适合朗诵的诗词版本。

　　　　小时候，捉迷藏，
　　　　您明明就在门后、树旁，
　　　　可怎么就无影无踪，
　　　　每次我都会扑空。

　　　　上学后，摸鱼、捉虫，
　　　　您把扫帚扬在手中。
　　　　路阔脚长，
　　　　我总能让您扑空。

　　　　外出求学，世界很大不同，
　　　　您拍我肩膀，黑着面孔：
　　　　要知天高地厚、南北西东！
　　　　我臂壮有力，何须让您扑空？

　　　　工作、成家，难得从容，
　　　　您簇拥着果蔬，穿越车水马龙。
　　　　便捷的进城交通，
　　　　您纳闷怎么还会扑空？

　　　　有了孩子，生命开始加重，
　　　　牵着他找寻故乡的烟火、止祛满身的痛。
　　　　期待着撞怀的怦然心动，
　　　　可无一例外，我们总是扑空。

　　　　孩子也玩起捉迷藏，小手捶拍我的胸膛，

眺望校门口的人群海洋……
　　我放慢脚步匆匆，
　　怎忍心让他扑空？

　　有朋友建议说，若能把它唱出来就好了。这句话提醒了我。于是我把它发给朋友中的音乐人士，他们担心这种词谱成曲，歌唱者记不住歌词，这又启发我将作为诗的词改成作为曲的词。于是，一刻钟工夫，我就将它整出了一个大致模样。好在用电脑调整文字，比以前的手写方式方便多了。文字已烂熟于心，思路也已经被点拨，因此一气呵成。经过朋友们帮助润色，形成了歌词版的《扑空》。

　　听见您的脚步一声声
　　门后、树旁却是无影无踪
　　看见您的手掌扬在空中
　　路阔、脚长我总能消失匆匆

　　您让我扑空　我怦然心动
　　我让您扑空　您无所适从

　　进城来回您便捷有交通
　　南北闯荡我管不了西东
　　心里印着您的清晰老面孔
　　故乡烟火止祛不了我的痛

　　您让我扑空　我难得从容
　　我让您扑空　您等我相拥

　　您让我扑空　我怦然心动
　　我让您扑空　您无所适从

> 您让我扑空　我难得从容
> 我让您扑空　您等我相拥
>
> 我让您扑空　您等我相拥

书，就是富足的宝藏。阅读，给了我丰足的财富。

读书，是智慧的行为，而这种行为本身，却可以引领一个人走向更大的智慧。书中是另一个世界：可以在浩瀚的《四库全书》海洋里激浪扬帆；也可以在亘古的《史记》幽林中闲逸漫步；从《十诫诗》中能看到仓央嘉措那纯真爱情的传奇；从《兰亭集序》里依稀闻到王羲之那流芳百世的墨香。

书是平淡的朋友，不喧哗，不招摇，以自身的丰富影响着人的丰富，以自身的安详引领人的安详，以自身的厚重影响着人的厚重。它不说话，却无时无刻不与你的心灵对话；它不思索，却无时无刻不在催促着你的思索。

书在以自己的简单，成就他人的丰富；它以自己的开放与接纳，完善人们的精神世界。

墨写的诗，斧头都砍不下来。

2021年2月12日（大年初一）下午，组织亲朋好友举办雅集，给他们试讲百年故事　王升摄

汲取与输出：在中国现代文学馆做讲解

> 志愿服务作为从事公益事业的一项社会服务活动，是社会文明和文化传承的具体反映。作为推动人类发展和社会进步的高尚行动，志愿服务是爱心、良知、奉献和人性美的展现。

在登山时，我们不止攀爬，总还要留下点儿什么、带走点儿什么。常言道：雁过留声，人过留名。到旅游景点，常能见到这样的指示牌，上书：除了留下你的脚印，什么也别留下；除了你的记忆，什么也别带走。我们不能做貔貅，我们也需要将看过的书，学习过的知识，再造出来，反哺给社会、滋养给大众。

我的一种做法是参加中国现代文学馆的志愿讲解工作。

中国现代文学馆网站上，发布过一则招募志愿讲解员的消息，这点燃了我原本就萌动着的热情，我毫不犹豫地报名参加。从递交材料，到报名入围，再参加培训，通过初试和复试，如愿以偿地成为中国现代文学馆的一名志愿讲解员。

中国现代文学馆成立于1985年。20世纪90年代初，我刚来北京工作时，就多次去过位于海淀区西三环路万寿寺的文学馆，那时它还是筹办阶段和建设初期，院子里可以看到有师傅在对古旧家具进行修旧复旧，同时还有其他几家单位在院子里。现在面向观众的是2005年开放的新馆，位于朝阳区文学馆路，算是世界最大的文学博物馆。中国现代文学馆在我心中就是一座充满艺术气息的文学殿堂，这也是众多文学爱好者来到文学馆时对它的强烈印象。庭院里绿树葱茏、碧草如茵、花木繁茂、争荣竞秀，水满陂塘、清静幽雅。文学大家的雕像散布在绿树掩映的园林中：刚毅苍劲的鲁迅、双手张举仰望天空的郭沫若、若有所思凝神冥想的茅盾、平易近人微伛腰背的巴金、纯洁美丽恬静如水的冰心、土布衣衫牵着小毛驴的赵树理、乡土文学之父沈从文、安静地凝望荷塘给我们露出背影的朱自清，还有路边长椅坐立随意正在交谈的老舍、叶圣陶和曹禺……这分明是一处文学巨匠汇聚的宝地。

文学馆闹中取静，正门处临街而立的50吨重的影壁石、巴金先生的手模制作的门把手、18米长的巨幅油画、巨屏彩色玻璃镶嵌画、具有互动性的巨大的青瓷花瓶，以及被赋予深刻含义的有着天然孔洞的文学馆标识逗号奇石……这一切均会深深地吸引观众，令我们在馆中院内流连忘返、驻足凝望，这些也是我们的讲解节点。

把对文学作品的理解和感受讲解出来与参观者分享，是一件令我乐做的事。把百余年的现当代文学发展风貌展示给观众，把文学家的故事讲给观众，让优秀作家和经典作品走入社会，走进读者的心灵，让文学爱好者在有限的参观时间里，尽可能融入文学馆浓厚的文学氛围中，了解作家、走近作家，体会作家的思想和情感，使心灵得到净化，使人文情怀再一次被唤醒，让我自己对文学、对作家、对文学作品、对语文课本上学过的经典课文、对观众的理解都在逐渐加深，从而更加热爱文学、热爱阅读、热爱书籍。

我们感动于文学家们对生命的热爱和敬畏，感动于文学家们一生为文学无怨无悔的付出，感动于文学家们崇高的文学境界。我们还感动于观众对文学的理解与热爱。这样，不求名，不求利，只作对社会有益的志愿讲解，便赋予了书籍以新的价值，赋予了文学以新的生机，赋予了阅读以新的场域，赋予了生命以新的意义。

新冠肺炎疫情防控期间，文学馆组织我们将常展的内容录制成视频，放到线上播放。我承担的是讲解"迈进新时代的中国文学"部分。这一展厅的主色调设定为蓝色，纯净的蓝色上有星星在飞闪。蓝色是天空和大海的颜色，高远、深邃，象征着中华民族深厚的文化底蕴和高远的价值指向，星星是中华民族不屈的梦想。

这一展厅由四个板块构成。第一部分是明确道路、指明方向，主要介绍文

2020年4月25日，开设线上"书香驿站"讲座，谈隔代关系的家庭处理　王升 摄

艺在党和国家全局工作中的地位和作用，第二部分是深入生活、扎根人民，介绍的是中国广大作家深入生活、扎根人民的自觉追求，倾心书写人民，倾情塑造英雄，倾力反映人民心声。第三部分是风云际会、繁花似锦，展示的是主旋律高昂的文学作品，洋溢着中国精神，正能量充沛，佳作迭出；文艺评论激浊扬清，更加有效地引导创作、引领风尚。第四部分是讲述中国故事、弘扬中国精神，中国当代文学正以独特的魅力，参与世界文学的建构，丰富世界文学的面貌，正显现出国际影响力。

　　文学馆不停地为我们充电加油。2021年7月份为志愿讲解员办了培训班，配合中国作家协会推出的"迎着新生的太阳——庆祝中国共产党成立100周年红色经典大展"以便更好地讲解文学史中的党史，从红色文学经典的视角回顾党的波澜壮阔的百年历程，以一部部呈现前驱者精神和革命者风骨的红色经典，分享红色经典作家作品的精神内核，真实反映了一百年来中国共产党领导人民为实现中华民族的伟大复兴而做出的惊天伟业。志愿者们依据文学馆精心制作的展板内容和自己已有的文学积累，使充足的思想信息、到位的知识理解与生动灵活的合理处理相结合，讲好党的故事，讲好红色经典作品里的故事，讲好英雄、旗帜和新时代的故事。

中国文学以自身的形式深度参与了20世纪中国革命史和社会发展史，文学事业是党和人民事业的重要组成部分。鲁迅先生的文章到现在不过时、不褪色，是因为他看到了旧中国的国民性亟待疗救的地方，他写下的第一篇白话文小说《狂人日记》，批判了封建家族制和封建礼教对人生命的无视，对人的个性自由的践踏，对人的情感的泯灭，鲁迅对民族苦难深层原因的深刻思考震撼着观众的心灵。叶圣陶创作的《稻草人》使孩子们有了自己喜爱的童话故事，更是给中国童话开辟了一条自己创作的道路。还有以"有了爱就有了一切"为人生追求的冰心、写下"天下第一等至情文学"《背影》的朱自清……这些优秀作家均会让人们在展厅久久驻足。从鲁迅到巴金到路遥，读者可以从他们的字里行间感受到悲悯与同情，在他们哀其不幸、怒其不争的文字背后，是他们的底层立场和深厚的人文情怀。

文运同国运相牵，文脉同国脉相连。志愿讲解使我再一次深刻认识了新文学事业与党的事业紧密同步密切相连的关系，再一次体味了中国新文学与党同成长、同进步、同发展的历史，从而更加饱满地引领参观者感悟新文学的魅力，振奋民族精神，坚定不朽信仰，使文学的伟力日久弥坚、抵达人心。

回忆起2019年在参加文学馆志愿者录选考试时，面对着这样一道笔试题"优秀志愿者应具备怎样的品质"时，我是这么回答的：让文学持续点亮，将志愿成为时尚——用志愿精神锻造文学品质。志愿服务是一项阳光下的事业，志愿者精神也是对中华民族团结友爱、助人为乐等传统美德的继承和发扬。"奉献、友爱、互助、进步"的志愿精神与社会主义核心价值观都是人们关于社会发展的一种积极态度和价值取向，两者具有契合性。志愿服务作为从事公益事业的一项社会服务活动，是社会文明和文化传承的具体反映。作为推动人类发展和社会进步的高尚行动，志愿服务是爱心、良知、奉献和人性美的展现。

在现代化的隆隆行进声中，一个新时代悄然来临。我们是这个时代的亲历者、创造者，也是这个时代的记录者、表现者，还是这个时代的发声者、传播者、贡献者。

绕不开的周树人

在我多次参观鲁迅故居、公园、纪念馆、博物馆的过程中,我觉得有这样三个时节为寻访最佳:炙热的夏季、淅沥的雨中和积雪的冬日。这样的时节,在这里,可以让躁动变得清醒;在这里,可以任由风雨在心中激荡;在这里,可以领略傲霜的风骨。这三个时节,也是牛的拓荒劳作、反刍积累和奉献回报的时刻。

上过学的人大概都在校园里听说过这样几句话:天不怕,地不怕,就怕老师打电话;临阵磨枪,不快也光;考考考,老师的法宝,分分分,学生的命根。还有一句比较著名的就是表述学生心怵语文课三个话题的:文言文,写作文,周树人。

鲁迅先生前行中的优秀品质,许多同学还没有真正地发现和挖掘出来。

在北京西二环阜成门桥东北不远处,掩映在绿荫葱茏深处、恍闻于喧嚣尘世在耳的那座院落,依旧青瓦灰墙,一如先生质朴而深凝的面孔和穿着,这便是北京鲁迅故居。尽管先生在这里生活的时间不长,但这座三开间的四合院毕竟是由他亲自设计的,从无到有,从平面到立体,从无机建筑材料到生机盎然的居家庭院,还有朗朗的谈笑和犀利的目光,先生的鲜活形象便俨然立在面前了。

鲁迅算不算北京人?这个问题常在我的脑海里冒出来。鲁迅在北京生活了14年多,宫门口西三条21号是他居住的第四个地方。1912年,鲁迅从南京来到北京,至教育部任职,直到1926年离京去厦门大学任教,在北京,他从一名公职人员成长为伟大作家。在北京，鲁迅长期居住过四处地方：一处是南半截的绍兴会馆、一处是八道湾11号、一处是砖塔胡同61号、一处是宫门口西三条21号。这四个地方，一处是会馆，一处是三合院，两处是四合院。这最后一处，鲁迅先生是于1924年5月入住，直至1926年8月离开北京赴厦门大学任教。

每天上下班，路过阜成门内大街，我都要向位于宫门口西三条21号的故居方向眺望，敬仰之情油然而生。家父因为崇敬鲁迅先生，为我起名，便是取自那句最能真实反映先生志向和立场的名言"俯首甘为孺子牛"，其中的"牛"字便成了我的烙印。自小不仅爱读收录在教科书中先生的名篇，爱去各地以鲁迅命名的公园、故居、纪念馆和博物馆，我更是牢牢地喜欢先生的秉性品格，这就是开拓与务实、求索与笃行。在北京工作的这二十多年里，我多次踏进过这个四合院，这里与各地以鲁迅命名的公园、故居、纪念馆和博物馆一样，都能让人迅即捕捉和体会到先生的秉性品格，每次都是想来聆听历史的回响、抚平心中的波澜、感悟先生睿智的思想光辉、体味那日久弥坚的品质精髓。

位于北京市西城区宫门口二条19号第33、34、35幢书店里，各类图书数千余种，其中数介绍、研究鲁迅的图书最多。不只有多种版本的《鲁迅全集》、齐全的《鲁迅研究月刊》，还有很多后来的学者、作家撰写的种种解读先生和他的作品的著作。汲取这些精神食粮，可以充分地感受到先生的智慧和力量。我在这里与以前结识的北京住总的退休干部董彦先生重逢，聆听了他的"易学文化与方法论"课程，受益匪浅，他见我在宣讲鲁迅精神，还赠我一套20世纪80年代初出版的《鲁迅全集》，我如获至宝。

我钟爱这里的，就在于可以看到从众多作者笔下所塑造出来的立体鲁迅、多面鲁迅和鲜活鲁迅。我总是抱有这样一种认识：阅读的书越多，"像素"越丰富，无疑越接近鲁迅。书店呈反"L"形，南北向的售书区是书店的主体，书店在入门处向西甩出了一个"豹尾"，这便是书店的阅览区。"豹尾"实在是舞文弄墨者追求的境界，来书店的爱书人庆幸有这一方"书斋"。坐在这里，隔着大玻璃窗，映入眼帘的就是正面的博物馆和不远处的鲁迅故居。这恐怕也是促使书店苦心孤诣地将这样的实体书店坚持经营下去的动力吧。

文学就在传承，就是这样更加生动、深刻地表现中国人民克服困难、奋发努力、建设新生活的创造精神，用文学来激励人们更团结、更坚强、更具智慧与伟力，都是在为这个时代提供精神激励、价值引领与审美启迪。文学是直接作用于人的精神与情感世界的，它具有生动性、形象性以及传播与阅读的便捷性，因此，它比任何其他手段都更显重要、直接。从中，我们可以感受到，先生的作品中真实、深刻地表现好了他的那个时代，我们也要通过作品，生动、充分地表达好我们这个时代的特征、魅力和精神。

先生开拓进取的精神，其实就是勇于探索的时代需求。先生所处的那个年代，还在黑暗中徘徊，还是"暂时做稳了奴隶"或"想做奴隶而不得"的时代。先生不盲从、不彷徨、不世俗，亮出的是匕首、是利剑、是奋争，留下的是思索、是警醒、是振作。无论是五四运动、抗日战争，还是社会主义建设时期、改革开放新阶段，都缺少不了开拓、敢闯、杀出一条血路来。马克思主义的中国化，更是空前的开拓实践和探索创新。在中国特色社会主义道路的前行过程中，困难和挫折在所难免，想起先生的话"这正如地上的路，其实地上本没有路，走的人多了，也便成了路"，就如同地火在燃烧，我们便会豁然开朗、勇气倍增、振奋前行。

先生务实笃行的品格，其实就是锲而不舍的求是本原。先生的贡献不只是在思想上，他的言行也是落地生根的。他深爱的是这片土地，他追求的是心灵的致远，他拯救的是民族、同胞的魂魄。当我们慵懒时，想起了先生刻在书桌上的那个"早"字；当我们浮躁时，想起了先生"万不可做空头的文学家"的告诫；当我们懈怠时，想起了先生"我是把别人喝咖啡的工夫都用在工作上的"。他还是一位博采众长、谦逊求和的人，先生脚踏实地、实实在在的务实风范，宽厚包容、厚德自省的无华品质，在如今都依然是我们的立德之本、社会的正风之源和国家的兴邦之道。

先生忧国忧民的情怀，其实就是无私无邪的民族精魂。先生的忧患意识，在中华民族五千年的历史长河中，并不乏找到类似的影子，从屈原到司马迁，从李白、苏东坡到曹雪芹，我们仿佛都能读到共同的篇章，那就是爱国爱民爱家园。"我们目下的当务之急是：一要生存，二要温饱，三要发展。"他大声地呐喊，那是因为爱得太深！"吃的是草，挤出来的是奶。"这是他一腔热血的真实写照。先生不只是斗士，更是一位卫士，起身保卫祖国、保卫家园、保卫同胞。他用的是笔，是思想，是胸怀，是热忱，是对人民无限的爱、对同胞无尽的情。

先生在北京还住过三个地方：南半截胡同、西直门内八道湾、西四砖塔胡同。先生留下的遗产和传递的精神是无价的、不分地域的。在我多次参观鲁迅故居、公园、纪念馆、博物馆的过程中，我觉得有这样三个时节为寻访最佳：炙热的夏季、淅沥的雨中和积雪的冬日。这样的时节，在这里，可以让躁动变得清醒；在这里，可以任由风雨在心中激荡；在这里，可以领略傲霜的风骨。这三个时节，也是牛的拓荒劳作、反刍积累和奉献回报的时刻。在独特的时节，来感悟先生富有魅力的不凡人生，更能促使我们与先生对话，更能拉近我们与思想大师的距离，更能把握特定岁月所铸就的不屈脊梁对当今继续前行的我们所具有的时代启示。

鲁迅故居和鲁迅博物馆有着丰富的馆藏，这些都是珍贵的历史文献，通过和观众、书友一起欣赏一个个经典的鲁迅笔下的文学人物形象，让不太了解文学的观众能记住鲁迅和他的作品，一次次的讲解，一次次的交流，一次次的收获，一次次的感动，与阅读者一起感受文学的力量、思想的光芒和革命的勇气。

往者不可谏，来者犹可追。包括鲁迅先生在内的那些经典作家们，是新文化运动的倡导者，新文学的推动者、实践者，这些仁人志士，心怀国之大者，把中华民族的强大、复兴作为自己的使命。在不同的历史时期，为中华民族做出了不同的贡献。现在，到了我们开创新时代新辉煌的历史时刻。见贤而思齐，即便我的名字中没了最能体现先生风格的"牛"字，先生的拓荒勇气与现实情怀一样会在我的血液中流淌，一样会激励着我，同样也会激励着你，因为我们与先生同是生活在这片土地上、同是行进在中华民族的行列中，先生一如思想的火炬和领航的灯塔始终伴随我们左右。

阅读推广，传播书香

> 江山不改风月，人生依然故我。在鲁迅的作品里，我们看不到遭受冲击后的畏首畏尾，看不到舔舐伤痕时的怨天尤人，也看不到志得意满中的张狂自大，一切在他的笔下化作冷静沉思、奋笔疾呼。

从吴敬梓故乡全椒走出来的人，估计身上多少有点儿文墨书香气息吧。鲁迅把《儒林外史》称为可与《红楼梦》齐名的伟大著作。文因人而贵，书因人而重。我的名字就是家父取自鲁迅先生的那句著名的"俯首甘为孺子牛"。

在上海读研究生时，我经常去鲁迅公园和鲁迅纪念馆。在北京工作和生活，自然少不了逛鲁迅博物馆。书店依博物馆而设。博物馆当初的设立，就是"为使鲁迅的纪念由书斋走到社会，为使鲁迅精神深入人民大众的生活"（郭沫若语）。新中国成立后的第一个鲁迅纪念日——1949年10月19日，鲁迅故居按原样布置就开始接待观众了。鲁迅博物馆建在鲁迅故居旁，毫无疑问可以把人物的生活环境和博物馆的展览紧密地结合在一起，增加博物馆的实物形象效果。在博物馆院内开设书店，则更显水到渠成，让读者能集中地阅读和挑选介绍研究鲁迅的书籍，也确实是锦上添花的事。在北京我多次流连于鲁迅故居、鲁迅博物馆和书店这三位一体的文化"重镇"，从研读先生购的书、读的书、写的书、藏的书到观览先生伏案的地方"老虎尾巴"，从阅读他人撰写有关鲁迅的书到在这里举办宣传"鲁迅精神"的一系列活动，我分明触摸到了书籍的知识力度、踏进了贤哲的智慧书斋、感受到了沐浴书香所带来的酣畅淋漓和神清气爽。

书籍让生命始以觉醒，知识使自由充满智慧。书籍置于书斋，绝不是为了

纪念鲁迅诞辰140周年时在作讲座　王升 摄

牵制读书人于书斋中，恰是为了给人以自由、走出书斋、放飞思想。丰富的藏书带给鲁迅的是如此，我常坐在窗前，抚卷沉思，凝视远望，遐想先生在书斋"老虎尾巴"里奋笔疾书的背影。

读书，特别是进入一种状态的静心读书，似乎在逐步远离我们。然而，我们可以看到从各地赶来的爱书、崇仰鲁迅的读者、游客，脸上写满虔诚。我们这个民族有着悠久丰厚的读书传统。这种传统的积淀与传承，对今天的读书人依然有着深远的影响，尽管传媒方式在变化，阅读者的价值取向、心理支配、读书习惯还是在受其影响。

作为一名思想政治工作领域的理论宣讲者，为了宣传好鲁迅思想，我乐意成为鲁迅精神的公益宣讲员。人无精神则不立，国无精神则不强。唯有精神上站得住、站得稳，一个民族才能在历史洪流中屹立不倒、挺立潮头。2021年4月23日世界图书日到来之时，我被商务印书馆聘为阅读推广大使。2021年10月我被中宣部表彰为全国基层理论宣讲先进个人。

我们清晰地看到，数字化和网络技术飞速发展，我们的生活节奏在加快，社会竞争在加剧,阅读形态在改变,以传统方式阅读纸质书的人在持续减少,网络浏览、电子阅读越来越成为人们的阅读习惯,传统的研习性的深度阅读正在消失,浅尝辄止的快餐式阅读随处充斥。就像美国作家刘易斯·布兹比在其著名的《书店的灯光》中所说:图书承载着我们的思想和想象,使它们充实人间;一个书店就是一座城市,我们日臻完善的精神自我居住其中。这一番话,向我们准确地表述了图书与书店所承载的功能,以及图书与人间、书店与人类精神的关联。

在寒气袭人的北方冬日里,品读鲁迅当年冷峻的文字,心里便觉很暖、很热乎,书香的气息扑面而来。2021年2月3日傍晚,就是这样一个严冬季节,我为书友们讲述了"鲁迅与中国共产党",介绍了鲁迅著作的思想性、战斗性、人民性,大家都了解了鲁迅精神的三个特点,即政治远见、斗争精神和牺牲精神。当天晚上现场来自教育界、图书出版界、工商界、文艺界的朋友对这种解读鲁迅、宣传鲁迅精神的方式表示极大的兴趣,他们谈自己对鲁迅的认识,谈对鲁迅作品的理解,谈鲁迅精神的时代启示,也明白了是朋友,不必是同志的道理。

第一次讲完课后,转眼间,春节就来临了。腊月二十九下午,单位布置了节日期间的各项安全事项后,同事们紧忙收拾打道回府。伴随着放假的,还有"下沉社区"参与疫情防控任务,这天的傍晚正是我值班。大街上,人们静悄悄地赶路,脚步依然匆匆而过,口罩遮挡不住热切期待放假过年的眼神。准确地说,期待的不是过年,期待的是尽快逃离农历2020年。

这个春节,"就地过年"成了许多人的选择。往年在琉璃厂、大栅栏、大观园可见搭棚垒台办庙会的景象不见了踪迹。这个年还怎么过?转念一想,2021年距中国共产党成立那时已过去了100年,离鲁

迅先生诞辰更是已走过了140年，平时在书店里听到过不少读者有很多疑惑：鲁迅这么伟大的文学家、思想家、革命家，为何没有入党不是党员呢？利用春节假期我来办一个小范围的书香"雅集"，与朋友们聊聊鲁迅与中国共产党之间的关系，不是有点儿意思吗？大年初一下午，我从家中带上点心、干果、水果、速冻汤圆、饮料、葡萄酒，也带上杯盘筷叉，满满地装了两行李车拉到现场，承蒙亲朋好友赏光，他们在鲁迅博物馆内听我讲了"鲁迅与中国共产党——道同志合、心心相印"，到场的有耄耋老党员，有少先队员。我为鲁迅先生诞辰140周年作了一副对联：文学者，思想者，革命者，大师风范，居功至伟；孺子牛，拓荒牛，老黄牛，五岳精神，激励无穷。横批是"故事新编"。

大家听得都很认真，明白了中国共产党的同路人鲁迅与党同舟共济、与共产党人息息相通、与毛泽东神交已久的不平凡历程，知晓了鲁迅与共产党之间贵在知心，大家还热烈地进行了讨论，深刻地认识到了如今我们就是应同心同德，学习鲁迅，热爱中国共产党。

喝茶品酒吃点心尝汤圆之余，听友中的几位党员说：大年初一，学习、弘

2021年，连续举办数十场"文化影响力论坛"的书店一隅，已成为网红打卡地
王升 摄

扬和实践孺子牛、拓荒牛、老黄牛"三牛"精神，真是做到了从头做起，就地过年与品味书香两相宜，不忘过去与享受假日双不误，权当是假日里上了一堂党课。

站在"孺子牛"字画前，我由衷地感慨：我们的时代已经好得太多太多，鲁迅先生已经逝去，但先生的精神却永垂不朽，连接着曾经和如今。朋友圈里人们纷纷为此活动点赞：在鲁迅先生曾经生活过的地方，听中国共产党和鲁迅的故事，学习鲁迅，纪念鲁迅，红色文化一定会战胜西方的享乐文化！诚如此，有力的思想总是能落地生根，生命之树常青！

走出鲁迅博物馆，望着不远处来来往往进出巷口面戴口罩的游人进行体温测试和长龙阵队伍检测核酸的景象，我想起鲁迅先生说过的话："伟大的心胸，应该表现出这样的气概——用笑脸来迎接悲惨的厄运，用百倍的勇气来应付一切的不幸。"心心相通，穿越时空！书香飘久，思想不朽！从文字，到文化，到文明，我们的精气神就是这样传承、延续着。

江山不改风月，人生依然故我。在鲁迅的作品里，我们看不到遭受冲击后的畏首畏尾，看不到舔舐伤痕时的怨天尤人，也看不到志得意满中的张狂自大，一切在他的笔下化作冷静沉思、奋笔疾呼。学养、阅历、深邃的思想为他带来了一种文学家、思想家和革命家特有的智慧、通达和澄澈。

我想，这对于鲁迅是如此，对于我们这些来自儒林之乡的人来说，也不外乎其中吧！

读书也是养颜剂

只有把生命的质量与长度结合起来，才是真正意义上的长寿。与其盲目追求长命百岁，不如乐天知命，安排好每天的生活。培养一些兴趣爱好，如太极拳、旅游、书法、戏曲等，既有利于健康，又能陶冶情操，让人生最后阶段丰富多彩。

许多人认为，书中有黄金，书中有美女，因为有那么一句话让人耳熟能详：书中自有黄金屋，书中自有颜如玉。依我看，人们把这句话的意思方向弄反了，按自己心中的需求来理解了。正确的解读应是：书中生富足，阅读能养颜。诚如腹有诗书气自华，这就是读书给我们带来的好处，金不换啊！

读书能使人发现年轻，坚持读书，会使我们心态年轻，老得慢。

俗话说"人老心不老"，心态年轻的人往往看上去神采奕奕。自我感觉年轻的老人，大脑衰老速度会变慢。分析老人的核磁共振脑部扫描发现，觉得自己比实际年龄小的老人有着相似的大脑结构特征，即脑中的灰质容量更大。脑部灰质涉及听觉、情感、决策和自我控制，因此，自感年轻的老人记忆力更好，不太可能抑郁，能更积极健康地生活。

心态年轻是保持最佳精神状态、拥有健康心理的法宝。心态老的人易消极悲观、失落低沉，这如心灵的毒药会给身心带来损害。日本作家村上春树说过，人不是慢慢变老的，而是一瞬间变老的。变老，不是从一条皱纹、一根白发开始的，而是从对自己放弃的那一刻开始。只有对自己不放弃的人，才能活成不怕老不会老的样子。年轻不是一种状态，而是一种心态。心态年轻的老人，不仅拥有良好的人际关系、健康的身体素质，还会有高品质的生活。

　　一年好景君须记，最是橙黄橘绿时。保持年轻心态，有许多方法可取，如坚持读书和学习。读书可让人心无旁骛，豁达无忧，宁静致远。坚持活到老学到老，任何事情都有自己的见解。如保持好奇心。不安于现状，尝试新鲜事物，学习新的兴趣爱好，丰富生活。如生活有情调。花心思养几盆绿植，动手制作一些小玩意儿，养花弄草，注重仪表。即使退休了，也积极投入各项活动中，唱歌、摄影、绘画、跳广场舞等。如帮助他人。看起来年轻的老人品行纯良，一定是有慈悲心和爱心的，多参加志愿者活动，奉献自己的爱心和余热。如坚持运动。适当参加体育活动，和年轻人在一起，活动手指和大脑，做些益智游戏，延缓衰老。如注重日常仪表。老人绝不能懊悔于青春的逝去，认为打扮只属于年轻人。上了年纪也要懂得修饰自己，居家和外出都要穿着大方得体，精神饱满，让自己心灵愉悦。如保持规律作息。中老年人每天要保持7~8小时睡眠，听优美的歌曲，可使人心旷神怡。

　　古人说："叹人生，不如意事，十常八九。"老年生活不如年轻时精力充沛，不如中年时社交频繁，尽管有诸多"不如"，但若能打开心扉，消解心中担

书山有路　　付连春 题

忧，依然能"莫道桑榆晚，为霞尚满天"。

逞能不如服老。刚退休的张大爷经常头晕，活动后容易气促，被诊断为高血压病，并伴有左心室扩大。医生建议他减少运动量，但张大爷不听，游泳时还跟人比速度，最后体力不支，引发急性左心衰住进医院。老人退休后没有了事业支持，自我评价和认同感降低，从而用一些"逞强"行为证明自己。这是可以理解的，但老人要客观承认自己的身体状况，量力而行，不要勉强。家人应关心和叮嘱老人，适当让其参与家务，让他明白自己是被需要、被重视的。

抱怨生病不如与病共存。有些老人难以接受生病的事实，整天抱怨，吃不下睡不香，忧心忡忡，无法安心治疗，结果病得更重。疾病就像洪水，越怕越容易被吞没，只有树立积极健康的心态，才能在疾病和自身之间筑起一道堤坝，提升免疫力，延缓疾病的发生发展。建议老人不要把生活重心完全放在治疗上，在坚持服药、治疗、检查的基础上，转移注意力，调整生活节奏，让抗病成为日常生活中最普通的一部分，与病共存。

追求长寿不如活得有品质。在生命的最后阶段，大多数人都经历了十多年的带病生存。尽管人人都期望长寿，但一个人生命的后半段几乎是在药物维持和病床上度过的，这样的长寿也算不得真正的高寿。只有把生命的质量与长度结合起来，才是真正意义上的长寿。与其盲目追求长命百岁，不如乐天知命，安排好每天的生活。培养一些兴趣爱好，如太极拳、旅游、书法、戏曲等，既有利于健康，又能陶冶情操，让人生最后阶段丰富多彩。

孤独生活不如与友交流。一些老人退休后，生活圈子变小，与人交流机会也变少；还有些老人身患疾病，长期闷在家中；或由于丧偶，不愿打开心扉。长此以往，对老人身心产生不良影响。孤独会使中老年女性心脏病、焦虑症和抑郁症发病率增加3倍。建议老人多参加社区活动，培养兴趣，通过共同爱好结交新伙伴。朋友不在多而在精，当不愿意和子女交流时，找三两个老友谈谈心，发泄出来，心情就会变好。

如果把运动看成是心情的兴奋剂，那么，阅读就是心情的安神丸。担心衰老不如看淡生死。牙齿松脱、失眠健忘、老眼昏花等等，衰老让很多人感到沮丧不安，意识到死亡正在慢慢逼近。远离子女独居，亲朋好友相继离世，都会让人担惊受怕。人要挑战的不是衰老，而是对衰老的恐惧。衰老是一种自然规律，与其一味抗拒，不如坦然接受生命中每一个阶段给予我们的馈赠。死亡也是人生旅程的必然结果，与其日日担忧，不如接纳身体和处境的变化，做力所能及的事，看淡死亡。子女家属也应多和老人沟通，给予更多陪伴和情感支持。

缅怀过去不如活在当下。"想当年，我工作时……""那些年在部队的生活……"有些老人总爱想过去的事情。而与缅怀过去相比，活在当下可以让人活得更从容洒脱，百岁老人的长寿秘诀之一就是，从不纠结失去的东西，活在当下。过度沉浸过去会减弱当下的感受力，对未来失去信心，不利于身心健康。缅怀过去是因为没有情感宣泄的出口，老人可试着把过去的事写下来或找人倾诉，从中解脱，收获一个全新的现在。

居高声自远，非是藉秋风。老人不仅为社会创造出了物质财富，更多的是留下了巨大的精神财富。他们为社会、为国家、为我们的安居乐业做出了杰出贡献，他们在我们心中的位置无人可以取代。我们是不能忘记他们的！正是由于他们的存在，方体现出我们的价值。

口罩不挡书香

伴着书香，我坚持每天在北京市疫情防控心理热线值班。好书左右手，防疫线上走。越是在防控任务繁重的时候，我越发激起对书香的渴望。当我们对这个世界想深入了解的时候，通过什么渠道呢，我深深地感觉到唯一的捷径就是读书！

疫情，打乱了人们的生活节奏。但是，阅读从来没有按下暂停键。北京启动突发公共卫生事件一级响应，我成为一名"肺炎心理援助队"成员。逆行参战时，我带上两本书，一本是《菜根谭》，另一本是《老年心理保健》。在10多个月里，我共接听3000余次的电话来访，咨询6000小时，开展讲座二十余次。我还得继续下去，因为后疫情阶段，他们的心理状态我要追踪，他们的改进效果我要关注，每个叙事者都是一本书，每个来电都有一个故事，每个故事都在继续，都在等候一个圆满的收尾。

中华文化源远流长，在五千年历史长河中，名篇佳赋，灿若星河，留下了一部又一部闪烁着光辉思想和深远智慧的篇章。《菜根谭》就是这样一部论述修养、人生、处世、出世的语录集。它由明朝洪应明收集编著，是旷古稀世的奇珍宝训，对我们正心修身、养性育德，有不可思议的潜移默化的力量。

心理干预和疏导是有规律可遵循的。一位初三的学生来电说，宅家以后，越来越心神不宁，思绪总是集中不起来，上网课时精神不能集中，也不想做作业，即使等到家长下班回家也难以镇定下来。家长很心急，建议他寻求心理帮助。我引导他客观、冷静地看待身处的环境，调整情绪，增加迎考的信心，并教给他舒缓心情及集中注意力的有效方法。在人生要紧处，正与《菜根谭》上的话非常吻合："宠辱不惊，看庭前花开花落；去留无意，望天上云卷云舒。"

疫情期间，市民居家防疫是修身养性的好时节。这本书上还有很多经典名句：天地不可一日无和气，人心不可一日无喜神；天青日白，不可使人不知；有百折不回之真心，才有万变不穷之妙用；热闹中只著一冷眼，便省却许多苦心思；冷落处存一热心，便得许多真趣味；等等。这些经典语句是我们中华民族赖以生生不息的精神宝藏啊！

在这个信息爆炸的年代，什么才是阅读的正确打开方式？新冠肺炎疫情给人们的生产生活带来了不同程度的影响，但未能阻止人们对知识的追求。老人和孩子是易感人群，而孩子们宅家生出的诸多问题也常由老人代为咨询。因此我对来访的老同志尤为耐心、细致、周到，并时常用到我在《老年心理保健》里所撰写的案例。有一些老同志说，他们把这本书作为晚年生活的必读书，写了许多读书笔记，说有些章节段落的话语对他们很有用。南怀瑾先生说过："三千年读史，不外功名利禄；九万里悟道，终归诗酒田园。"钱财与功名向来是世人内心的桎梏，看得越重，束缚越深，就越难以挣脱。一个人当下所有所得，不过是身外之物，活得通透的人，从来都是宠辱不惊，闲看庭前花开花落。学会平淡知足，享受淡泊宁静，方能逍遥常乐。

有一天临下班时，我接到外地一位老同志的电话，她的老公在家隔离之后，虽然勤快了，家务做得多了，但网购频繁了，觉得厨房里这个地方要添置个架子，那个地方要摆放个锅盆，或铲子、勺该换新的了，还不听劝，她说极其受不了老伴这样大手大脚，自己也越来越烦躁，睡眠不好，血压都升高了。耐心地听了老人反反复复的叙述之后，我稳定她的情绪，调整她的认知，并指导她引导老公学会有效沟通。通过心理疏导帮助他们老两口重建信任，这是宅家抗疫的重要一环。

疫毒无情，人间有爱。我通过快递送给他们正式出版的《老年心理保健》一书，书中的文字真诚、细腻，恰能激起家庭阅读的乐趣。这书是我对当年参与 SARS 期间小汤山医院心理干预工作的总结，同时，我还附赠一本心理知识科普小册子《人到六十》，我将曾组织处理过多起突发公共卫生事件所积累的依法科学有序防控的经验汇入在其中。在这个特定的时期，这类特殊的题材尤能牵动人们阅读的热情。

伴着书香，我坚持每天在北京市疫情防控心理热线值班。好书左右手，防疫线上走。越是在防控任务繁重的时候，我越发激起对书香的渴望。当我们对这个世界想深入了解的时候，通过什么渠道呢，我深深地感觉到唯一的捷径就是读书！

去时风雨锁寒江，归来落樱染轻裳。有书读就是一种幸福，幸福是一种能力，人并不是一生下来就获得了幸福，而是需要去习得、去争取。

特殊时期，我们对世界有自己独特的解读方式。虽然我们足不出户、居家抗疫，但我们的世界没有从此封闭和黑暗。抗击疫情，阅读在行动。口罩挡不住微笑，疫情挡不住温情。每一颗心，都需要一扇表达的窗口；每一个人，都想让内心充分绽放。没有谁的心灵永远一尘不染，而打来电话的毕竟只是少数人，我放眼更多的受众，用文字助力抗疫，用墨香为他们戴上"心灵口罩"，以期使他们能够得到心灵的滋养。

针对咨询中的热点、难点问题，为了让更多的受众得到心灵滋养，我结合疫情中的节点，用通俗易懂的语言，及时撰写了四十余篇心理科普文章，如《突发公共卫生事件下心境障碍的特点与应对》《突发公共事件时，如何做好公众心理把控》《如何做到身宅心不宅》《余假不多，让我们整理心情以利出发》《2020，历史在中国加了一个班》《未成曲调先有情》《你安然，我无恙，让我们把心灵照亮》《小天地，大作为》《战疫时刻，我为心理防护戴口罩》等，在"前线""今日头条""行为公共管理学"报纸专栏和公众号上发表，并开展线上讲座，用这些"心理处方"为大家勤发"心理口罩"。为此，《中国老年报》《中国组织人事报》《北京西城报》《北京老干部工作》《西城社会科学》《生命时报》等媒体做了相关报道。

不止我一个人在战斗！透过窗户，可以清晰地看到，一名又一名持续作战、无怨无悔的党员干部在肩负责任与担当。在值守现场，那些防护服一穿就是一天的医务工作者、那些忙得团团转没时间喝一口水的街道同志，还有那些维持秩序一站就是一天的社区工作者和保安，他们中有佩戴着党徽的老同志，亮明身份冲在前面，总是出现在最忙碌的地方、在最辛苦的岗位上，维持现场秩序，解答群众问题，说话的声音已沙哑，疲惫的脸上挂着汗珠。我突然感觉到他们身上的党徽是如此的鲜亮，被他们的工作精神鼓舞。他们一句句温暖人心的话语、一次次体贴细微的举动让人体会到初心与使命。

诗里有画，句外有意，言外有理。

最是心意能致远，口罩哪能挡书香？每个平凡的日子都值得认真对待。疫情期间，我每天都早早做好准备，打开《菜根谭》，在书香里徜徉良久，然后戴上耳机，随时迎接咨询者，与他们共同探索内心的感受与需求，用《老年心理保健》中的心理技能，阐释生命的意义与活力。

你我之间不过一屏距离

> 我们每个人都生在罗马城,至于我们将来是否还在罗马城,取决于是否能够有效利用好资源。现今时代的各种有利条件为我们创造了充足的发展良机,只是我们自己不觉知、不珍惜,越来越掉队、越来越显出劣势,比如经不住诱惑、比如偷懒,使得我们待在罗马城的机会不充足,离罗马城越来越远。

在2020年疫情防控期间,北京市西城书香驿站祖孙学园直播平台开设讲座。考虑到居家隔离造成家庭成员之间的接触更加密切,为促进家庭幸福和谐,我与大家分享了幸福心理学知识。我的课每周一次,共有四讲课程:讲解家庭关系的"赏心乐事谁家院"、阐述夫妻关系的"执手相看两不厌"、分析隔代教育的"良辰美景奈何天"以及倡导新型婆媳关系的"不向深闺学针缕"。

在第一讲"赏心乐事谁家院"中,我以"家是小的国、国是大的家"作为开场词,立足家和国的关系,展开幸福家庭关系的阐述。家庭里,各个成员的心理距离和社会距离若过远,则交流变少、沟通困难、关系疏远;家庭成员之间的距离若过近,虽互动频繁,但是矛盾和纠葛也会较多。因此,家庭成员之间要保持适当的界限。

只要是家,少不了碗勺碰锅沿。但如果能做到大事商量、小事原谅,互相爱护着,吵架不冷战,说笑不翻脸,再苦不发火,再累不抱怨,就能大事化小,求同存异。我们最值得做的一件事,就是让最爱你的人们幸福。

家庭中可以适度说理,但是更要说情说爱说温暖。放慢脚步,把生活简单化，保持平淡、淳朴、自然，珍惜与家人在一起的时光。

2020年4月18日，我通过线上从恋爱到婚姻展开分析，帮助大家理性认识家庭中的婚姻关系。这就是"执手相看两不厌"。

爱情是人世间最复杂、最美丽的情感。恋爱常要经过这样几个阶段：相识、相知、相爱，以及形成契约阶段。婚姻有法律、伦理、习俗等属性。结婚动机有三种，有因经济而合，有因繁衍而生，有因爱情而恋。随着时代变化，重要性排序有变，现在，爱情成了婚姻的主要因素。

每天都在接听电话，用热线连通万户　王升 摄

"君子之道，造端乎夫妇"。如何建立和谐的两性关系，经营好婚姻生活，是与我们每个人的幸福密切相关的重要问题，我在课程中讲到夫妻关系的几个阶段和婚姻幸福的秘密：一是同频，就是夫妻双方共同能做的事；二是同理，就是都能理解对方；三是同学，要共同学习，达成共识；四是同志，有共同的志向。满足了这"四同"，才易铸就美好的婚姻！

夫妻关系很大程度上决定着家庭氛围，良好的家庭氛围会在孩子心里种下一粒幸福的种子。父母是孩子最初的老师。在这样的家庭中长大的孩子，会更加自信、平和、开朗，能够更好地面对学习、生活中的挑战。尤其在疫情防控吃紧时期，打造良好的夫妻关系，可以更好地为孩子的成长保驾护航。

"执子之手，与子偕老"，夫妻关系的最高阶段就是看到双方的优缺点，彼此仍然相爱。就像一句名言所说："看清了生活的真相，但我们依然热爱生活。"

2020年4月25日，我为祖孙学园的听众以"良辰美景奈何天"为题，分享了隔代教育的问题。现今中国半数以上家庭存在隔代抚养。建立和加强祖孙情，是家庭伦理中不可或缺的一部分，涉及心理、文化等多个方面。隔代教育对孩子的成长具有重要影响，是一把双刃剑。

隔代教育的正向功能，体现在祖辈因没有工作压力，有充裕的时间陪伴孙辈，既有耐心，又有经验，还愿意和孩子一起返璞归真。祖孙相处融洽、宽松、和谐。隔代抚养，减轻了年轻父母的生活压力，从而便于他们专心投入社会建设中。陪伴孙辈可以弥补老人退休后的闲暇无聊，充分发挥光和热，产生价值感，延缓衰老。

当然，隔代教育也有一些弊端。老人沿袭自身经验和人生观，教育理念跟时代有差距，和孩子之间容易产生代沟和分歧。孩子正处在身心发育的关键时期，求知欲强，需要合理刺激和运动量，现在提倡多元化教育、寓教于乐。祖辈教育有一定局限性，倾向于传统的背古诗和数数等；有些祖辈体力、精力有

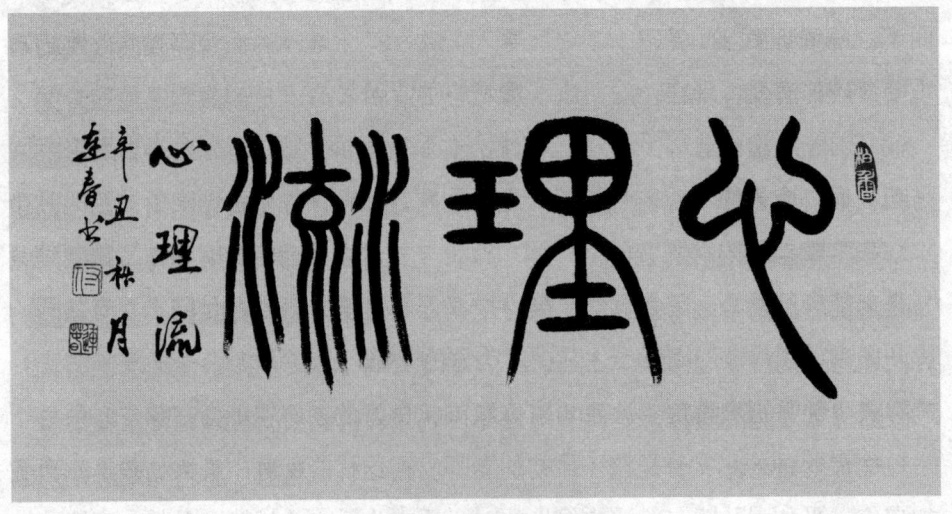

心理流　付连春 题

限，不喜交际，孩子日常生活环境也比较封闭，缺少与同龄人的交往；祖辈会溺爱孙辈，喜欢物质奖励，不利于孩子养成自理和自律的习惯。

从目前中国的国情来看，隔代教育是一个关乎中国未来命运的重大问题，搞好隔代教育，不仅需要家庭的参与，更需要学校和教师的重视。在幼儿园，引入祖辈和孙辈的亲子课堂，让老人们慢慢地了解和学习有关育儿方面的知识。在高等学府，引入有关隔代教育的相关课程，使其成为应用型课题，不断深入研究。

父母和祖父母毕竟是从两个时代走出来的，两代人由于受到的教育和生长环境的不同，对孩子的抚养方式和教育方法肯定存在差距。所以在教育孩子这件事上，两代人要多沟通，达成共识，统一教育理念。父母要学习祖辈的育儿经验，尊重他们的教育方法，同时对于祖辈的教育方法，要懂得取舍。祖辈在养育孩子时要理智，不能将爱与溺爱混淆，要寻找合适的平衡点。

有人慨叹说，我们一辈子也许都在奔向罗马城的路上，而别人可能就生在罗马城。我对此不以为然，我要说，我们每个人都生在罗马城，至于我们将来是否还在罗马城，取决于是否能够有效利用好资源。现今时代的各种有利条件为我们创造了充足的发展良机，只是我们自己不觉知、不珍惜，越来越掉队、越来越显出劣势，比如经不住诱惑、比如偷懒，使得我们待在罗马城的机会不充足，离罗马城越来越远。正如我认为的另一种比喻，即我们担心的并非是落后在起跑线、跑不到终点线，而是我们人人其实生来都在终点线上，需要努力的是保持住这种优势，而不要掉队得离终点线太远。

我在讲座的最后说，更好地发挥隔代教育的优势，同时引入先进的教育理念，为了祖国的未来，必须全力以赴。家庭、学校、社会要紧密联系合作，完善好隔代教育，走出隔代教育的误区，形成科学、先进的隔代教育模式，努力提高下一代人的总体人口素质。

2020年5月2日，我到书香驿站祖孙学园直播间，以"不向深闺学针缕"为题，跟听友们聊了聊婆媳和谐相处的秘诀。

婆媳之间无血缘关系，不像母女关系稳定，也没夫妻关系亲密，自古就难以和谐相处，因此婆媳关系成了"矛盾"的代名词。如何化解婆媳之间的矛盾？

我在线上，就新型婆媳关系的构建谈了谈自己的看法，以助听友们对婆媳之间和谐相处增强信心。

婆媳和谐要注重沟通方式。女人的性格特点是细腻、慈爱、温和、易感动，婆媳要多换位思考、将心比心、温暖关怀、相互协作。在给予关怀、接受关怀中，不断完善人格。全家人努力的目标、方向、路径相同，差异会变得微不足道。构建以爱为基础的新型家庭关系，婆媳交往更平等和人性化，双方秉持责任和奉献精神，创造爱并唤醒生命活力，她们之间的男人也会更幸福。

在书香驿站举办幸福家庭沙龙时，我曾重点针对正确处理婆媳关系，介绍过如何缓解情绪压力。不高兴时找信任的人倾诉一下会舒缓心情，也可以通过唱歌疏解内心的郁闷，还可以结合自己的特长做一些事情，如写日记、写诗歌等。从心理学的角度，我总结出几个应对不良情绪的方法：宣泄法、转移法、升华法、幽默法、积极暗示法、遗忘法、发挥余热助人法。

在讲座的过程中，听众们也敞开心扉，分享了处理情绪波动的经验。我感觉，在婆媳关系问题上，不是我在为大家上课，而是大家在为我上课。

红色阅读助成长

立身以立学为先,立学以读书为本。家长朋友跟孩子一起读书吧,在亲子共读的路上,用心体会、分享孩子的成长历程,让浓浓的书香陪伴孩子度过美好的童年。

每年第二季度的节日比较多,4月份有世界图书日、5月份有母亲节、6月份有儿童节和父亲节等。全国城市报业界在2019年组织主办过第一届幸福家庭读书活动——"幸福家长读书季",2021年又组织主办了第二届幸福家庭读书活动——"幸福亲子(祖孙)悦读季",主题为传承红色基因、献礼建党百年,倡导幸福家庭亲子悦读。开展的形式包括"悦读"革命历史故事、"悦读"传统文化经典、"悦读"改革发展成就、"悦读"幸福学习教育、"悦读"美好文化生活、"悦读"祖国绿水青山等,引领未成年人及家长感受党的建设成就。幸福亲子悦读季开办有红色基地研学项目,包含"悦读"党史读物、寻找身边英雄、探访红色基地、研讨交流体会、演讲感人故事等。我在世界图书日当天为小朋友和家长们举办了一场题为"红色书籍助我成长"的讲座,通过经典曾经给我带来的启迪力量,介绍宣传阅读红色书籍,与读者和听众朋友共同感受今天的幸福生活。面向主体为小朋友的受众,我准备时就想到要做到讲解生动、事例感人,力求吸引现场听众。活动在全国以幼、小、初、高各年级学生为单位组成的家庭参与,在北京、沈阳、淄博三个城市还同步开展有线下活动,北京的讲课地点在陶然亭书香驿站,新兴里、南华里、黑窑厂等社区的居民和孩子参加本次启动活动。

读书能让人明理，读书能改变人生。倡导青少年红色阅读，旨在让爱国主义精神在青少年心中牢牢扎根，为实现中华民族伟大复兴的中国梦时刻准备着，让红色基因在未成年人幼小的心灵扎根传承，让幸福成为党和人民、家长与孩子共谋的事业。第二届"幸福亲子悦读季"活动期间，亲子一起努力做到"悦读三册党史读物，探访两家红色基地，参与一次作品征集活动"。家长每天留一点儿时间和孩子一起阅读，共同阅读党史故事读物，帮助孩子选择健康向上、丰富多样的儿童阅读书目，积极主动展开"悦读"活动。

立身以立学为先，立学以读书为本。家长朋友跟孩子一起读书吧，在亲子共读的路上，用心体会、分享孩子的成长历程，让浓浓的书香陪伴孩子度过美好的童年。亲子悦读中，感受党的建设成就，感受今天的幸福生活，共谋孩子健康成长，共谋家庭和谐发展，共谋祖国未来繁荣。

最是书香能致远，腹有诗书气自华。亲子阅读，不但可以培养孩子阅读语言文字的兴趣，提高孩子的阅读和语言能力，发展创造性思维；同时还可以加深家长与孩子的感情，形成和谐的亲子关系，促进孩子的身心健康和家庭的幸福构建。

现在全社会都在努力让红色经典走进童心世界。我向小朋友们推荐了《习近平讲故事（少年版）》《红色油纸伞》《我的祖国》等。红色润童心，阅读伴成长，红色文化教育融入课堂、让青少年在潜移默化中得到传统文化的熏陶、激起年轻人的民族自豪感和责任感。各地采取的方法有：阅读红色经典，通过看、学、说等方式，层层递进、步步深入、主动探索、理解红色经典故事，感受红色品格；诵读红色经典，组织阅读、诵读红色经典故事，营造爱国主义红色教育氛围；复述红色经典，即鼓励引导幼儿讲述红色经典中的精彩画面、复述红色故事中的经典语句和片段，促进幼儿语言能力发展的同时，帮助幼儿培养爱国情操。还可以开办红色经典画展鼓励引导小朋友们拿起手中的五彩画笔，根据红色经典中的人物、情节，发挥自己的想象力和创作力，绘制出一幅幅精美的画作，举办红色经典画展，将红色爱国主义的种子种在孩子们的小小心田。红色经典展演：结合"六一儿童节活动"，幼儿园将举办红色经典展演。也可以通过红色经典故事剧，由孩子们自主讨论、自主创编、自主表演，使每一位

2021年建军节当日，在座谈会上，我向同事们分享红色经典作品阅读的收获
于晓川 摄

孩子都能展示自己。小朋友们在扮演英雄人物的同时，相信正确的人生观、价值观已经树立在幼儿心中。

在八一建军节那天，我与几位退役军人一起参加了一个"红色基因永传承——老兵话党史"座谈会，大家一起分享了从军人到机关公务人员角色转变的感想感受和始终不变的忠诚担当。我从小就阅读过大量红色经典，既看过《毛泽东传》《雷锋日记》《野火春风斗古城》《平原枪声》，又看过杨沫的《青春之歌》，周立波的《山乡巨变》，杜鹏程的《保卫延安》，曲波的《林海雪原》，吴强的《红日》，罗广斌、杨益言的《红岩》，梁斌的《红旗谱》，柳青的《创业史》，还看过《沸腾的群山》《新儿女英雄传》《太阳照在桑干河上》等。2021年，我向书友推荐了北京联合出版集团公司出版的百部红色经典丛书。我讲述了特殊的入伍经历，我是在考入军医大学办理研究生入学手续的时候才得知要办理入伍手续，就这样进入了部队，并在入伍七个月的时候加入了中国共产党。20年的军旅生涯给我一个启示：党的历史是最生动的、最有说服力的教科书；中国军队是最有力的、最能砥砺人的学校。回顾红色经典，感受红色血脉长久的魅力，能鼓舞我们的斗志，思想上得以洗礼。

红色经典承载着中国革命的深厚历史文化底蕴，是最理想的道德教育活动，它能增强公民的爱国主义情怀，使公民树立正确的理想信念、养成良好的道德品质和文明行为。

2021年世界图书日在陶然亭社区讲解红色文学作品阅读　梁军 摄

家中有老就成书

> 对老人，我们不能忘记，无论我们走多远，都要一直惦记着他们。以真情实意感动人，以饱满热情感染人，以实际行动感召人，老同志为我们营造出了永葆纯洁性、加强自身修养的天然生态学堂。

找书读的日子里，如饥似渴。满世界找书，急于知道书中的世界是什么样。走向社会，知道世界是一本偌大的书。当年纪渐长，方知远在天边，书就在眼前。常言道：家中有老，胜有一宝。家庭如此，国家也是如此。老人是书，是不一般的书。

生命有期，阅读无涯。有老人在，书就永远不会读完。

老同志政治坚定、思想常新、理想永存，严于律己，勇于律他，已成为维护保持党的队伍纯洁性、推进党建的一支重要力量，党风廉政建设和反腐败斗争需注重发挥老同志的作用。他们值得信赖。退休以后，他们一如既往地关心党的事业，关心国家和人民的命运，普遍地具有为党、为国家、为社会、为人民继续发挥光和热、做出力所能及新贡献的真诚愿望。热情鼓励、支持、信任和满足他们的这一内在要求，使他们在自觉自愿、量力而行的基础上，着眼于围绕中心、服务大局，着力于党风廉政建设的深入民心、深入社会和深入持久。充分尊重老同志的作用，在凝聚人心、促进发展和加强社会文明建设、构建和谐社会中的推动作用，在党风廉政建设及反腐败工作中的参谋监督作用，在弘扬党的优良传统和加强党性修养中的示范作用，在加强党的执政能力建设和先进性建设中的促进作用。

老同志保持有前辈"老革命"的激情和责任心，少了世故和圆滑，更多的是权利和责任。他们不但自律性强、率先垂范，而且抱有高度的政治责任感，严格教育和要求子女、亲属，能引导群众确立正确的价值追求。他们同群众的关系较为密切，与社会的联系较为紧密，有着进行社会调查的天然有利条件。

发挥老同志优势，他们值得依靠。发挥他们各方面优势，发动他们以"退休不退责、人老志不老"的良好精神状态，积极主动地投身到维护党的权威、坚定对党的信仰的伟大实践中。发挥智慧威望优势，退而不休做贡献。通过设立老同志奉献岗、治安帮教岗、安全巡逻岗等，安排老同志担任党风廉政建设监督员、政风行风评议员、民事调解员等，使他们成为促进西城区廉政文化建设的重要力量。发挥思想政治优势，模范带头显力量。老党员有着牢固的党性观念和丰富的实践经验，可参与社区建设和社会治安等工作，成为党风廉政建设流动的、不息的宣传哨。发挥领导经验优势，主动作为献计策。老同志常被邀请列席所属地的党代会、经济工作会议、领导干部述职大会、"两会"及老同志座谈会、家庭联席议事等会议，并参与一些重大问题决策的调研与建议。他们的意见和建议能得到认真采纳，切实做到了为经济社会科学发展献计献策，为永葆党的纯洁性、恪守从政道德树立了标杆。发挥"聚来一团火，散成满天星辰"的优势。重视老同志资源，使这些人不致在退下来之后才成为反腐败的宝贵财富，发挥老干部作用的功能可以前置，加大建设在职人员的监督环境，增加来自内部的监督力量，这不失为反腐败事业的一个重要突破口。

对老人，我们不能忘记，无论我们走多远，都要一直惦记着他们。以真情实意感动人，以饱满热情感染人，以实际行动感召人，老同志为我们营造出了永葆纯洁性、加强自身修养的天然生态学堂。他们身上所体现出的坚定信念、对党忠诚的政治品质，牢记宗旨、心系百姓的为民情怀，生命不息、奋斗不止的革命精神，淡泊名利、甘于奉献的高尚情操，是激励我们的强大精神动力，也是我们人生大课堂的生动教材。

温暖之情，可以融化老人的心结，也可以融化我们在工作中所遇到的困难。当我们与老干部们有了共同的心理体验和情感追求的时候，理解力、凝聚力、向心力就会形成一股巨大的、不可抗拒的精神力量，肩负责任感、担当使命感也就会成为每位后生的自觉立场和自觉行动。他们来时擎着一面旗帜，去时立出一座丰碑，给我们呈现的是丰富的阅历、厚重的知识、宝贵的经验和智慧的力量。正确理解和重视、有效把握和发挥老同志的作用和优势，传承和发扬优良传统，坚守精神家园，加强自身修养，实现自我提高，以激发我们真情投身于党风家风建设中，积极促进修养得以不断提高和升华。

自省和忧患是人类居安思危的高超生存智慧。具备了自省精神的民族才是强大的民族，具备了自我净化、自我完善、自我革新、自我提高能力的政党才是不可战胜的。民心思变，社会就会无常而产生动荡。唤醒忧患意识刻不容缓，化解危机势在必行。我们所取得的成就无论多么辉煌，也掩盖不住我们所面临的危险。面对复杂多变的局势和艰难繁重的任务，必须清醒地看到发展面临的不少困难和问题，我们没有理由故步自封而止步不前，没有理由满足现状而不思进取，没有理由陶醉于成绩而稍有懈怠。有些同志骄傲自满、懈怠停滞，若长期执迷不悟、故步自封，我们的优势和特色将消失殆尽。而老同志涉过滩、跨过江，具有危机意识。他们有眼里揉不得沙子的境界、疾恶如仇的品行和"谁得罪了老百姓就得受管"的原则，熟谙规则，英勇善战，打得准七寸。

道虽迩，不行不至；事虽小，不为不成。在解决"最后一公里"问题上，科学判断自己所处的历史方位，把握优势，正视不足，打掉横亘在"最后一公里"上的思想深处的"拦路虎"，才能少走弯路、少摔跟头。

人老书老，人书俱老；家有一老，胜过一宝。

不种鲜花，人心就会长杂草

做好党史宣讲，就是要去打开尘封的历史，使党史故事生动起来、鲜活起来。我比较注重说好"三句话"，这就是有亲和力的"实在话"、零距离的"心里话"、接地气的"家常话"，让居民群众听得懂、记得住、入得心。

鲜花长满心，杂草没空间。2021年11月18日至19日，全国学习贯彻党的十九届六中全会精神研讨班在北京开班。其间，召开了学习贯彻党的十九届六中全会精神中央宣讲团动员会、全国基层理论宣讲表彰会、中央宣讲团首场宣讲报告会等，对全国"基层理论宣讲先进集体""基层理论宣讲先进个人"进行了表彰。我作为北京市西城区委理论讲师团成员，十年来发挥教学和讲授经验，用经典弘扬正气，倾真情凝聚力量，被北京市推选上报，最终因"在基层理论宣讲工作中认真扎实、作风优良、成绩突出"，被评为2021年度全国"基层理论宣讲先进个人"。

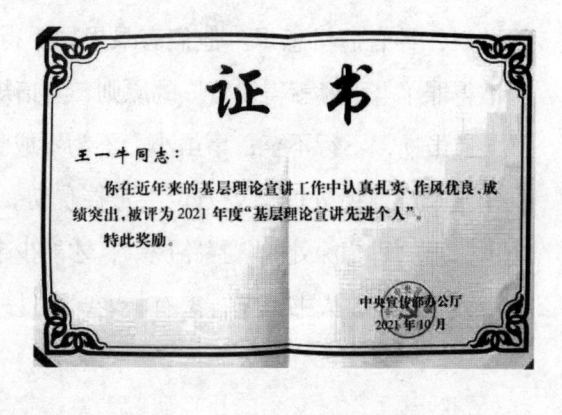

十年前，我先通过加入区马克思主义经典著作品读小组，听专家讲课，研读经典，深入学习党的创新理论，坚持不懈地进行传播宣讲，说原著、道故事、讲原理、释思想，春风化雨，以情感人。在品读经典课堂上，来自中央党校、

中央编译局、中国人民大学的老师们体现出资深理论宣讲人较高的政治觉悟、无私的奉献精神、强烈的群众意识和扎实的实践能力。我也在北京鲁迅博物馆内开设"文化影响力"论坛，到社区开设党建课堂，从红色经典著作解读，到"红墙意识"核心内涵的阐释，再到红色百年党史故事开解，深入浅出，引人入胜。先后到机关、社区、学校、企业、军营、楼宇开展党史故事、红色经典及心理关爱等公益讲座500余场次，线上线下受众10万余人，受到广泛好评。

2016年手术之后在姐姐家养病　王书婷 摄

　　我们要用经典来照亮初心。给人一滴水，自己得有一桶水。为了宣传新时代中国特色社会主义思想，让党的创新理论"飞入寻常百姓家"，我得不断丰富和充实自己。我积极参加马克思主义经典著作学习小组的各项学习活动，深研细读，走访互学，丰富理论储备；认真完成优秀人才培养专项经费资助项目和思想政治工作研究会的重点研究课题，把学深学透马克思主义经典原著视为做好理论宣讲的必修课、基本功。人的内心，不种鲜花，它就会长杂草。如果不用科学的理论、正确的思想和优秀的文化武装头脑，那么虚假的理论、错误的观点、庸俗的想法就会占据人的灵魂，人的行为也就无法在健康向上的轨道上行驶。

　　时代是思想之母，实践是理论之源。我注重结合新时代新实践宣讲新思想新理论。我利用一切时间、通过一切渠道，深入社区、深入基层、深入居民，透彻地了解区情、民情和舆情，在此基础上，写出系列讲稿《读经典品原著，坚定追寻中国梦》《只见公仆不见官,品读经典践于行》《占领新阵地,拓宽新领域》等。撰写的理论宣讲文章曾获中组部理论研讨征文二等奖,撰写"寻访北京红色足迹"宣讲稿获北京市一等奖。我开展主持的"老干部心理需求问题研究"获北京市思想政治工作研究会"丹柯杯"优秀研究成果一等奖。

思想是行动的先导,理论是实践的指南。我为基层单位宣讲的《最后一公里我们该怎么走》《马克思主义中国化进程中的公众认知和国民心态》《中国梦实现过程中的社会认知和心理特征把控》等主题,直面基层工作实际需求和基层群众思想特点,有针对性地强化基层干部的责任感和使命感,提升了基层党组织做好群众工作的能力和水平。

精心打造而开设的"文化影响力"论坛,围绕李大钊、毛泽东、陈独秀和鲁迅等革命先驱和文化名人设置专题,每周一次,线上线下同步,已完成第一季"红色感召力"、第二季"文化影响力"和第三季"经典生命力",共讲了60次。主讲地鲁迅博物馆书店已成为"红色百年,福佑中华"的网红打卡地。

无论酷暑严寒,在西城各单位的主题党日活动中、在思想政治工作座谈会上、在党建论坛上、在社区楼宇"大家说"恳谈中,我力求旁征博引、条分缕析,帮助年轻的同志们厘清认识上的误区,拧紧思想"总开关",纠正行动上的偏差,使新思想新理论成为有温度有力度有深度接地气的"掏心窝子话",让大家充分感悟真理的光辉和经典的魅力,入脑入心,凝聚力量。

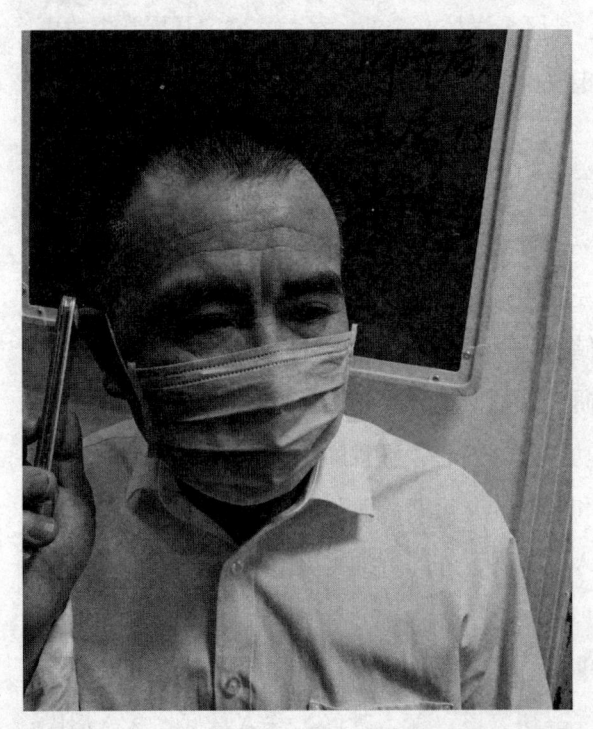

2020年,参加北京市新冠肺炎疫情防控心理热线援助工作达10个月之久

我注重采用故事来诠释

党史。为了讲好党史，我到中国现代文学馆做志愿讲解员，深入研读中国近代史，搜集准备党史素材，倾力打造"红色百年、故事百讲"系列讲座。在西城的各个"书香驿站"，在鲁迅博物馆内的读者区，在党课活动中，在中国现代文学馆的展厅里，我讲"百年来中国人民对共产党的选择"，讲"与中国共产党道同志合、心心相印"，讲"迎着新生的太阳"，讲"2021年的我们、1921年的大钊"，讲"从红色经典中感悟伟大的建党精神"。从党的故事、革命的故事、英雄的故事、京华大地的故事中，我讲出爱党、爱国、爱社会主义的真挚情感，讲给社区居民听，讲给学校青少年听，讲给工地外来务工人员听，讲给楼宇"两新组织"员工听，覆盖各类社会群体，引导广大党员群众加深对党的历史的理解和把握，让红色基因、革命薪火代代传承。

做好党史宣讲，就是要去打开尘封的历史，使党史故事生动起来、鲜活起来。我比较注重说好"三句话"，这就是有亲和力的"实在话"、零距离的"心里话"、接地气的"家常话"，让居民群众听得懂、记得住、入得心。我把党史、新中国史、改革开放史、社会主义发展史紧紧融合在一起，说事例、讲故事，以小见大，见微知著，使每个人切身感受党的艰辛历程、国家的巨大变化和事业的辉煌成就。从石库门到天安门，百年党史开新局；建新中国回联合国，一路凯歌展新姿。我说："不忘初心彰大道，常铭使命谱华章。伟大的建党精神是中国共产党的精神之源，斗争精神是中国共产党百年奋斗的精神密钥，把党史讲好讲活，就是一次思想洗礼、提神醒脑的过程。"

国家知识产权局老干部活动中心的王主任说，听了宣讲课，深深感觉是从工作和生活的实例出发，没有抽象的概念，无玄奥的理论，而是把新时代思想和党的创新理论讲到人们的心坎上，能激起大家浓厚兴趣，提振人们对实现中国梦的信心，大家都称赞这样的宣讲就是好！

宣讲的最终目的是要用匠心来构筑和谐。受党教育多年，我得益于具有坚定的党性修为和责任意识。北京市启动突发公共卫生事件一级响应的当日，我就主动请缨，参加市心理援助队和区新冠肺炎心理危机干预小组，匠心独运地把心理学知识与群众工作结合起来，把宣讲做到疫情防控的最前沿，做到核酸检测现场、疫苗接种等候室中，把政策讲出百姓的内心幸福体验。

心有千千结，春风化雨来。我把每次心理疏导和热线电话咨询都视为专业宣讲，引导人们理性看待疫情态势，克服认知偏差，确立安全感，增强必胜信心。受益的既有本区本市的，也有异地乃至海外留学生和华人侨胞，人们从我的心理热线和心理宣讲中受益良多，咨询者特地送来锦旗"良言一句三冬暖，春风化雨润心田"，不少人写来感谢信表达真挚谢意。善良和勇敢，终究不会被辜负。

针对疫情期间大家的迫切需求，我在区政协委员开设的"书香驿站"传播平台开展线上公益直播讲座，宣讲良好家庭关系营造、隔代关系家庭处理、夫妇关系维系与保鲜、新型婆媳关系建立与营造的心理学课程，也给北京市老年心理服务人才培训班、人民调解员入职培训班、新近退休的老同志授课，吸引大量受众收听收看，受到一致好评。

新时代，宣讲工作的舞台更大，责任更重。为了让更多的受众得到心灵滋养，我用通俗易懂的语言，撰写了四十余篇心理科普文章，在《前线》《今日头条》《生命时报》《中国老年报》《北京西城》等报纸或公众号上发表，并录制成音频和视频，适时为民众开出了一个个"心理处方"，深受读者和听众的喜爱。

我在老干部活动中心长期开设"每月一堂心理课""老干部心理关爱十讲"，与老同志们面对面地交流，使他们倍感亲切和温暖。我走进国管局、国家知识产权局、中国税务杂志社，为刚退休的局级干部讲授"让新思想走近老干部""换个角度看退休""人生处处皆风景""三观比五官更重要"等专题宣讲，帮助老同志及时转换角色，保持心理健康。我撰写的《心理关爱》宣讲稿获国家老龄委全国老龄论坛一等奖。

针对公职人员面对长期超负荷工作的心理需求，我坚持为年轻的上班一族讲解公务员心理调适系列课程"灵机一动"，帮助他们舒缓心理压力，调整心理状态，振奋鼓舞精神、拒绝躺平。用改革开放的成果激励年轻人奋发有为，我的演讲稿《从"开墙打洞"及其治理看改革开放的成果》，获区纪念"改革开放40周年"征文比赛一等奖。在书香驿站，我义务授课，线上线下开设多场"家庭关系调整""心理保健""阅读红色经典""红墙意识"及"北京阅读季走进陶然／走进德胜"等讲座，反响均很好。人们形象地称赞我撰写的多篇科普文章，是疫情中人们的"心灵口罩"。

我现在作为中国现代文学馆志愿讲解员、商务印书馆阅读推广大使、北京鲁迅书店"鲁迅思想"宣讲员，依然奔波在志愿讲解的最前沿。我担任西城区社科联委员、社区文明推进协会"书香驿站"讲授专家、区人民调解专家团成员，依然现身在推进社会成员和睦相处的零距离处。还常常在线上给听众们讲解生命科学和人文社会科学的相关知识，曾获全国老年心理健康与精神疾病预防先进个人，被评为北京市"万名孝星"。所有的成绩将随风飘去，一切如同浮云，都是身外之物，一切都将化为乌有。

在心理热线援助工作期间，多次获得服务对象的好评

宣讲不只是有嘴巴、不只是有声的。有语曰："言传身教。"我想，无声的操行强过喋喋不休，举手投足胜过千言万语。无数个夜晚挑灯夜战，无数个周末在公益宣讲或往返宣讲的路上。2021年7月2日，即党成立百年纪念日的第2天，我在上班途中捡拾重要卡包，里面有十来张银行卡、信用卡和贵宾消费卡，我多方联系失主，主动及时送还，失主胡先生对我的拾金不昧要酬谢，也被我婉拒。

春风化雨养正气，匠心独运聚人心。我们的宣讲就是要使党的声音在线上通畅悦耳，让人心悦诚服！做到线上线下同步发声、立体覆盖，让心灵无时无刻不沐浴在阳光下！我作为中国心理学会理事、中国法学会会员、人民陪审员，热衷于把更多的心理能量释放给听众。我擅长利用新媒体"宣讲轻骑兵"优势模式，带领宣讲团队，多角度、立体化、多层面宣讲党的政策，温暖民众心田，传递百姓心声。

如今，年近花甲的我，依然身体力行地行进在传播正能量的征程上。

后记·山，没有尽头

在撰写这部书的过程中，我大致经历过三个阶段。起初的一些内容早就在心中酝酿过无数遍，翻滚过千百回，所以落笔之后，非常迅速，很快就挥就几篇。在其后的过程里，要慢慢思索，有时甚至需要搜肠刮肚，为了使内容完整或使意思能让人明白，颇费心机。这个过程历经了撰写出若干篇之后，就别有洞天、一片明朗，再下笔如入一马平川之境。这整个过程好比去挤一个接上泉眼的牙膏，开始易，中间难，到后来却刹不住车。

写作如是，登山如是，阅读也如是。既往不恋，当下不杂，未来不迎。走过些路，才知道辛苦；登过些山，才知道艰难；蹚过些河，才知道跋涉；自己种过的树荫下乘凉，才知道这就是幸福。山是有尽头的，真正没尽头的，是我们的双脚。

人在专注做事的时候，内心会引发一种超然的愉快感，就容易走向新高度的平台期，此时，也能屏蔽掉焦躁和悔恨，内心就能安乐平静。阅读从来不是一个人的行为，不是单向的行动。它是一种互动，是一种沟通，它建立了书与人之间的关系，是生命与生命之间的交流。

书山空望功名远，同叹少年读书高。想去的地方都很远，想爬的地方都很高。只有不停地努力攀登，才能攒够充足的底气，跨过山路上的每一沟壑。不求走得多快，只求有恒。强迫学习的东西是不会保存在心里，唯有被心灵感知了的东西才能真正内化于心，外化于行。就在结稿时，孩子的期中考试成绩令人担忧。在老师需要反馈的成绩分析单上，我对孩子提出的嘱咐是：知耻而后勇。然后写下一句寄语：书山有路，主动攀登；学海无涯，奋力前行。只望年轻人知道一年之计在于春，一日之计在于晨。

在攀登书山的路上，有些人能感受雨的惬意，而有些人只能被淋湿。如此看来，面对着如此庞大的潜在受众群体，这样的书，岂不是更有必要。但愿更多的人，尤其是孩子们，能够悟知，阅读如晨起花间的清露，是沁人心脾的，也如午后的一曲琴音，是悦耳动听的，它如春日的暖阳能照亮生命，又如遗落在岁月里的花瓣，芳香盈袖。太安逸的环境，如同温水煮青蛙一般，享受舒适的同时，也在消磨斗志、磨灭理想，最终等待你的便是失败。生活中，最重的负担不是学习、工作，而是无聊、故步自封，这无异于画地为牢。废掉一个人最好的方式，便是让他足够安逸。而对抗安逸，最好的办法就是一个"勤"字。勤不仅仅是手勤，更需要我们不断地在书山上攀登，在书海里遨游，勤于动脑，不断思考，不断丰盈自己，努力成为更好的自己。勤，并不是苦，我倒觉得它是一种乐趣，一种享受，一种快感。

那些暗自努力的时光，终会照亮前行的路。在该努力的时候，不要选择安逸。追求上进，这才是攀登者应有的状态。如果这个世界上真的有奇迹，那也只不过是勤奋的另一个名字。人生在勤，不索何获。阅读是动态的、有活力的，还是有温度的。我们应让阅读驻足在自己的心里，用它增添我们的力量，启迪我们的智慧，丰富我们的精神，锦绣我们的家园。

古木参天立，大江向海流。行将结束本书的时候，深切地希望，我微不足道的阅读经历，能帮助年轻人告别佛系、拒绝躺平，能把心安放在阅读一边，与书同行，将书山沿途的风景看遍，让阅读给年轻的心一份安静的力量、活着的勇气、驻足的诗意和前行的骄傲。

时光一直在流逝，山路再长，黑夜再深，这世界再有多少寂寥，有一份阅读和温暖的陪伴，日出总在攀行后。让我们与书相伴，将阅读背在行囊，逢山开路，遇水架桥，行于阡陌，攀于悬崖，探于绝壁，在无路处抚琴听泉，奏出那些没有预约的音符。有路，就大胆地去走；有梦，就大胆地飞翔；前行的路，不怕万人阻挡，只怕自己投降。不经意间触动草木，感动自己，留下回响，无意呼应。请相信，独辟路径，在薄薄的花蕊里，墨香一定能生出和弦、彩虹和芬芳。

每天早晨上班，我需要走一段路后，到马路对面的车站乘车，车站就在人行天桥的下方。上台阶时，无论急于赶车还是时间较为富余，我都会拾阶快速冲上去，利用这个机会让自己动起来、快起来，激起往上冲的动力、活力、激情和速度。天高地厚，走过了路，爬过了山，懂得了才知道人生是不一样的烟花。人生最美的是烟花绚烂后，平静、安详、月朗星稀的夜空。我们会说，迷茫时读书，烦躁时运动，独处时思考，其实，没那么多讲究，读天读地读自己，思往思今思未来，让自己随时能应对各种环境，处变不惊，无欲则刚，则能以不变应万变，稳坐钓鱼台。

最是书香能致远。携一缕书香，走过四季，途经岁月，历千山万水，固守对生活怀有的深情，用清淡的笔墨，将一生的风景，写成温婉的诗篇。生命何须太多，有书香，有阳光，有自己，有大家，便足够。花开花落，朝暮晨起，是自然规律。我们都是时光的过客，韶华更替，只是一个华章，最重要的是攀登的历程，生命短暂，谁也无法挽留，心有远方，不问归途。

山路再长，也有尽头；山道再弯，也有度数。打开书籍，书就有面；书页再厚，也有封底。天空不留下鸟的痕迹，但它们已飞过。时间会沉淀最真的情感，风雨会考验最深情的陪伴，让我们用一颗淡然的心，卸下外表的威仪，慎养内在的德行。感恩相逢，珍惜缘分，把自己立成独特的风景，愿白发苍苍，时光依然葱绿，你依然微笑向书。不怕没有路，就怕不迈步。

感谢在撰写过程中，著名生物科技专家、我的同学胡小龙先生给予的鼎力支持！感谢书画名家韦艺和、张传忠、曹彬、萧毅、林书杰、赵炳旭、肖建军、崔君旺、付连春、李红东、杨德银、王玉君、赵莹及其学生李元爱、贾云朗、李明静、李权运，好友董彦、佘明军、谢绍佳、宋春好、胡鑫、李林锋、张四宝、束庆山的热心相助！感谢"书山有路"悦读志愿小分队！感谢新华小记者活动组织委员会、北京西城书香驿站和北京艺术支点视觉企业策划有限公司给予的大力支持！感谢中国书籍出版社！他们为本书的创作、出版、发行和传播提供了极其友善的努力。我从他们那里，又不限于他们，得到了充足和温暖的关爱，在此一并表示感谢，谢谢他们的成人之美和与人为善。

再见阅读，书山重逢！

王一牛
2022 年 2 月